माणिक सरकार
दृश्यम और सत्यम

माणिक सरकार
दृश्यम और सत्यम
त्रिपुरा के लाल अराजक की कहानी

दिनेश कानजी

प्रभात
पेपरबैक्स
www.prabhatbooks.com

प्रकाशक

प्रभात पेपरबैक्स

4/19 आसफ अली रोड, नई दिल्ली-110002

फोन : 23289777 • हेल्पलाइन नं. : 7827007777

इ-मेल : prabhatbooks@gmail.com ❖ वेब ठिकाना : www.prabhatbooks.com

संस्करण

प्रथम, 2018

अनुवाद

राहुल पारचा

मूल्य

एक सौ पचास रुपए

अ.मा.पु.स. 978-93-5266-534-1

मुद्रक

आर-टेक ऑफसेट प्रिंटर्स, दिल्ली

MANIK SARKAR : Drishyam Aur Satyam
by Dinesh Kanji

Published by **PRABHAT PAPERBACKS**
4/19 Asaf Ali Road, New Delhi-110002

ISBN 978-93-5266-534-1

₹ 150.00

लाल आतंक की बलि
चढ़ने वाले जाने-अनजाने लोगों को
श्रद्धांजलि

लेखक परिचय

मराठी पाठकों के लिए दिनेश कानजी कोई नया नाम नहीं है। पिछले 17 सालों से आप पत्रकारिता जगत का हिस्सा हैं। प्रारंभ में आपने सेल्स और मार्केटिंग जैसे कामों में भी हाथ आजमाया, किंतु यहाँ मन नहीं लगा। मार्केटिंग की नौकरी छोड़कर साल 2000 में आपने पत्रकारिता जगत में प्रवेश किया। आपके पास पत्रकारिता की कोई औपचारिक डिग्री नहीं थी। इसलिए अनुभव प्राप्त करने के लिए आपने महाराष्ट्र भाजपा के मुखपत्र 'मनोगत' में काम करना आरंभ किया। अतुल भतखळकर उस समय मनोगत के संपादक और भाजपा के प्रवक्ता हुआ करते थे। सजग पाठक और उत्तम लेखक अतुल भतखळकर का मार्गदर्शन प्राप्त कर मात्र एक वर्ष के भीतर ही आप मराठी दैनिक 'नवशक्ति' से जुड़ गए। इसके बाद शिवसेना के मुखपत्र 'सामना' में पांच साल और 'महाराष्ट्र टाइम्स' में आपने साढ़े सात साल काम किया। हाल ही में ढाई साल तक दिल्ली में विशेष संवाददाता के तौर पर आपने दैनिक 'पुढारी' में भी काम किया। यहाँ से इस्तीफा देकर आप स्वतंत्र लेखन के मार्ग पर प्रशस्त हो गए। कई प्रकाशनों के साथ काम करते हुए आपने राजनीति, सिनेमा, सिविक बॉडी और क्राइम जैसी विभिन्न बीट पर काम किया। खोजी पत्रकारिता आपकी विशेषता रही है।

दैनिक सामना और महाराष्ट्र टाइम्स के लिए की गई आपकी विशेष खबरों को काफी सराहना मिली। आपकी लेखन शैली में तीखे शब्द और प्रभावी वाक्य संरचना का सम्मिश्रण देखने को मिलता है। यह आपकी पहली पुस्तक है।

मनोगत

कई लोग यह सवाल कर सकते हैं कि मुंबई का एक पत्रकार मीलों दूर बसे राज्य त्रिपुरा पर किताब क्यों लिखना चाहता है? इसका जवाब कुछ महीने पहले हमारे बीच हुई एक चर्चा में है। जनवरी 2017 में त्रिपुरा में भाजपा के प्रभारी तथा मेरे मित्र सुनील देवधर और मेरे बीच एक लंबी मुलाकात हुई। वर्तमान में सुनील त्रिपुरा में ही हैं और पहले की तुलना में उनका मुंबई आना-जाना अब काफी कम हो गया है। अपने व्यस्त कार्यक्रम के चलते, मुंबई आने पर उनके लिए अपने मित्रों के लिए समय निकाल पाना मुश्किल होता है। लेकिन जनवरी में हमें इत्मीनान से बातचीत करने का अवसर प्राप्त हुआ। हमने कई विषयों पर चर्चा की, किंतु हमारी बातचीत का केंद्र त्रिपुरा की राजनीति रहा।

मैंने मजाकिया लहजे में उनसे पूछा, "माणिक सरकार जैसे स्वच्छ छवि वाले व्यक्ति से दो-दो हाथ करने में भाजपा को कैसी परेशानी हो रही है?" मेरे सवाल के बाद एक छोटी सी चुप्पी छा गई। लेकिन इसके बाद तोल-मोल कर शब्दों का चुनाव करने वाले सुनील निरंतर त्रिपुरा के बारे में मुझे बताते चले गए। अपनी दो-तीन शंकाओं को छोड़कर मैंने भी उन्हें बीच में नहीं टोका।

सुनील और मैं पुराने दोस्त हैं और एक-दूसरे को काफी अच्छे से जानते हैं। काफी लंबे समय तक वे हिमाचल प्रदेश में आर.एस.एस. के प्रचारक रहे। फिलहाल वे भाजपा के राष्ट्रीय मंच पर काम कर रहे हैं। साल 2014 के लोकसभा चुनाव में वे प्रधानमंत्री नरेंद्र मोदी के निर्वाचन क्षेत्र वाराणसी के प्रभारी थे। राजनीति में होने के बावजूद उन्हें राजनीतिज्ञ नहीं कहा जा सकता। उन्हें

जो भी जिम्मेदारी दी गई, उसे पूरा करने के लिए उन्होंने अपना सर्वश्रेष्ठ दिया। हालाँकि हम दोनों ही आर.एस.एस. के स्वयंसेवक हैं, लेकिन ज्यादातर मुद्दों पर हमारी राय एक नहीं होती।

सुनील ने त्रिपुरा की राजनीति और माणिक सरकार से जुड़ी कई गंभीर और महत्त्वपूर्ण जानकारियाँ मुझे दीं। जो बातें मैंने सुनीं, उन पर भरोसा कर पाना मुश्किल था। इन बातों पर मैं विश्वास करूँ या न करूँ, यह उन्होंने मुझ पर छोड़ दिया। आखिर ऐसा हो कैसे सकता है? यही प्रश्न मेरे दिमाग में घूमता रहा। सुनील ने मेरे मन में चल रहे विचारों को भाँप लिया और मुझे इनकी जाँच करने के लिए कहा। उन्होंने कहा, "तुम एक पत्रकार हो। एक महीने के लिए त्रिपुरा आओ। विभिन्न राजनेताओं, सरकारी अधिकारियों, व्यापारियों, आम लोगों से बातचीत करो और निष्पक्ष समीक्षा करो।" मैंने तुरंत यह प्रस्ताव स्वीकार कर लिया।

दैनिक नवशक्ति, सामना, महाराष्ट्र टाइम्स और दिल्ली में विशेष संवाददाता के तौर पर दैनिक पुढारी के साथ काम करते समय मेरी कोशिश होती थी कि मैं खबरों के पीछे की खबर दूँ। लेकिन मैं यह स्वीकार करता हूँ कि मुझे ऐसा कोई विशेष अवसर नहीं मिल पाया। सच जानने की अपनी भूख मिटाने के लिए मैंने त्रिपुरा आना स्वीकार किया। मुझे पूरा विश्वास था कि अपने पाठकों के लिए मैं महत्त्वपूर्ण जानकारियाँ जुटा लूँगा। मैंने हमारे मित्र शिवानंद नाडकर्णी के साथ त्रिपुरा में डेरा डाला। मैंने लंबी यात्राएँ कीं, अलग-अलग वर्ग के लोगों से बातचीत करते हुए मीलों लंबी पैदल यात्राएँ कीं। कांग्रेस छोड़कर भाजपा में शामिल हुए डॉ. अशोक सिन्हा, वरिष्ठ कांग्रेस नेता रतनलाल नाथ, टी.एम. सी. नेता सुदीप रॉय बर्मन, कभी माकपा के एक सक्रिय युवा नेता रहे और अब भाजपा में शामिल अमित रक्षित, पत्रकार प्रसेनजीतजी और कई जाने-अनजाने चेहरों से बातचीत की। जो मुझे बताया गया, वह सुनकर मैं सन्न रह गया।

कॉमरेड गोविंद पनसारे और डॉ. नरेंद्र दाभोलकर की हत्या ने महाराष्ट्र को हिलाकर रख दिया। महाराष्ट्र के लोगों ने हत्यारों का पता लगाने में नाकामयाब राज्य की पुलिस और नेताओं की नाक में दम कर के रख दिया। हत्या के ये मामले मीडिया में छाए रहे और इनकी गूँज विधानसभा में भी उठी।

लेकिन पिछले दो दशकों में त्रिपुरा में हुई राजनीतिक हत्याओं के मुद्दे को कोई उठाता तक नहीं। लोग दाभोलकर को जानते हैं, किंतु चाँदमोहन त्रिपुरा या बिमल सिन्हा के बारे में उन्होंने सुना तक नहीं होगा। उनकी हत्या राष्ट्रीय मीडिया की ब्रेकिंग न्यूज नहीं बनी। 1980 में त्रिपुरा में हुए दंगे भी 2002 के गुजरात दंगे या 1984 के सिख विरोधी दंगों से कम त्रासदीपूर्ण दंगे नहीं थे। लेकिन कथित धर्मनिरपेक्ष आज भी 2002 के दंगों के लिए नरेंद्र मोदी और 1984 के दंगों के लिए कांग्रेस को जिम्मेदार ठहराने से नहीं चूकते। 1984 में कांग्रेस केंद्र की सत्ता में थी। तो फिर 1980 के जातीय दंगों के लिए कथित धर्मनिरपेक्ष आत्माएँ क्यों नहीं वामदल की सरकार से सवाल पूछतीं? और क्यों नहीं राष्ट्रीय मीडिया इन दंगों पर चर्चा कराती?

24 साल से अधिक समय से त्रिपुरा की सत्ता पर बैठी वाम मोर्चा की सरकार ने पूरे भारत में फर्जी त्रिपुरा विकास मॉडल का प्रचार किया है। आखिर यह किस तरह का विकास मॉडल था। बड़े-बड़े घोटालों में हाथ होने के बाद भी 19 साल से त्रिपुरा के मुख्यमंत्री माणिक सरकार कैसे 'मिस्टर क्लीन' की छवि कायम रख सके। स्थानीय मीडिया द्वारा सबसे बड़े चिट फंड रोजवैली घोटाले में माणिक सरकार की भूमिका, आतंकवादियों से उनके तथा उनके साथियों के संबंध और राजनीतिक हत्याओं में उनका हाथ होने जैसी घटनाओं का पर्दाफाश करने के बाद भी राष्ट्रीय मीडिया ने उनकी सराहना क्यों की?

हालाँकि अब त्रिपुरा में राजनीतिक समीकरण बदलने लगे हैं। तृणमूल कांग्रेस के छह विधायक भाजपा में शामिल हो गए हैं, जिनमें त्रिपुरा विधानसभा में विरोधी दल (कांग्रेस) के नेता रह चुके सुदीप रॉय बर्मन भी शामिल हैं। भाजपा में आए विधायकों में बर्मन के अलावा आशीष कुमार साहा, दिबा चंद्र हरांगखवल, बिश्व बंधु सेन, प्रणजीत सिंह राय और दिलीप सरकार शामिल हैं। यानी वह भाजपा, जिसका अभी तक राज्य में एक भी विधायक नहीं था, अब राज्य में प्रमुख विपक्षी दल बन चुकी है।

वे कौन सी ताकतें हैं, जो चोरों, डकैतों और हत्यारों को बल देने वाले उनके 19 साल के अराजक शासन के बावजूद उन्हें 'गरीबों का मसीहा' साबित करने पर तुली हैं। यह बड़ी हैरानी भरी बात है कि पत्रकार बिरादरी में से भी

कोई व्यक्ति राजनीतिक माफिया और भ्रष्ट नेताओं को बढ़ावा देनेवाले माणिक सरकार के खिलाफ लिखने की हिम्मत नहीं जुटा सका। गरीबों के पैसे के बल पर शानो-शौकत भरी जिंदगी जीने के आदी व्यक्ति को कैसे चरखे पर सूत कातने वाले महात्मा गांधी के जैसा माना सकता है। ऐसे कई सवालों ने मेरे मन में कोलाहल पैदा किया। इस पुस्तक का उद्देश्य इन्हीं सवालों के जवाबों को प्रमाणित करने का है।

मैं आर.एस.एस. की विचारधारा का अनुसरण करता हूँ, भाजपा को वोट देता हूँ और प्रधानमंत्री नरेंद्र मोदी की विकास संबंधी नीतियों का कट्टर समर्थक हूँ। वह प्रत्येक व्यक्ति जो सोचने और समझने में सक्षम है या किसी एक या अन्य विचारधारा का अनुसरण करता है, वह केवल पसंदीदा राजनीतिक दल को वोट देता है। राजनेता और पत्रकार भी इनसे अलग नहीं हैं। यह सच्चाई स्वीकार करते हुए मैं विशेष तौर पर इस बात का उल्लेख करना चाहूँगा कि इस पुस्तक को किसी का विरोध करने के माध्यम के तौर पर न देखा जाए।

कोई लेख तब तक प्रामाणिक अथवा विश्वसनीय नहीं कहा जा सकता, जब तक उसमें तथ्यों या आधिकारिक आँकड़ों का उल्लेख न हो। इसलिए मैंने पुस्तक में विधानसभा में हुए प्रश्नोत्तर, राष्ट्रीय अपराध ब्यूरो की रिपोर्ट, नीति आयोग द्वारा जारी आँकड़े और सूचना के अधिकार के तहत मिली जानकारियों को आपके सम्मुख प्रस्तुत किया है। सूत्रों से मिली जानकारी का भी पुष्टि करने के बाद उल्लेख किया गया है।

वामपंथी दलों के वैचारिक पाखंड का खुलासा करना, वामपंथियों द्वारा की जा रही राष्ट्रविरोधी गतिविधियों को बेनकाब करना, माणिक सरकार की तथाकथित मिस्टर क्लीन वाली छवि पर से परद उठाना और पिछले दशकों में वामपंथियों ने त्रिपुरा और यहाँ के लोगों को जो नुकसान पहुँचाया, उसे राष्ट्रीय स्तर पर सबके सामने लाना इस पुस्तक का वास्तविक उद्देश्य है।

मैंने कभी नहीं सोचा था कि किसी दिन मैं एक पत्रकार या लेखक बनूँगा, लेकिन जीवन के एक केंद्र पर जाकर मुझे यह अहसास हुआ कि हम एक अलौकिक शक्ति द्वारा संचालित कठपुतली से अधिक कुछ नहीं हैं। इस पुस्तक ने मेरे इस अहसास को और भी अधिक मजबूत कर दिया है।

मुझे लगता है कि यह किताब मेरे द्वारा किया गया एक महान् कार्य है। इसके लिए मैं सुनील देवधर का धन्यवाद करता हूँ, क्योंकि इस पुस्तक का बीज मेरे और उनके बीच त्रिपुरा की राजनीति पर हुई गहन चर्चा में ही पड़ा। मैं अतुल भतखळकर का भी धन्यवाद करना चाहूँगा, क्योंकि उनकी सलाह और सुझाव के बिना 27 साल की आयु होने के बावजूद मैं पत्रकारिता के क्षेत्र में नहीं आ पाता। मैं आभारी हूँ अपनी पत्नी ज्योति का, जिन्होंने न केवल मुझे पूरा सहयोग दिया बल्कि घर की जिम्मेदारियों को भी अपने कंधों पर उठा लिया।

मैं आभार प्रकट करता हूँ महाराष्ट्र टाइम्स की अपनी पूर्व सहयोगी सुचित्रा सुर्वे का, जिन्होंने पुस्तक की बारीक से बारीक गलती को शुद्ध किया। मैं आभारी हूँ सुश्री शशिकला उपाध्याय का, जिन्होंने इस पुस्तक के रूप में मेरा सपना साकार किया। मैं जानता हूँ कि धन्यवाद देने की इस औपचारिकता की इनमें से कोई भी सराहना नहीं करेगा, लेकिन फिर भी मैं इनके प्रति अपना आभार प्रकट करना चाहता हूँ।

मेरे पाठकों ने पत्रकार के रूप में मुझे सदैव स्नेह दिया है। पुस्तक-लेखक के रूप में यह मेरा प्रथम प्रयास है और मुझे विश्वास है कि एक लेखक के तौर पर भी उनका यह स्नेह जारी रहेगा।

—दिनेश कानजी

आतंकवाद : वामपंथियों की नीति

(लेखक जनरल शेकटकर भारतीय सेना के एक सेवानिवृत्त अधिकारी हैं। ये 1965 और 1971 के युद्धों का हिस्सा रहे। 1999 में कारगिल युद्ध के समय उन पर अरुणाचल प्रदेश से सटी भारत-चीन सीमा की सुरक्षा की जिम्मेदारी थी। पूर्वोत्तर भारत में जिस समय आतंकवाद तथा विद्रोही शक्तियाँ अपने चरम पर थीं, इन्होंने ऐसे समय में यहाँ अपनी सेवाएँ दीं। जनरल शेकटकर माओवाद और नक्सलवाद की कार्यशैली के विशेषज्ञ हैं।)

चार दशकों की अपनी सैन्य सेवा के 22 साल मैंने पूर्वोत्तर भारत में काम किया है। 1987 से 1989 के बीच त्रिपुरा में रहते हुए मैंने वामपंथ की बेहद करीब से समीक्षा की है। देश के किसी भी कोने के किसी भी वामपंथी को जब ताकत मिलती है तो उसका इस्तेमाल वह अपने प्रतिद्वंद्वियों को समाप्त करने के लिए ही करता है। वामपंथी और चरम वामपंथी दोनों ही इसमें अपवाद नहीं हैं। और यही त्रिपुरा की राजनीति के इतिहास का रंक्त-रंजित और डरावना रहस्य है।

अगरतला में सेना की एक पूरी ब्रिगेड लगाई गई थी, जो आज भी वहीं तैनात है। नेशनल लिबरेशन फ्रंट ऑफ त्रिपुरा (एन.एल.एफ.टी.), ऑल त्रिपुरा टाइगर्स फोर्स (ए.टी.टी.एफ.) और त्रिपुरा नेशनल वॉलिंटियर्स (टी.एन.वी.) जैसे आतंकवादी संगठनों ने त्रिपुरा में तबाही मचा रखी है। हत्या, फिरौती और अपहरण की घटनाओं में वहाँ तेजी से वृद्धि हुई। अंधाधुंध गोलीबारी, अचानक से हमले, पैसा और कीमती सामनों को लूटना, घरों और बस्तियों को आग लगाकर भाग जाने जैसी घटनाओं में लगातार वृद्धि हुई।

अगरतला में हावड़ा नदी के किनारे बसे जनजातीय समुदाय के लोगों पर इस तरह के हमले लगातार हो रहे थे। सेना का काम हालाँकि जनता से सीधा संपर्क करना तो नहीं होता, किंतु यहाँ-वहाँ हो रही घटनाओं पर सेना तेज नजर बनाए रखती है। खुफिया विभाग, क्राइम ब्रांच, सी.आई.डी. इसमें हमारी सहायता करती है। अकसर जब हालात बेकाबू हो जाते हैं, तब सेना को ही बुलाया जाता है।

उन दिनों मैंने जो भी वहाँ देखा और अनुभव किया, उससे मुझे इस बात का विश्वास हो गया कि आतंकवाद की राह पर चलना वामपंथियों की नीति है। वामदलों के कई आतंकवादी संगठनों के साथ गुप्त संबंध हैं। कई आतंकवादी बाद में वामपंथी दलों में शामिल होकर विधायक भी बने।

त्रिपुरा लाल आतंकवाद के साये में था। अराजकता ने लक्ष्मण रेखा पार कर दी थी और खुफिया एजेंसियों ने हमें किसी तरह के कोलाहल के लिए तैयार रहने की चेतावनी दी थी। ऐसी परिस्थिति में सेना, अर्धसैनिक बल, सीमा सुरक्षा बल और असम राइफल्स हाई अलर्ट पर रहते थे, ताकि किसी भी अनचाही घटना से निपटा जा सके। वामपंथी नेताओं की मदद से असम और मिजोरम से लगी सीमा के रास्ते हजारों बांग्लादेशी घुसपैठियों ने त्रिपुरा में शरण पाई है। शरणार्थियों की बस्तियाँ वामदलों का पक्का वोट बैंक हैं। बांग्लादेशी घुसपैठियों की बढ़ती तादात हिंदुओं पर हावी हो गई और उन्हें उनकी भूमि से खदेड़ दिया गया। पार्टी को मजबूत करने के लिए वामदलों ने हमेशा ही राष्ट्रीय हितों के साथ समझौता किया है।

जब मैं सैन्य सेवाओं में था, तब काम के सिलसिले में मैंने लगभग पूरे भारत का भ्रमण किया। मैंने साम्यवाद का विस्तार से अध्ययन किया और पुणे विश्वविद्यालय में 'लेफ्ट विंग टेररिज्म' (वामपंथी आतंकवाद) विषय पर शोध प्रस्तुत किया। आंध्र प्रदेश और छत्तीसगढ़ की यात्रा के समय हर जगह मैं हमेशा एक ही नारा लिखा देखता हूँ 'लाल किले पर लाल निशान'। मैं यह सोचकर हैरान रह जाता हूँ कि क्या इन लोगों का मकसद लाल किले पर से तिरंगे को उखाड़ फेंकना है?

वामपंथी दलों और चरम वामपंथी दलों की विचारधारा और कार्यप्रणाली

लगभग एक ही जैसी है। ये आपने आस्तित्व का बीज दुर्गम ग्रामीण इलाकों से डालना आरंभ करते हैं, ताकि गरीब लोगों के मन में उनके लिए करुणा पैदा हो। फिर धीरे-धीरे वे अपने पंख शहरी क्षेत्रों तक फैलाते हैं।

महाराष्ट्र के डहाणू, पालघर और तलासरी जैसी आदिवासी पट्टी में वामपंथियों की ताकत हमेशा बनी रही। इसके बाद उन्होंने गडचिरोली, चंद्रपुर और गोंदीया जैसे इलाकों में अपने पंख फैलाए। यहाँ सफलता पाने के बाद उन्होंने आसपास के शहरी इलाकों की ओर रुख किया। पुणे में भोसरी, मुंबई में डोंबिवली और भिवंडी में बड़ी सफाई से वामपंथियों ने अपना नेटवर्क फैलाया। उनकी रणनीति का दूसरा कदम कॉलेज में पढ़ने वाले छात्रों को अपने पक्ष में करना होता है। तीसरा कदम सरकार की ओर से चलाए विकास कार्यों में बाधा डालना होता है, ताकि लोग सुविधाओं से वंचित रहकर हमेशा गरीब ही बने रहें। आखिरी कदम होता है सरकारी पैसे को लूटकर उसे सरकार के ही खिलाफ इस्तेमाल करना। इसके लिए वे योजनाबद्ध तरीके से अपने लोगों को सरकारी ठेके देना, अधिकारियों को धमकाना, अपहरण और भ्रष्टाचार जैसी तकनीकों का इस्तेमाल करते हैं। ऐसे इलाके, जिनमें माहौल थोड़ा सा भी अशांत हो, वामपंथी संगठन उन जगहों को कमाई के एक अड्डे के तौर पर देखते हैं।

मैं कश्मीर का उदाहरण देकर अपनी बात साबित कर सकता हूँ। आतंकवादी और पत्थरबाज वहाँ बहुत पैसा कमाते हैं। केंद्र से जारी पैसा राजनेताओं द्वारा लूट लिया जाता है। राज्य की अर्थव्यवस्था ही आतंकवाद के इर्द-गिर्द घूमती है। पूरी दुनिया जानती है कि पाकिस्तान ने अमेरिका से अफगानिस्तान में तालिबान और अलकायदा प्रमुख ओसामा बिन लादेन के आतंकवाद के नाम पर अरबों-खरबों डॉलर ऐंठे हैं। ऐसी ही आतंकी अर्थव्यवस्था कश्मीर में भी चलती है। ऐसी प्रवाहकीय अर्थव्यवस्था से जुड़े सैन्य अधिकारी मालामाल हो गए। छत्तीसगढ़ में नक्सलवाद का व्यवसाय फल-फूल रहा था, लेकिन भाजपा सरकार ने वहाँ विकास कार्य शुरू कर दिए, जिससे नक्सलवाद का पतन शुरू हो गया। सुकमा हमला नक्सलवादियों की इसी निराशा की अभिव्यक्ति है।

विकास और वामपंथ में धरती और पाताल जितना अंतर है। त्रिपुरा पर कभी शाही परिवार का शासन था। यह कभी एक भव्य राज्य हुआ करता था।

प्राकृतिक संसाधनों से समृद्ध इस राज्य को प्रकृति माँ का आशीर्वाद प्राप्त है। इसके बावजूद सी.पी.आई. (एम) शासन में त्रिपुरा में गरीबी कैसे घर कर गई? दशकों से वामपंथियों की सत्ता के अधीन रहे पश्चिम बंगाल के लोग गरीबी में रहने को क्यों मजबूर हैं? क्यों वामपंथियों के शासन में रहनेवाले लोग विकास और उन्नति से वंचित हैं? इसका उत्तर बहुत सरल है। क्योंकि वामपंथी विकास के धुर विरोधी हैं। वामपंथी जानते हैं कि यदि लोगों की प्रगति हुई तो वे उनके कपट से बाहर आ जाएँगे और उनका महत्त्व और उनकी प्रासंगिकता भी समाप्त हो जाएगी। वे लोगों को गरीब ही रहने देने की भरसक कोशिशें करते हैं। इसलिए वे लोगों तक पैसा नहीं पहुँचने देते। यदि पैसा पहुँच भी जाए तो वे इस बात का पूरा खयाल रखते हैं कि पैसा सिर्फ इतना ही हो कि अगले दिन उसे फिर भूखे पेट ही रहना पड़े। हालाँकि ये नियम वामपंथी नेताओं पर लागू नहीं होता, उन्हें खुले हाथ पैसा पहुँचाया जाता है।

21वीं शताब्दी में एक नए प्रकार के मनोवैज्ञानिक युद्ध की तकनीक विकसित की गई है। विविध प्रकार के प्रचार माध्यम इस युद्ध में हथियार के तौर पर इस्तेमाल किए जा रहे हैं। इस युद्ध में शत्रु की जमीन पर कब्जा करने की आवश्यकता नहीं है, सिर्फ लोगों के दिमाग पर काबू करना, यानी ब्रेनवॉश करना ही काफी है और सोशल मीडिया जैसे प्रचार माध्यमों के जरिए यह किया भी जा रहा है। जवाहरलाल नेहरू विश्वविद्यालय में जब युवा 'कश्मीर माँगे आजादी' के नारे लगा रहे थे, वास्तव में उस आजादी की आवश्यकता पाकिस्तान को है। दिग्भ्रमित हो चुके हमारे देश के युवा पाकिस्तान के लिए लड़ाई लड़ रहे हैं—यह मनोवैज्ञानिक युद्ध का एक उदाहरण है। वामपंथी दशकों से इस तकनीक का उपयोग कर रहे हैं। इसलिए लाल आतंकवाद में मारे गए हजारों लोगों का कोई लेखा-जोखा ही नहीं है। (पक्षपाती) मीडिया खासकर इलेक्ट्रॉनिक मीडिया ने भगवा आतंकवाद पर कई खबरें चलाईं, लेकिन लाल आतंकवाद पर वे मौन रहे।

यदि वामपंथियों और चरम वामपंथियों के खिलाफ लड़ाई जीतनी है तो हमें जमीनी स्तर से लोगों को अपने साथ जोड़ना होगा। उन तक विकास पहुँचाना होगा। ऐसा कार्य करना होगा कि उनकी सोच सकारात्मक हो सके। प्रशासन को सतर्क, सक्रिय और तीव्र होना पड़ेगा।

दिनेश कानजी की यह पुस्तक एक व्यापक अध्ययन पर आधारित है। एक जटिल विषय को उन्होंने बेहद सरल और ईमानदारी से प्रस्तुत करते हुए वामपंथी संगठनों की कार्यशैली पर प्रकाश डाला है। वे पाठक, जो त्रिपुरा से बाहर के हैं, उनके लिए पुस्तक में किए गए खुलासे चौंकाने वाले हो सकते हैं। यह पुस्तक निश्चित रूप से पाठकों को मोहित करेगी।

—जनरल दत्तात्रय शेकटकर

ले. जनरल (सेवानिवृत्त)

अनुक्रम

अध्याय-1

त्रिपुरा की कहानी

अरुणाचल प्रदेश, असम, मणिपुर, मेघालय, मिजोरम, नागालैंड, सिक्किम और त्रिपुरा से मिलकर बना भारत का यह पूर्वोत्तर क्षेत्र सदा से ही राजनीतिक अस्थिरता से अभिशप्त रहा है। यहाँ की राजनीति गठबंधन की सरकारों, राजनेताओं के लगातार पार्टियाँ बदलने और जोड़-तोड़कर सरकार बनाने के लिए जानी जाती है। हालाँकि इन आठों राज्यों में त्रिपुरा एक अपवाद है, जहाँ 1993 से ही वाम मोर्चे की सरकार सत्ता पर काबिज है। वर्तमान में माणिक सरकार त्रिपुरा के मुख्यमंत्री पद पर आसीन हैं।

यद्यपि त्रिपुरा में वाम मोर्चा की बहुमत वाली सरकार है, किंतु सरकार की यह स्थिरता भी स्थानीय निवासियों के किसी काम की नहीं है। सी.पी.आई. (एम) के शासन में राज्य में अराजकता का माहौल व्याप्त है। स्थानीय निवासी लाल आतंकवाद के खतरे और गरीबी से लदी हुई जिंदगी जीने को मजबूर हैं। पूरा प्रदेश अपराध, आतंक और ड्रग्स की गिरफ्त में है।

त्रिपुरा भारत के सबसे पिछड़े राज्यों में से एक है। यहाँ की 67 प्रतिशत जनता गरीबी रेखा से नीचे जीवनयापन कर रही है। औद्योगिक विकास, मूलभूत सुविधाएँ जैसे शिक्षा, स्वास्थ्य और रोजगार के क्षेत्रों में यहाँ की वाम सरकार किसी तरह का संतोषजनक काम करने में विफल रही है। शहरी इलाके में बेरोजगारी बढ़ती जा रही है और ग्रामीण इलाकों में स्थिति और भी ज्यादा भयावह है। राज्य में औद्योगिक विकास का नामो-निशान तक नहीं है। स्थिति

यह है कि एक लाख से अधिक लोगों को रोटी नसीब नहीं होती। लोगों को पीने योग्य पानी नहीं मिल रहा है। लोग सड़क के गड्ढों में भरा काई लगा गंदा पानी पीने को मजबूर हैं।

राज्य में मच्छरों और कीड़े-मकोड़ों की भरमार है। मच्छर के काटने से होनेवाली बीमारियों के प्रति भी सरकार उदासीन है। हालाँकि लोगों को मच्छरदानी में सोने की सलाह तो दी जाती है, किंतु सरकार की ओर से गरीब लोगों के लिए मच्छरदानी के वितरण की कोई योजना नहीं है। खुद को गरीबों की हितैषी बताने वाली त्रिपुरा सरकार गहरी नींद में सोई है। राज्य में मलेरिया पर काबू पाने के लिए कोई प्रभावी योजना नहीं है। राज्य के कई गाँव मलेरिया की चपेट में हैं और राज्य स्वास्थ्य केंद्रों में दवाइयों के साथ डॉक्टरों और नर्सों का भी अकाल पड़ा हुआ है। स्वास्थ्य मशीनरी पूरी तरह ध्वस्त हो चुकी है। हालात ये हैं कि मलेरिया खत्म करने के लिए केंद्र सरकार द्वारा आवंटित राशि को राज्य सरकार बड़ी ही चालाकी से हजम कर चुकी है।

राज्य में अपराध का बोलबाला

माकपा सरकार राज्य में ऐसी कारगुजारियाँ कर रही है कि देश में होनेवाला हर तरह का अपराध त्रिपुरा में देखने को मिल सकता है। विकास का यहाँ नामो-निशान तक नहीं है, लेकिन अपराध के मामले राज्य पूरे देश में अव्वल है। त्रिपुरा के परिप्रेक्ष्य में यह सही भी है। क्योंकि रूस के एक पूर्व वामपंथी का कहना है कि 'लूट, वासना और शराब वामपंथी शासन की तीन विशिष्ट विशेषताएँ हैं।' नशीली दवाओं और ड्रग्स की यहाँ भरमार है। केवल नाम लेने भर पर ही कोकीन, हेरोइन, ब्राउन शुगर, फेंसेडिल और एल.एस.डी. आसानी से खरीदी जा सकती हैं। गाँजे की खेती भी यहाँ बेरोक-टोक हो रही है।

अपने राजनीतिक प्रतिद्वंद्वियों का खेल खत्म करने के लिए यहाँ राजनेताओं की हत्या करना सबसे प्रचलित और प्रमुख हथियार है। फिर चाहे वह प्रतिद्वंद्वी विपक्ष या अपनी ही पार्टी का क्यों न हो। माओ और लेनिन ने वामपंथियों को शायद एकमात्र यही शिक्षा दी है। राजनीतिक शक्ति का इतना प्रयोग त्रिपुरा के विकास के लिए नहीं किया गया जितना कि प्रयोग यहाँ की वाम सरकार अपने

प्रतिद्वंद्वियों के सफाए के लिए कर रही है। राज्य के कोने-कोने में वाम मोर्चे का खूनी खेल चल रहा है। देश के अन्य राज्यों की तुलना में बेहद छोटा राज्य होने के बावजूद त्रिपुरा राजनीतिक हत्याओं के मामले में शीर्ष स्थान की ओर तेजी से आगे बढ़ रहा है। इन हत्याओं की जाँच न हो, इसके लिए वामपंथी पार्टियों ने हत्यारों को सुरक्षा प्रदान करनेवाली असामाजिक तत्त्वों की एक पूरी फौज तैयार कर रखी है।

त्रिपुरा में निर्दोष लोगों और महिलाओं के साथ क्रूरता और व्यभिचार आम बात है। किसी महिला के शोषण के लिए उसका बलात्कार करना यहाँ के सत्ताधारियों और उनके समर्थकों का प्रमुख हथियार है। बलात्कार के मामलों में त्रिपुरा देश में दूसरे स्थान पर है। वामपंथियों की क्रूरता का अंदाजा इस बात से ही लगाया जा सकता है कि अपने कांग्रेसी प्रतिद्वंद्वियों से बदला लेने के लिए उन्होंने उनके पूरे परिवार को ही आग के हवाले कर दिया था।

1980 में त्रिपुरा का कुख्यात मंडई नरसंहार 2002 के गुजरात और 1984 के सिख विरोधी दंगों की तुलना में कहीं अधिक भयावह था। लेकिन वाम दल इतने चतुर हैं कि उन्होंने इस नरसंहार का एक दाग भी अपने चेहरे पर पड़ने नहीं दिया। एक फिल्मी संवाद है—'जब चुप रहेगी जबान-ए-खंजर, लहू पुकारेगा आस्तीन का।' यह कहना गलत नहीं होगा कि वाम सरकार हजारों लाशों के उस ढेर पर विराजमान है, जिन्हें वामपंथियों ने मौत के घाट उतारा है।

वामपंथियों का मायाजाल

ये वही पाखंडी वामपंथी हैं, जो दहाड़ें मारकर रोते हुए गुजरात दंगों के लिए भाजपा को जिम्मेदार ठहराते हैं। विपक्ष की आवाज उठाने का दम भरने वाले यही वामपंथी भारतीय जनता पार्टी को सबसे अधिक असहिष्णु राजनीतिक दल करार देने पर तुले हैं।

इसमें कोई आश्चर्य नहीं है कि मुख्यमंत्री माणिक सरकार उन लोगों के नेता हैं, जिन्हें हजारों-करोड़ों रुपए के मनरेगा घोटाले का श्रेय दिया जाता है। वामपंथी बड़ी कुशलता के साथ माणिक सरकार को एक विनम्र, बेहद सादे कपड़े पहनने वाला, निस्स्वार्थ और नया महात्मा गांधी बताने का मायाजाल रच

रहे हैं। वामपंथी उनकी ठाठ-बाठ वाली लग्जरी शीवनशैली को बड़ी चतुराई से कभी सामने नहीं आने देते! जो राज्य स्थायी रूप से आर्थिक दिवालियापन से गुजर रहा है, वामपंथी उसे ही एक आदर्श राज्य कहकर प्रचारित कर रहे हैं। आँकड़ों की बाजीगरी के लिए साहसी नहीं बल्कि 'छँटा' हुआ होना चाहिए और वामपंथी नेता इस कला के विशेषज्ञ हैं। आपको अजय देवगन अभिनीत फिल्म 'दृश्यम' याद होगी। जिसमें हीरो (अजय देवगन) एक ऐसा काल्पनिक दृश्य रचता है, जिससे पुलिस और न्यायपालिका भी उसकी बेटी को बेगुनाह मान लेती है। पिछले 24 सालों से त्रिपुरा में भी इसी 'दृश्यम' का प्रदर्शन किया जा रहा है।

अपने फर्जी विकास मॉडल को 'त्रिपुरा मॉडल' के रूप में प्रचारित करने में माणिक सरकार सफल रहे हैं। विज्ञापन और पीआर एजेंसियों, लॉबिंग एजेंसिंयों तथा भारी प्रचार माध्यमों का सहारा लेकर माणिक सरकार ने लोगों को सफलतापूर्वक यह विश्वास दिला ही दिया है कि त्रिपुरा देश का सबसे अच्छा शासित राज्य है। सच्चाई यह है कि त्रिपुरा बड़े पैमाने पर बेरोजगारी से जूझ रहा है। 9 लाख से अधिक लोगों के पास अपनी गुजर-बसर के लिए कोई रोजगार नहीं है। क्योंकि अगर आप सी.पी.आई. (एम) के प्रति वफादार नहीं हैं तो नौकरी के बारे में तो भूल ही जाएँ। उत्तर-पूर्वी क्षेत्र (पुनर्गठन) अधिनियम-1971 के तहत साल 1972 में त्रिपुरा की प्रोन्नति कर उसे केंद्र शासित प्रदेश से पूर्वोत्तर भारत के राज्य का दर्जा दिया गया था। तब माना जा रहा था कि अगले दशक तक त्रिपुरा आर्थिक रूप से स्वतंत्र राज्य बन जाएगा। लेकिन यह राज्य आज भी केंद्र सरकार द्वारा दिए जानेवाले 'पैकेजों' पर निर्भर है। त्रिपुरा का साल 2017-18 का वित्तीय बजट 15,957 करोड़ रुपए है, जिसका 89 प्रतिशत राज्य को केंद्र सरकार से मिला है। सरकार का राजस्व आश्चर्यजनक रूप से प्रतिवर्ष घटता जा रहा है। स्थिति यह है कि राजस्व को बढ़ाने के लिए न तो उद्योग-धंधे बढ़ाने पर जोर दिया जा रहा है, न ही सरकार कोई और कारगर उपाय करती दिख रही है। राज्य सरकार भले ही केंद्र सरकार से पर्याप्त राशि न मिलने का रोना रो रही हो, लेकिन रोजगार के अवसर पैदा करने में असफल रही माणिक सरकार कब तक केंद्र पर उँगली उठाकर अपनी नाकामयाबियों को छुपा पाएगी?

शून्य औद्योगीकरण और शून्य विकास

धीमी विकास दर के कारण राज्य विकास की दौड़ में पिछड़ गया है। राज्य में दिन-ब-दिन बेरोजगारी बढ़ती जा रही है। औद्योगिकीकरण की कमी के कारण यहाँ की जनता के पास आय के स्रोत नहीं हैं। इसके बावजूद राज्य सरकार कोई मजबूत कदम नहीं उठा रही है। कृषि क्षेत्रों पर गैर-कृषि गतिविधियाँ त्रिपुरा के कृषि विकास में एक बड़ी बाधा बन चुकी हैं। राज्य सरकार भले ही त्रिपुरा को लेकर 'किसान आत्महत्या मुक्त राज्य' का दम भरती हो, लेकिन घोर अवसाद के कारण राज्य का किसान अपने आप ही मर रहा है। राज्य में गरीबी को कम न कर पाने के लिए त्रिपुरा की वाम मोर्चा सरकार को ही दोषी माना जाएगा। असंवेदनशील सरकार के कारण राज्य का मध्यम वर्ग गहरे दुःख और शोक में है। हाँ, वाम मोर्चे के नेता, पार्टी के पदाधिकारी, मंत्री, सरकारी अधिकारी, ड्रग माफिया जरूर शानो-शौकत की जिंदगी जी रहे हैं। त्रिपुरा के केवल 1 प्रतिशत लोगों का यहाँ के पैसे पर पूरा नियंत्रण है। यह विदित है कि कम्युनिस्ट शासन वह है, जहाँ एक ओर तो धन बरसता है, जबकि दूसरी ओर भूख और गरीबी का आलम होता है। इसके बावजूद माणिक सरकार फर्जी दावों के आधार पर अपनी मार्केटिंग करने में व्यस्त है। राज्य में 100 प्रतिशत साक्षरता का दावा इन्हीं झूठे दावों में से एक है। सच बात तो यह है कि लंबे समय से राज्य के प्राथमिक स्कूलों में अध्यापकों की नियुक्ति नहीं हुई है। 100 प्रतिशत साक्षरता का दावा केवल एक भ्रांति ही साबित हुआ है। फिर भी लोग बिना जाँचे-परखे ही इन दावों पर भरोसा कर रहे हैं। इसके लिए राज्य की फेंकू सरकार और उस पर यकीन करनेवाली जनता दोनों को ही सलाम किया जाना चाहिए। राज्य के ज्यादातर गाँव निरक्षरता की जकड़ में हैं। तथ्यों को जानने की इच्छा रखनेवाले लोगों को त्रिपुरा की यात्रा अवश्य करनी चाहिए।

केंद्र की सत्ता में कांग्रेस विराजमान थी, तब त्रिपुरा राजनीतिक बलि का बकरा बनता रहा; क्योंकि कांग्रेस राज्य की वामपंथी सरकार के साथ गुप्त समझौते कर लिया करती थी। हालाँकि कांग्रेस के स्थानीय नेता त्रिपुरा में लगातार चुनाव लड़ते रहे, लेकिन सत्ता में हमेशा वामपंथी ही आए। किंतु जब से नरेंद्र मोदी ने राष्ट्रीय राजनीति में मोर्चा सँभाला है, तब से कांग्रेस और वामदलों के

समीकरण बिगड़ने लगे हैं। भाजपा अध्यक्ष श्री अमित शाह ने त्रिपुरा की वामपंथी सरकार के निर्बाध शासन को चुनौती देने के लिए एक ऊर्जावान टीम को तैनात किया है। भाजपा की टीम ने त्रिपुरा में भ्रष्टाचार के कई मामलों का पर्दाफाश कर माणिक सरकार का स्याह चेहरा उजागर किया है। हाल ही में पाँच राज्यों में हुए विधानसभा चुनावों में केवल पंजाब को छोड़कर बाकी चार राज्यों उत्तर प्रदेश, गोवा, मणिपुर और उत्तराखंड में भाजपा ने सरकार बनाई है। त्रिपुरा की राजनीति में इन चुनाव परिणामों का बहुत गहरा प्रभाव पड़ा है। गौरतलब है कि त्रिपुरा में 2 लाख से अधिक मणिपुरी आबादी है और स्वाभाविक रूप से वे भाजपा शासन में आते हैं। योगी आदित्यनाथ को उत्तर प्रदेश के मुख्यमंत्री पद के तौर पर चुनना भाजपा को त्रिपुरा में लाभ पहुँचा सकता है, क्योंकि योगी आदित्यनाथ 'नाथ' पंथ से संबंध रखते हैं और गुरु गोरखनाथ (ना थ पंथ के महान् संत) के अनुयायी यहाँ बड़ी संख्या में हैं। संक्षेप में कहा जाए तो भाग्य और हवाएँ दोनों ही भाजपा के पक्ष में बह रही हैं।

यहाँ समीकरण ऐसे बनने लगे हैं कि वामपंथियों को भी अब हार का डर सताने लगा है। ऐसा कहा जाता है कि इसी हताशा में वामपंथियों ने भाजपा के कार्यकर्ता चाँद मोहन को मौत के घाट उतार दिया। लेकिन राजनीतिक माहौल को देखते हुए यह भविष्यवाणी की जा सकती है कि चाँदमोहन की मौत वामपंथ की हार का कारण साबित होगी। 2018 का चुनाव वामदलों के लिए निश्चित रूप से आसान नहीं होगा।

□

अध्याय-2

बलि का राज्य...

1993 में पी.वी. नरसिंह राव के देश का प्रधानमंत्री बनने के साथ ही भारतीय राजनीति में बलि का बकरा बनाने की राजनीति ने भी प्रवेश कर लिया। लोकसभा में पूर्ण बहुमत न होने के बावजूद 1991 से 1993 तक नरसिंहराव सरकार ने खूब मौज की। जे. जयललिता के नेतृत्व वाली ए.आई.ए.डी.एम.के. के समर्थन वापसी से केंद्र की सरकार अल्पमत में आ गई। श्री राव ने अपनी सरकार को बचाने के कई पुरजोर कदम उठाए। वामपंथी दल बस इसी मौके का इंतजार कर रहे थे। वामदलों ने बड़े ही व्यवस्थित तरीके से अपनी चाल चलते हुए केंद्र की राव सरकार को त्रिपुरा में राष्ट्रपति शासन लगाने के लिए मजबूर कर दिया। एक महाविद्यालय में हुए बम विस्फोट को कारण बताते हुए राज्य सरकार भंग कर दी गई। इसके बाद 1993 में विधानसभा चुनाव हुए और सी.पी.आई. (एम) अपने सहयोगी दलों के साथ त्रिपुरा की सत्ता पर आसीन हो गई।

केंद्र की कांग्रेस ने त्रिपुरा में राष्ट्रपति शासन लागू कर अपनी ही पार्टी की राज्य सरकार को भंग कर दिया था। यह भारतीय इतिहास में घटित एक अभूतपूर्व घटना थी। वाम दल नरसिंह राव को बाध्य कर त्रिपुरा में सरकार बनाने में सफल रहे और त्रिपुरा की जनता को बिना जनादेश के बनी सरकार को स्वीकार करना पड़ा। इसके बाद त्रिपुरा कांग्रेस इस सदमे से कभी बाहर नहीं आ सकी। अब तो नौबत यह है कि 1993 के बाद हर गुजरते वर्ष के साथ सी.पी.आई. (एम) सरकार हिंसा और भ्रष्टाचार के नए रिकॉर्ड बनाती आ रही है।

त्रिपुरा कांग्रेस के नेता अपने केंद्रीय नेतृत्व से राज्य सरकार के भ्रष्टाचार और हिंसा की शिकायत तो करते हैं, किंतु दिल्ली में बैठे ये कांग्रेसी नेता अपनी ही पार्टी के नेताओं की गुहार पर बहरे बने बैठे हैं। कांग्रेस आलाकमान जान-बूझकर अपने नेताओं की ही आवाज को न केवल दबा रहा है, बल्कि नजरअंदाज भी कर रहा है। इसका कारण भी बिल्कुल स्पष्ट है। दरअसल ये आँकड़ों की राजनीति है, क्योंकि संख्याबल में कमजोर कांग्रेस नहीं चाहती कि वामपंथियों के साथ उसके संबंध बिगड़ें। संसद् में त्रिपुरा से केवल दो ही सदस्य आते हैं और इसी आँकड़े के खेल में 'केवल दो' सदस्यों की अनदेखी करना मुश्किल काम नहीं है। निरंकुश सी.पी.आई. (एम) ने लोकतंत्र को नकार दिया था और राज्य में हिंसा ने आम लोगों की गरदन कब्जा ली थी। राज्य में सरकारी नौकरी भी केवल उन्हें मिली, जो या तो पार्टी कार्यकर्ता थे या सी.पी.आई. (एम) के समर्थक थे। दरअसल पूरी नौकरशाही ही सी.पी.आई. (एम) के कब्जे में आ गई। त्रिपुरा कांग्रेस के नेता पूरी तरह निराश थे और अपने केंद्रीय नेतृत्व के रवैये के कारण खुद को लाचार महसूस कर रहे थे।

चरम पर क्रूरता

कांग्रेस की कहानी, कांग्रेसी नेता की जबानी

कांग्रेसी कार्यकर्ता की हत्याएँ हो रही थीं। महिलाओं के खिलाफ अत्याचार बढ़ गया था। लोगों के मन में असुरक्षा का भाव था। खुद एक कांग्रेसी नेता ने बताया कि राज्य की बिगड़ती कानून व्यवस्था की जानकारी देने के लिए त्रिपुरा कांग्रेस का एक प्रतिनिधिमंडल तत्कालीन गृहमंत्री सुशील कुमार शिंदे से मिलने दिल्ली भेजा गया था। लेकिन प्रतिनिधिमंडल को उनसे मिलने ही नहीं दिया गया। तब कांग्रेस के क्षेत्रीय नेताओं ने श्री शिंदे को एक पत्र भेजा, जिसमें लिखा था, 'अगर हमें समय नहीं दिया गया और हमें आपसे बिना मिले ही वापस जाना पड़ा तो हम सामूहिक रूप से पार्टी की सदस्यता से इस्तीफा दे देंगे।' 'सामूहिक इस्तीफे' के उपाय ने काम किया और श्री शिंदे ने कांग्रेस नेताओं को मुलाकात के लिए पाँच मिनट का समय दे दिया। उन्होंने शिंदे के सामने सी.पी.आई. (एम) सरकार के पापों के आँकड़े रखे और उनसे राज्य सरकार के खिलाफ

गंभीरता से काररवाई करने का अनुरोध किया। ऐसा लगा था कि श्री शिंदे यह सुनने के बाद विचलित होंगे, लेकिन वे बिल्कुल भी परेशान नहीं दिखाई दिए। उन्होंने उल्टा कांग्रेस नेताओं से ही सवाल करते हुए कहा, "आप सभी उस गरीब माणिक सरकार के पीछे क्यों पड़े हैं?" यह घटना कांग्रेस के केंद्रीय नेताओं की मानसिकता दरशाने के लिए काफी है।

कांग्रेस की सोची-समझी नीति

कांग्रेस के केंद्रीय नेताओं द्वारा उठाया गया कदम अपवाद नहीं था। वास्तव में कांग्रेस की इस नीति के पीछे यह विचार था कि राज्य में भले कुछ भी हो, किंतु केंद्र की सरकार पर किसी भी तरह की आँच न आने पाए। केंद्र में सरकार बचाए रखने के लिए कांग्रेस ने यही नीति पश्चिम बंगाल में भी अपना रखी थी। 'ताकत की राजनीति' का खामियाजा पश्चिम बंगाल और त्रिपुरा की जनता को गिरती स्वास्थ्य सेवाओं, विकास की कमी और शिक्षा के गिरते स्तर के रूप में चुकाना पड़ा।

त्रिपुरा के गाँवों में बिजली पहुँचाने की बात तो भूल ही जाइए, सड़कों के निर्माण को भी एक तरफ रख दीजिए, यहाँ तो पीने के लिए स्वच्छ पानी मिलना भी मुश्किल है। यहाँ के कई गाँव मलेरिया और त्वचा संबंधी रोगों की जकड़ में हैं। यह आश्चर्य की बात हो सकती है, लेकिन त्रिपुरा के कई लोग ऐसे भी हैं; जिन्हें कभी राज्य की राजधानी अगरतला देखने तक को नसीब नहीं हुई।

हालाँकि मौजूदा समय में वामपंथी समर्थक या सी.पी.आई. (एम) पार्टी कार्यकर्ताओं द्वारा प्रशासन के अधिकारियों के काम में दखलअंदाजी करने के कारण अधिकारियों के मन में राज्य सरकार के प्रति घृणा का भाव पैदा होना शुरू हो गया है। असम की नवनिर्वाचित भाजपा सरकार ने जहाँ सरकारी कर्मचारियों को सातवें वेतन आयोग की सिफारिशों का लाभ देना शुरू कर दिया है, वहीं त्रिपुरा सरकार अभी अपने कर्मचारियों को चौथे वेतन आयोग के आधार पर ही वेतन दे रही है।

माणिक सरकार के शासन में केवल वही तरक्की कर सकता है, जो या तो सी.पी.आई. (एम) के पक्ष में बोलता है या फिर वामपंथी विचारधारा का पालन

करता है। नेताओं को पार्टी चलाने और ऐशो-आराम की जिंदगी जीने के लिए खूब पैसा मिलता है। शानदार इमारतों में पार्टी के आलीशान कार्यालय बनाए गए हैं। जनता चुप है, क्योंकि उन पर अत्याचारी सरकार राज कर रही है।

दो दशक से लोग उन लोगों की हत्याएँ देख रहे हैं, जिन्होंने राज्य सरकार के खिलाफ नाराजगी जाहिर करते हुए अपनी आवाज उठाई है। 'बोलोगे तो मरोगे' इसी पद्धति पर राज्य में 'बलि राज' चल रहा है।

□

अध्याय-3

माणिक सरकार

कई सालों से त्रिपुरा के मुख्यमंत्री पद पर बैठे माणिक सरकार निश्चित रूप से अपनी बेदाग और साफ छवि के लिए जाने जाते हैं। लेकिन उनका जो पहलू जनता के सामने आता है, वास्तव में वे उसके बिल्कुल उलट हैं। त्रिपुरा में कुछ दिन गुजारकर उनकी छवि को लेकर बना भ्रम आसानी से टूट सकता है। उनके खौफनाक चेहरे पर जो नकाब लगा है, वह आसानी से उतर जाता है। पाठक को यह कथन अतिशयोक्ति लग सकता है, किंतु यदि आप त्रिपुरा के राजनीतिक घटनाक्रमों पर नजर डालेंगे तो इस वास्तविकता पर यकीन करने लगेंगे। कई सालों से त्रिपुरा पर राज्य करने के बाद भी यहाँ की 67 प्रतिशत आबादी गरीबी रेखा के नीचे है। इसके बाद भी यहाँ की सरकार राज्य को 'विकास का सफल मॉडल' साबित करने का दावा करती है। मुख्यमंत्री माणिक सरकार को सबसे अधिक ईमानदार नेता के रूप में पेश किया जा रहा है। राष्ट्रीय मीडिया इस झूठ को प्रचारित कर रहा है और इसे बढ़ावा देकर खुश भी है। उन्हें एक सरल, ईमानदार व्यक्ति के रूप में पेश किया जाता है। जबकि उनसे संबंधित ज्यादातर कहानियाँ या तो पूर्ण रूप से झूठी हैं या बड़ी ही चालाकी से बनाई गई हैं।

गौर करनेवाली बात यह है कि उनके पास अपना घर तक नहीं है, लेकिन वह भव्य सरकारी बँगले में रहते हैं। उनके पास अपनी कोई कार भी नहीं है, लेकिन छोटी दूरी की यात्रा के लिए भी वे हेलीकॉप्टर का इस्तेमाल करते हैं। वे

पूरा वेतन सी.पी.आई. (एम) को तो देते हैं, किंतु अपनी शानदार जीवनशैली पर हर महीने लाखों रुपए खर्च भी करते हैं।

यदि सी.पी.आई. (एम) मुख्यमंत्री के खर्चों का वहन कर रही है तो पार्टी को तुरंत ही खुद को पिछड़ों की पार्टी के रूप में प्रचारित करना बंद करना चाहिए।

भ्रष्टाचार—जमीनी हकीकत

प्रत्यक्ष रूप से माणिक सरकार पर भ्रष्टाचार के आरोप सीधे तौर पर तो दिखाई नहीं देते, किंतु उन्हें निष्कलंक मानना भी गलत होगा। वह रिश्वत नहीं लेते, इसलिए इसका अर्थ यह नहीं कि उन्हें पेश किया गया पैसा उन्हें मिलता नहीं है। खुद पर रत्ती भर भी आरोप न लगे, इसके लिए वे रिश्वत की पेशकश करनेवालों, खासकर उद्योगपतियों को अपने मंत्रियों के जरिए उन तक पैसा पहुँचाने का आदेश देते हैं। भाजपा ने जिस रोज वैली चिट फंड घोटाले का खुलासा किया था, उसे त्रिपुरा का सबसे बड़ा धोखाधड़ी घोटाला माना जाता है। यदि माणिक सरकार इतने ईमानदार होते तो क्या वह रोज वैली चिट फंड कंपनी के घोटाले को छुपाते? वह रोज वैली कंपनी द्वारा गरीब जनता से लूटे 5000 करोड़ के महापाप को छुपाने का काम करते? दरअसल यही असली माणिक बाबू हैं। उन्हें आईना दिखाने का काम केवल भाजपा ने ही किया है।

एक स्थानीय लेखक का कहना है कि मुख्यमंत्री माणिक सरकार राजसी ठाठ-बाठ वाली जिंदगी जीते हैं। लेखक के पास कई ऐसे दिलचस्प किस्से हैं, जो माणिक सरकार की सच्चाई पर से परदा उठाने के लिए काफी हैं। जब कर्नाटक के मुख्यमंत्री सिद्धरमैया अपनी महँगी घड़ियाँ, चश्मे का कीमती फ्रेम और ब्रांडेड जूते पहनने के लिए चर्चा में आए तब त्रिपुरा के पत्रकार इस खुलासे पर खीं-खीं कर हँस रहे थे। इस बात की परवाह किए बगैर कि उनके मुख्यमंत्री माणिक सरकार भी इसी जीवनशैली का अनुसरण कर रहे हैं। माणिक सरकार के लिए जूते भी दिल्ली से मँगाए जाते हैं, जिनकी कीमत 15000 से 20000 से कम की नहीं होती। वे कपड़े भी बेहद महँगे पहनते हैं। केवल ऑर्गेनिक फूड ही खाते हैं। इसकी ओर किसी का ध्यान क्यों नहीं जाता? और आखिर क्यों किसी

को उनकी आलीशान जीवनशैली के बारे में सवाल पूछने की अनुमति नहीं है? विशेष रूप से तब, जब उन्होंने खुद को गरीबों और पिछड़ों के हिमायती के तौर पर प्रस्तुत किया है।

जहाँ प्रधानमंत्री नरेंद्र मोदी का अपना नाम लिखा सूट पहनने का मुद्दा मीडिया में छाया रहता है, वहीं माणिक सरकार के आडंबरों पर मीडिया की नजर भी नहीं पड़ती। इस लिहाज से यदि क्षेत्रीय और राष्ट्रीय मीडिया की तुलना की जाए तो राष्ट्रीय मीडिया कहीं अधिक विश्वसनीय, ईमानदार और निडर प्रतीत होता है।

राज्य के भीतर अपने विलासितापूर्ण जीवन और हेलीकॉप्टर यात्राओं के लिए आलोचना झेल रहे माणिक सरकार अब राज्य से बाहर की यात्राओं के लिए ट्रेन के सामान्य श्रेणी के डिब्बे में चढ़ने को प्राथमिकता दे रहे हैं। उनका ये 'ट्रेन स्टंट' त्रिपुरा से बाहर की मीडिया में सुर्खियाँ बटोरता है। जब साल 2017 में उन्होंने ट्रेन के थर्ड एसी डिब्बे में गुवाहाटी से बेंगलुरु (3000 किमी.) की यात्रा की तब देश के अंग्रेजी मीडिया ने इसे ब्रेकिंग न्यूज कहकर चलाया। हालाँकि एक मुख्यमंत्री का ट्रेन के जरिए इतनी लंबी यात्रा करना एक ब्रेकिंग न्यूज बनना स्वाभाविक है। लेकिन खबर के पीछे की सच्चाई कभी सामने नहीं आती। सच तो यह है कि माणिक सरकार त्रिपुरा में 40 किमोमीटर से कम की यात्रा के लिए भी हेलीकॉप्टर से चलना पसंद करते हैं। राज्य में उनकी हवाई यात्राओं का खर्च करोड़ों में जाता है।

साल 2005 में त्रिपुरा में एक बेचैन करनेवाला समाचार आया। मुख्यमंत्री माणिक सरकार के सरकारी बँगले के सेफ्टी टैंक में नरकंकाल के अवशेष पाए गए। तत्कालीन त्रिपुरा प्रदेश कांग्रेस अध्यक्ष समीर रंजन बर्मन ने इस मुद्दे को उठाकर माणिक सरकार को घेरने की कोशिश भी की, लेकिन न तो मीडिया और न ही जनता ने इन आरोपों को गंभीरता से लिया। क्योंकि वे माणिक सरकार पर आरोप लगाने वाले कांग्रेस प्रदेश अध्यक्ष की ईमानदारी के प्रति आश्वस्त नहीं थे। इस मामले में जाँच के आदेश तक नहीं दिए गए।

मान लेते हैं कि माणिक सरकार सीधे तौर पर सेफ्टी टैंक में मिले कंकाल मामले से जुड़े नहीं थे, लेकिन इस मामले में जो कानूनी प्रक्रिया की जानी चाहिए

थी, वह भी नहीं अपनाई गई। कल्पना कीजिए, यदि यह मामला गुजरात के मुख्यमंत्री नरेंद्र मोदी से जुड़ा होता तो क्या तब भी राष्ट्रीय मीडिया यहीं रवैया अपनाता? 'अपने पापों पर परदा डालकर दूसरों पर उँगली उठाना' असल में यही वामपंथियों की शासन पद्धति है। प्रचार के मामले में भी माणिक सरकार बहुत भाग्यशाली हैं। जो भी विभाग वह सँभाल रहे हैं, उनमें भ्रष्टाचार का बोलबाला है। राज्य सरकार का हर मंत्री भ्रष्टाचार में लिप्त है, लेकिन माणिक सरकार अपने हर मंत्री को क्लीन चिट दे चुके हैं। नियंत्रक और महालेखा परीक्षक (कैग) त्रिपुरा सरकार को कई बार फटकार भी लगा चुका है। चूँकि लंबे समय तक केंद्र में कांग्रेस की सरकार थी, इसलिए त्रिपुरा सरकार के अपराधों को हमेशा नजरअंदाज किया गया, लेकिन भाजपा के केंद्र में आने के बाद अब दृश्य बदल गया है।

मनरेगा निधि में भारी लूट सबके सामने आ ही चुकी है। शिक्षा के अधिकार कानून की अनदेखी कर राज्य सरकार द्वारा भरती किए हजारों शिक्षकों को बर्खास्त करने के निचली अदालत के आदेश को देश के सर्वोच्च न्यायालय ने भी सही ठहराया था। इस मामले पर भाजपा और तृणमूल कांग्रेस ने माणिक सरकार के इस्तीफे की पुरजोर तरीके से माँग भी की थी। हरियाणा के पूर्व मुख्यमंत्री ओम प्रकाश चौटाला की तर्ज पर त्रिपुरा में हुए इस भरती घोटाले में माणिक सरकार की सक्रिय भूमिका के लिए भाजपा त्रिपुरा इकाई के पर्यवेक्षक सुनील देवधर ने माणिक सरकार का इस्तीफा लेकर उन्हें जेल भेजने की माँग की है और उनका यह तर्क उचित भी है। माणिक सरकार खुद पर लगे इन आरोपों से खुद को बचा नहीं सकते।

मुख्यमंत्री के रूप में उनके 19 वर्षों के शासन में अपराध का ग्राफ आसमान छू रहा है। राज्य के लोग आतंक के साए में जीने को मजबूर हैं। भाजपा कार्यकर्ताओं के खिलाफ हो रही आतंकवादी गतिविधियों पर माणिक सरकार मौन रहकर बच नहीं सकते। माणिक सरकार का सिंहासन डगमगाने लगा है। उनका खेल अब खात्मे की ओर है।

□

अध्याय-4

राजनीतिक इतिहास

21 जनवरी, 1972 को त्रिपुरा को पूर्वोत्तर राज्य का दर्जा मिला। राज्य की पहली सरकार सुखोमय सेनगुप्ता के नेतृत्व में भारतीय राष्ट्रीय कांग्रेस ने बनाई। 1977 में जब केंद्र में जनता पार्टी की सरकार आई, तब कांग्रेस का भी विभाजन हो गया। कांग्रेस नेता सचिंद्र लाल, प्रफुल्लचंद्र दास और समीररंजन बर्मन ने वामपंथियों के साथ हाथ मिलाया और एक नई पार्टी 'कांग्रेस फॉर डेमोक्रेसी' का गठन कर लिया। प्रफुल्ल कुमार दास मुख्यमंत्री बने, लेकिन यह गठबंधन लंबे समय तक नहीं टिक पाया। कुछ समय बाद 'कांग्रेस फॉर डेमोक्रेसी' का भी विभाजन हो गया। अब जनता पार्टी ने भी एक नया प्रयोग किया और वामदलों के साथ गठबंधन कर सरकार बना डाली। इस तरह राधिका रंजन गुप्ता त्रिपुरा के चौथे मुख्यमंत्री बने।

1978 के चुनावों में वाम मोर्चा पूर्ण बहुमत के साथ सत्ता में आया। 'त्रिपुरा उपजातीय जुबा समिति' (टी.यू.जे.एस.) की चार सीटों को छोड़कर वाम मोर्चा ने पूरे राज्य पर लाल झंडा फहरा दिया। नृपेन चक्रवर्ती राज्य के मुख्यमंत्री बने। उनके शासनकाल में 8 जून, 1980 में बंगाली हिंदुओं और जनजातीय हिंदुओं के बीच जातीय दंगों से त्रिपुरा सिहर उठा। दोनों समुदायों के बीच हुए इस संघर्ष में जान-माल की भारी हानि हुई। त्रिपुरा की सड़कों पर खून की नदियाँ बह गईं। अनधिकृत आँकड़ों के अनुसार इस नरसंहार में 3000 से ज्यादा लोग अपनी जान से हाथ गँवा बैठे।

1983 में हुए चुनावों में वाम मोर्चा ने 39, भारतीय राष्ट्रीय कांग्रेस ने 12, टी.यू.जे.एस. ने छह और निर्दलीयों ने 3 विधानसभा सीटें जीतीं।

1984 के सिख विरोधी दंगे आज भी लोगों के जहन में हैं। गुजरात दंगों पर आज भी शोक-संताप किया जाता है। लेकिन 3000 मौतों का गवाह बनने वाले त्रिपुरा के उस नरसंहार का कभी जिक्र तक नहीं होता। 1984 के सिख विरोधी दंगे और 2002 के गुजरात दंगों पर विलाप करने में अग्रणी रहनेवाले वाम दल त्रिपुरा में हुए नरसंहार पर चुप्पी मारे बैठे हैं। वाम दलों की जबान पर मानो ताला लग गया है। हैरान करनेवाली बात यह है कि इस बारे में उनसे कभी कोई सवाल तक नहीं किया गया। त्रिपुरा दंगों में शामिल दो समुदायों के बीच संघर्ष का कोई स्पष्ट कारण तो नहीं था। लेकिन कांग्रेस ने सी.पी.आई. (एम) पर दंगों में शामिल दोनों समुदायों को उकसाने और एक-दूसरे के खिलाफ जातीय भावनाएँ भड़काने का आरोप अवश्य लगाया था।

चक्रवर्ती के शासन में कानून व्यवस्था बेहद खराब थी। त्रिपुरा उग्रवादी गतिविधियों में उल्लेखनीय वृद्धि का गवाह बना है। दो आतंकवादी संगठनों 'ऑल त्रिपुरा टाइगर फोर्स' (ए.टी.टी.एफ.) और 'नेशनल लिबरेशन फ्रंट ऑफ त्रिपुरा' (एन.एल.एफ.टी.) ने राज्य में लंबे समय तक जमकर कहर बरपाया। राज्य में बेलगाम अपहरण, फिरौती और हत्याएँ हो रही थीं। खास बात यह थी कि इन दोनों ही संगठनों के वामपंथी नेताओं से सीधे संबंध थे। त्रिपुरा विधायक बिंदुरम रेयांग के बेटे धनंजय रेयांग एन.एल.एफ.टी. के नेता थे। ए.टी.टी.एफ. और वामपंथी पक्ष एक-दूसरे के साथ घनिष्टता से जुड़े थे। ए.टी.टी.एफ. के कई चेहरों ने वाम दलों के टिकट पर चुनाव लड़कर विधानसभा में जगह बनाई थी।

कांग्रेस का 'जैसे को तैसा'

1988 तक चक्रवर्ती सरकार का कुशासन जारी रहा। इस बीच तत्कालीन प्रधानमंत्री श्री राजीव गांधी ने त्रिपुरा राज्य को 'अस्थिर' घोषित कर दिया और यहाँ शांति स्थापित करने के लिए अर्धसैनिक बलों की तैनाती कर दी। वामपंथियों के नियंत्रण वाली पुलिस दुर्बल हो गई। टी.यू.जे.एस. के साथ

गठबंधन में कांग्रेस पार्टी ने चुनाव जीता और राज्य की सत्ता में आई। दोनों पार्टियों ने मिलकर 32 सीटें जीतीं। जबकि वाम मोर्चा को विधानसभा चुनावों में 28 सीटें मिलीं। कांग्रेस यहाँ चुनाव तो जीत गई, लेकिन तत्कालीन कांग्रेस नेताओं ने खुलासा कर सनसनी मचा दी कि कांग्रेस ने भी चुनाव जीतने के लिए उसी क्रूरता को हथियार बनाया, जिसका सहारा वामदल लिया करते हैं। राज्य की सुरक्षा असम राइफल्स के नियंत्रण में थी, जिसके कारण राज्य की पुलिस भी लाचार हो गई थी।

असम राइफल्स की तैनाती से सी.पी.आई. (एम) का राज्य की पुलिस पर नियंत्रण ढीला पड़ गया था। इससे यह साबित हो गया कि त्रिपुरा की जनता को दबाए बिना यहाँ किसी पार्टी का चुनाव जीत पाना मुमकिन नहीं था। तत्कालीन गृह राज्यमंत्री श्री संतोष मोहन देव कांग्रेस पार्टी की इस जीत के शिल्पकार थे। सुधीर रंजन मजूमदार कांग्रेस की ओर से राज्य के मुख्यमंत्री बने। मजूमदार के कार्यकाल के अंतिम वर्ष में उनके स्थान पर रंजन बर्मन को बैठा दिया गया। बर्मन को गृह राज्यमंत्री संतोष मोहन देव का करीबी माना जाता था।

एक दशक से भी ज्यादा समय तक त्रिपुरा पर शासन करनेवाले वाम दलों के लिए 1988 से 1993 का समय एक लंबे ब्रेक जैसा था। राज्य में कानून व्यवस्था की धज्जियाँ उड़ रही थीं और अपराध अपने चरम पर था, लेकिन सत्ता के नशे में चूर कांग्रेसी नेता राज्य की स्थिति पर आँखें मूँदे बैठे थे। महिलाओं के खिलाफ अत्याचार एक आम बात हो गई थी। महिलाएँ घरों से बाहर निकलने से कतराती थीं। अपहरण और बलात्कार की घटनाओं से राज्य की महिलाएँ सहमी हुई थीं। इन परिस्थितियों में कांग्रेस के शासन वाली केंद्र सरकार ने जो खेल खेला, वह चौंकाने वाला था। कहते हैं—'विनाश काले विपरीत बुद्धि' और इसी पर चलते हुए केंद्र सरकार ने राज्य सरकार को भंग करने का फैसला ले लिया।

केंद्र में अस्थिरता का परिणाम

त्रिपुरा कांग्रेस के नेताओं के सितारे गर्दिश में थे। ए.आई.ए.डी.एम.के.

ने तत्कालीन प्रधानमंत्री नरसिंह राव से समर्थन वापस ले लिया, जिससे केंद्र की सरकार अल्पमत में आ गई। वाम मोर्चा ने मौके का फायदा उठाया और केंद्र में कांग्रेस को समर्थन देने के एवज में त्रिपुरा में सौदेबाजी कर ली। हालाँकि मुख्यमंत्री समीर रंजन बर्मन अपनी सरकार को भंग करने के लिए राजी नहीं थे और विद्रोह की योजना बना रहे थे। लेकिन ऐसी परिस्थितियों को सँभालने में नरसिंह राव एक अनुभवी रणनीतिकार थे। उन्होंने 'विद्रोह के लिए तैयार' मुख्यमंत्री बर्मन को दंडित करने का भय दिखाया और उन पर इस्तीफे का दबाव बना दिया। राष्ट्रपति शासन के बाद 1993 में चुनाव हुए और एक बार फिर वाम मोर्चा सत्ता में आ गया। शुरुआती पाँच साल के लिए दशरथदेव बर्मन मुख्यमंत्री थे और 1998 में माणिक सरकार सत्ता पर आसीन हो गए।

1989 से 2014 तक भारत में गठबंधन की राजनीति मजबूत होती चली गई। वी.पी. सिंह, चंद्रशेखर, एच.डी. देवेगौड़ा, पी.वी. नरसिंह राव और अटल बिहारी वाजपेयी के नेतृत्व वाले राष्ट्रीय जनतांत्रिक फ्रंट (एन.डी.ए.) ने कुछ वर्षों तक देश का नेतृत्व किया। अगले दशक में मनमोहन सिंह ने देश के प्रधानमंत्री की भूमिका निभाई।

वाम दलों ने हमेशा सरकार में महत्त्वपूर्ण भूमिका निभाई

तब से अब तक माणिक सरकार त्रिपुरा की सत्ता पर आसीन हैं। इन वर्षों में केंद्र की अस्थिर सरकार को बचाना वामपंथियों के लिए त्रिपुरा में अपनी जड़ें मजबूत करने में मददगार साबित हुआ। हालाँकि पूरा सरकारी तंत्र वाम मोर्चे के हाथों में था, इसके बावजूद उन्होंने राज्य में विकास करने में रुचि नहीं दिखाई। जो उनका विरोध करे, उसे अपने साथ कर लो अन्यथा उसका सफाया कर दो, यही वामपंथियों की नीति रही है।

ऐसे समय में जब वामपंथी विचारधारा पूरे देश में अपनी जमीन खो रही थी, तब केरल, त्रिपुरा और पश्चिम बंगाल ने सी.पी.आई. (एम) की उपद्रवी विचारधारा को केंद्र में मोल-भाव करने की ताकत दी। इन तीनों राज्यों में केरल को वैकल्पिक तौर पर कांग्रेस की सरकार मिल तो गई, लेकिन पश्चिम बंगाल और त्रिपुरा वामपंथियों के गढ़ बने रहे। ममता बनर्जी ने लाल ध्वज को जरूर

उखाड़ फेंका है, लेकिन त्रिपुरा में आज भी वे ही सत्तासीन हैं।

यदि केंद्र में भाजपा की सरकार नहीं आती तो सी.पी.आई. (एम) का राज त्रिपुरा में अवश्य ही कायम रहता, लेकिन भाजपा के आने के बाद त्रिपुरा में स्थितियाँ बदलने लगी हैं। 'मोदी लहर' के कारण महाराष्ट्र, झारखंड, हरियाणा, जम्मू और कश्मीर, उत्तराखंड और उत्तर प्रदेश की सत्ता में परिवर्तन देखा गया। भाजपा ने गोवा और मणिपुर में भी सरकार बनाई। भाजपा अब वामपंथियों के किले त्रिपुरा में सेंध लगाने में जुटी है।

□

अध्याय-5

त्रिपुरा में खूनी खेल

खूनी राजनीतिक संघर्ष त्रिपुरा के लिए नया नहीं है। कांग्रेस और सी.पी आई. (एम) के बीच चले आ रहे खूनी संघर्ष का त्रिपुरा कई दशकों से गवाह बना हुआ है। निर्दोष लोगों को यहाँ दिन-दहाड़े मौत के घाट उतार दिया जाता है। उनमें से कइयों को जिंदा ही जला दिया गया था। इन हत्याओं के पीछे वाम दलों के निर्दयी हत्यारों का हाथ था। पिछले कुछ समय से भाजपा कार्यकर्ता इन हत्यारों के निशाने पर हैं। त्रिपुरा भाजपा के नेता चाँदमोहन इन हत्यारों के सबसे ताजा शिकार हैं।

अक्तूबर 1988 में भारतीय राष्ट्रीय कांग्रेस के कार्यकर्ताओं ने बीरचंद्र मनू गाँव में बने सी.पी.आई. (एम) के कार्यालय पर हमला करके उनके नेता श्रीधर पाल समेत 11 कार्यकर्ताओं की हत्या कर दी। जिसके बाद भविष्य के सभी चुनावों में सी.पी.आई. (एम) ने वोट पाने के लिए इस हत्याकांड का का मुद्दा उछाला। सेशन कोर्ट ने इस हत्याकांड में 13 लोगों को दोषी पाते हुए सजा सुनाई। इस हत्याकांड में विशालगढ़ से सी.पी.आई. (एम) विधायक गौतम दत्त भी मारे गए थे।

1983 में वामपंथियों के समूह ने कांग्रेस विधायक परिमल साहा और उनके चचेरे भाई जितेंद्र साहा को उस समय मौत के घाट उतार दिया, जब वे ब्लॉक विकास समिति की बैठक में हिस्सा लेने जा रहे थे। इस मामले में त्रिपुरा उच्च न्यायालय ने हत्या के आरोप में 12 आरोपियों को मौत की सजा सुनाई थी।

हालाँकि प्रारंभ में 24 लोगों का नाम चार्जशीट में आया, लेकिन उनमें से 7 की मृत्यु हो गई, एक आरोपी फरार हो गया और पाँच को कोर्ट ने बरी कर दिया। इसी तरह 2001 में कांग्रेस विधायक मधुसूदन साहा और 2009 में युवा कांग्रेस के महासचिव मंटू दास की भी हत्या कर दी गई थी।

अपने ही लोगों की हत्याएँ

चरमपंथियों ने 1998 सी.पी.आई. (एम) के विधायक आनंद रोआझा की दुर्गापुर के समीप गंडाछारा शहर में हत्या कर दी। आनंद रोआझा की हत्या के पीछे सी.पी.आई. (एम) के भीतर चल रही आंतरिक प्रतिद्वंद्विता बताई गई। इसी साल यानी 1998 में ही सी.पी.आई. (एम) के एक और विधायक बिमल सिन्हा को भी मौत के घाट उतार दिया गया। सिन्हा तत्कालीन सरकार में स्वास्थ्य मंत्री थे और उन्हें राज्य के अगले मुख्यमंत्री के उम्मीदवार के तौर पर देखा जा रहा था। बिमल सिन्हा और उनके छोटे भाई बिद्युत सिन्हा की नेशनल लिबरेशन फ्रंट ऑफ त्रिपुरा (एन.एल.एफ.टी.) ने दिन दहाड़े हत्या कर दी थी।

गौरतलब है कि बिमल सिन्हा की हत्या माणिक सरकार के मुख्यमंत्री बनने के ठीक बाद हुई थी। सिन्हा त्रिपुरा में सी.पी.आई. (एम) नेताओं के बीच सिन्हा सबसे लोकप्रिय चेहरों में से एक थे। निश्चित तौर पर उनकी हत्या ने बाकी विधायकों के बीच गुस्सा पैदा कर दिया। इस गुस्से को देखते हुए मुख्यमंत्री माणिक सरकार ने कोलकाता हाईकोर्ट के रिटायर्ड जज एम.ए. यूसुफ की अध्यक्षता में एक जाँच आयोग का गठन कर डाला।

किसी मामले को लंबा खींचकर उसे ठंडा करने के लिए जाँच आयोग का गठन कर देना ये सरकार में बैठे लोगों का सबसे आम और मजबूत हथियार है। बहरहाल जस्टिस यूसुफ ने अपनी रिपोर्ट में जो कहा, वह विस्फोटक था। रिपोर्ट में राज्य सरकार और पुलिस को कड़ी फटकार लगाई गई। माणिक सरकार ने कई वर्षों तक इस रिपोर्ट को छुपाए रखा। इस रिपोर्ट को 2016 में राज्य की विधानसभा में पेश किया गया।

इन राजनीतिक हत्याओं को केवल कमजोर कानून व्यवस्था की समस्या मानकर नहीं देखा जाना चाहिए। ये हत्याएँ यह संदेह पैदा करने के लिए काफी

हैं कि ये सभी कत्ल वास्तव में अपने राजनीतिक प्रतिद्वंद्वियों को खत्म करने की साजिश के तहत किए गए। वह प्रतिद्वंद्वी फिर चाहे अपनी ही पार्टी से क्यों न हो। संदेह तब और मजबूत हो जाता है, जब इन हत्याओं का मास्टरमाइंड सामने नहीं लाया जाता।

सरकारी अधिकारियों की हत्याएँ

न केवल राजनेता और पार्टी कार्यकर्ता, बल्कि वामपंथियों ने बड़ी संख्या में सरकारी कर्मचारियों को भी निशाना बनाया। वे ईमानदार सरकारी अधिकारी, जिन्होंने वामपंथियों के सामने झुकने से इनकार किया, उन्हें इसकी कीमत अपनी जान देकर चुकानी पड़ी। साल 2000 में सब-डिवीजनल मजिस्ट्रेट सुखराम देबबर्मा और उनके अंगरक्षक को उनके कार्यालय के परिसर में ही गोलियों से भून दिया गया। उनकी हत्या के बाद यह खबर उड़ी के देबबर्मा की हत्या सरकार में दखल रखनेवाले एक बाहुबली का विरोध करने के कारण हुई। प्रेस और मीडिया भी सरकार की दमनकारी नीति से बच नहीं सके। दो अज्ञात हमलावरों ने एक स्थानीय बंगाली समाचार-पत्र 'दैनिक गणदूत' में काम करनेवाले तीन कर्मचारियों को अखबार के अगरतला स्थित कार्यालय में ही मौत के घाट उतार दिया। मोटर साइकिल पर सवार होकर आए हमलावरों ने 'दैनिक गणदूत' के कार्यालय में घुसकर कार्यालय प्रबंधक रंजीत चौधरी, प्रूफ रीडर सुजीत भट्टाचार्य और ड्राइवर बलराम घोष की हत्या कर दी।

हत्याओं की सूची यहाँ समाप्त नहीं होती। सी.पी.आई. (एम) के नेता कालिदास देबबर्मा, तरणीमोहन सिन्हा और सर्बोजय रेयांग की भी हत्या की गई। उन पर सरकार और उसकी नीतियों के खिलाफ आवाज उठाने का आरोप लगाया गया था। यह पक्का है कि वाम मोर्चा की सरकार के खिलाफ आवाज उठाने वालों को समाप्त करने के लिए वामपंथी हत्यारों की एक सेना तैयार की गई थी।

इतना ही नहीं, जहाँ जरूरी होता था, वहाँ धमकी देने वालों की पीठ भी थपथपाई जाती थी। राज्य में विनम्रता खत्म हो रही थी और बर्बरता अपने चरम पर पहुँच गई थी। 1982 का नरसंहार वामदलों द्वारा की गई क्रूरता की पराकाष्ठा

था। कैलाश शहर के निकट कंचनबाड़ी के कांग्रेस कार्यकर्ता भगवती बसाक को उनके परिवार के साथ जिंदा जलाकर मार डाला गया। इन हत्याओं का मकसद दरअसल एक संदेश छोड़ना था, 'हमारे खिलाफ आवाज उठाने की हिम्मत करो तो मरने के लिए तैयार रहो।'

राज्य के प्रत्येक कोने में आतंक फैल चुका था। सत्ता का अपमान वाम दलों का चरित्र बन गया था। जिन्होंने उनके रास्ते में आने की कोशिश की, वामपंथियों ने उन्हें बर्बरता से कुचल डाला। सिर्फ राजनेता ही नहीं, अपितु आम जनता भी वामपंथियों के अत्याचारों से नहीं बच सकी।

अभूतपूर्व दमन तंत्र

11 जुलाई, 2011 को कांग्रेस ने राज्य की आरक्षण नीति को दुर्बल करनेवाली त्रिपुरा मेडिकल कॉलेज की नई प्रवेश प्रणाली के खिलाफ एक विरोध प्रदर्शन का ऐलान किया था। लेकिन सरकार के आदेश पर त्रिपुरा पुलिस और त्रिपुरा राज्य राइफल्स (टी.एस.आर.) ने आम लोगों, पैदल चलने वालों, पत्रकारों और फोटो पत्रकारों को दौड़ा-दौड़ाकर पीटा। टी.एस.आर. ने अंधाधुंध गोलीबारी शुरू कर दी। इस गोलीबारी में छह लोग घायल हुए, जबकि सैकड़ों लोग लाठीचार्ज में घायल हो गए। पपई साहा नाम के युवा अखबार विक्रेता ने सिर में गोली लगने से मौके पर ही दम तोड़ दिया। इस कारवाई से यह साफ हो गया था कि गोलीबारी भीड़ को तितर-बितर करने के लिए नहीं, बल्कि अपने विरोधियों और उनके समर्थकों को समाप्त करने के लिए की गई थी।

इससे भी शर्मसार करनेवाली बात यह थी कि इस घटना के लिए माफी माँगने की बजाय सी.पी.आई. (एम) के राज्य सचिव ने प्रेस कॉन्फ्रेंस में सवाल पूछने वाले पत्रकारों के लिए ही असभ्य भाषा का इस्तेमाल किया। इस घटना को अंजाम देने वाले पुलिसकर्मी रँगे हाथ न पकड़े जा सकें, इसके लिए राज्य सरकार ने उनकी पहचान छुपाने का इंतजाम पहले ही कर रखा था। ब्रिटिश शासन और उसके बाद भी अपने लोगों के खिलाफ की गई ऐसी कोई और कारवाई शायद ही देखने को मिले।

विपक्ष ने सी.पी.आई. (एम) के लोगों पर गोलीबारी और लाठीचार्ज

के आरोपों में शामिल होने का आरोप लगाया। विपक्ष ने सवाल किया कि गोलीबारी और लाठीचार्ज करनेवालों ने अपना चेहरा ढक क्यों रखा था? और यह तर्कसंगत था भी। विपक्ष के आरोपों पर सी.पी.आई. (एम) सरकार ने इस घटना की जाँच सी.आई.डी. को सौंप दी।

विधानसभा में कांग्रेस पार्टी ने सी.बी.आई. जाँच की माँग की। विपक्ष के आक्रामक तेवरों को देखते हुए मुख्यमंत्री माणिक सरकार ने सी.बी.आई. जाँच की माँग स्वीकार कर ली। इस बीच पपई साहा के परिवार ने भी एक याचिका दायर कर सी.बी.आई. जाँच की माँग की। लेकिन न्यायालय में सरकार का पक्ष रख रहे एडवोकेट जनरल ने इसका विरोध किया। इससे सरकार का दोहरा चरित्र सामने आ गया। परिस्थितियों के हिसाब से माणिक सरकार जिस तरह अपने फैसले बदल रहे थे, उससे रंग बदलने वाला गिरगिट भी शरमा जाए। कहा जा सकता है कि सी.पी.आई. (एम) द्वारा तैनात प्रायोजित अतिवादियों का राज्य में चारों ओर बोलबाला था।

सरकार के दमन से आम जनता भी नहीं बच पाई। 25 मार्च, 2012 को मोटर साइकिल पर सवार तीन जनजातीय युवकों पर सी.पी.आई. (एम) कार्यालय के सामने ही हमला किया गया। जिसमें दो घायल हो गए और एक किसी तरह बच निकला। जहाँ लोगों ने मामले की रिपोर्ट लिखवाने की कोशिश की, वहीं अपने गुंडों को बचाने के लिए सी.पी.आई. (एम) ने इसे दुर्घटना करार दे दिया।

सरकार की भूमिका को देखकर लग रहा था कि राज्य के तत्कालीन गृहमंत्री इस मामले को कमजोर बनाने में शामिल थे।

मीडिया का झूठ

अपने अनगिनत पापों के बावजूद वाम मोर्चा किसी तरह सत्ता में बने रहने में सफल रहा। राज्य में चारों ओर हाहाकार मचा था और मीडिया मुख्यमंत्री माणिक सरकार की कथित विनम्र जीवनशैली को महिमामंडित करनेवाली फर्जी कहानियाँ बुनने में व्यस्त था। क्या इसे ही सरकार की उपलब्धियाँ कहा जाए? गुजरात दंगों के लिए भाजपा और नरेंद्र मोदी को निशाना बनाने वाला राष्ट्रीय

मीडिया माणिक सरकार के दमनकारी और निरंकुश शासन के खिलाफ एक शब्द भी क्यों नहीं बोला? माणिक सरकार के खिलाफ न तो रवीश कुमार, न ही बरखा दत्त या राजदीप सरदेसाई ने अपने चैनल पर कोई प्राइम टाइम शो चलाया और न ही उनकी इच्छा कोई ओपन लेटर लिखने की हुई। अरुंधति रॉय और तीस्ता सीतलवाड़ जैसे कथित समाजसेवियों ने भी त्रिपुरा पर अपनी जबान पर ताला लगाए रखना बेहतर समझा।

विपक्षी पार्टी के कार्यकर्ताओं की दिन दहाड़े हत्या, विपक्षी नेताओं के परिवारों को जिंदा जलाना, युवाओं को बर्बरता से मौत के घाट उतारना, क्या इन सबकी अनुमति सिर्फ इसलिए थी, क्योंकि सत्ता में एक तथाकथित धर्मनिरपेक्ष सरकार थी?

जब से केंद्र की सत्ता पर भाजपा की सरकार आसीन हुई है, तब से त्रिपुरा में भी पार्टी की लोकप्रियता बढ़ी है। इसलिए वाम मोर्चा अब राज्य में भाजपा को कुचलने की कोशिशें कर रहा है। दो साल पहले भाजपा के राष्ट्रीय अध्यक्ष अमित शाह द्वारा आयोजित रैली में 8000 से ज्यादा लोग शामिल हुए थे। लेकिन पिछले दिनों चाँदमोहन हत्याकांड के विरोध में आयोजित उनकी रैली में 50000 से अधिक लोगों ने हिस्सा लिया। यह एक ऐतिहासिक रैली साबित हुई, क्योंकि त्रिपुरा में आज तक किसी जनसभा में इतने लोग शामिल नहीं हुए थे। पिछले दो सालों से त्रिपुरा में भाजपा की आँधी चल रही है। एक ऐसी पार्टी, जिसका राज्य में कभी अस्तित्व ही नहीं था, आज राज्य सरकार को चुनौती देती दिखाई दे रही है। सत्तारूढ़ वामदलों के लिए इसे पचा पाना आसान नहीं था। इस सफलता की कीमत भाजपा कार्यकर्ताओं को चुकानी पड़ रही है। जब तक वामदल सत्ता में है, कड़ी मेहनत भी उनके विरोधियों का चुनाव नहीं जिता सकती। पार्टी को खड़ा करने के लिए कार्यकर्ताओं को अपना खून भी बहाना पड़ता है।

लोकतंत्र से एलर्जी

सी.पी.आई. (एम) त्रिपुरा में इस तरह शासन कर रही है, जैसे राज्य की बाकी सभी विचारधाओं को समाप्त करना उसकी बपौती हो। सी.पी.आई. (एम) को खुद तो लोकतंत्र से एलर्जी है ही साथ ही, वह अन्य राजनीतिक दलों

के विरोध करने के अधिकार का हनन करती है। राज्य में अपनी जड़ें मजबूत करने की जंग लड़ रही भाजपा आज भी भाकपा कैडर के उपद्रवी व्यवहार का सामना कर रही है।

राज्य में किसी अन्य दल की रैली या जनसभा होने पर राज्य सरकार उस इलाके की बिजली-पानी की आपूर्ति ही रोक देती है। दूर-दराज के इलाकों में रहनेवाले लोग जनसभाओं का हिस्सा बनने के लिए सुबह-सुबह ही घर से निकल पड़ते हैं। जनसभा आयोजित करनेवाली हर पार्टी की कोशिश होती है कि वह कार्यक्रम में आनेवाले हर व्यक्ति के खाने-पीने का पूरा इंतजाम रखे, लेकिन त्रिपुरा सरकार भाजपा को नीचा दिखाने के लिए निरंतर कोशिशें करती रहती है। राज्य सरकार की कोशिश होती है कि उसके कार्यकर्ताओं तक भोजन और पीने का पानी न पहुँच पाए।

फरवरी 2017 में त्रिपुरा दौरे पर आए केंद्रीय मंत्री (आयुष) श्रीपद नाईक को भी कैलाश शहर में हुई रैली के दौरान बिजली कटौती का सामना करना पड़ा था। भाजपा कार्यकर्ता भले ही त्रिपुरा में चुनौतियों का सामना कर रहे हों, लेकिन ऐसी घटनाओं से एकजुट होते हुए उन्होंने तमाम परेशानियों से लड़कर पार्टी खड़ी करने का मन बना लिया है।

सी.पी.आई. (एम) के कार्यकर्ताओं द्वारा भाजपा समर्थकों पर हमले करना और उन्हें धमकियाँ देना जारी है। उन्होंने गंडाछारा में त्रिपुरा भाजपा के आदिवासी मोर्चा नेता चाँदमोहन की हत्या कर डाली और एक आदिवासी महिला का बलात्कार किया। बुजुर्ग और गर्भवती महिलाओं समेत यहाँ की सभी महिलाएँ सी.पी.आई. (एम) कार्यकर्ताओं का अत्याचार सहने को मजबूर हैं। 100 से अधिक श्रमिकों पर सी.पी.आई. (एम) के कार्यकर्ताओं द्वारा हमला किया गया, लेकिन राज्य सरकार ने उनके खिलाफ कोई काररवाई नहीं की। सत्ता के तरकश में पड़ा अत्याचार का हर तीर सी.पी.आई. (एम) निर्दोषों के खिलाफ इस्तेमाल कर रही है।

'स्टूडेंट फेडेरेशन ऑफ इंडिया' के गुंडों ने एक छात्र और भारतीय जनता युवा मोर्चा के नेता आलोक देब के चेहरे पर केवल इसलिए पेशाब किया, क्योंकि उसने अपनी मोटर साइकिल पर 'भारत माता की जय' वाला स्टीकर

लगा रखा था। वे उन्मादी वहाँ मौजूद भीड़ को यह संदेश देना चाह रहे थे, जो भी व्यक्ति 'भारत माता की जय' करने का 'पाप' करेगा, उसके मुँह को इसी तरह 'शुद्ध' किया जाएगा।

महिलाओं पर अत्याचार

पुष्पा कपाली के साथ हुए अत्याचार की घटना रोंगटे खड़े कर देती है। यह वह समय था, जब राज्य पंचायत चुनाव चल रहे थे। तब एक दर्दनाक घटना में सात महीने की गर्भवती पुष्पा को पेट में पल रहे अपने बच्चे के साथ जान गँवानी पड़ी। सी.पी.आई. (एम) के गुंडों ने एक दिन पुष्पा के घर में घुसकर उसके पेट पर लातों की बरसात कर दी। उसका कसूर बस इतना था कि वह भाजपा के टिकट पर पंचायत का चुनाव लड़ रही थी। क्या एक गर्भवती महिला को इतनी दरिंदगी से पीटना जायज है? निश्चय ही उन लोगों का दिल पत्थर का होगा। सी.पी.आई. (एम) कार्यकर्ताओं की यह क्रूरता अपवाद नहीं है। दरअसल वाम मोर्चा की सरकार का किला इसी क्रूरता की नींव पर खड़ा हुआ है। बिना विकास कार्य किए भी आश्चर्यजनक रूप से सी.पी.आई. (एम) दशकों से राज्य की सत्ता में बनी हुई है।

निकाय चुनावों में भी वाम मोर्चा ने क्रूरता का यही रवैया अपनाया। भाजपा की एक और उम्मीदवार 62 साल की सरिता (परिवर्तित नाम) को सी.पी.आई. (एम) के दरिंदों ने उनके ही घर में मौत के घाट उतार दिया। खोवई जिले के एक दूरदराज के गाँव में 62 वर्षीय सरिता की सामूहिक बलात्कार के बाद हत्या कर दी गई। हमलावरों ने सरिता की पीट-पीटकर हत्या की और मौके से फरार हो गए। सरिता के लिए यह भाजपा के समर्थन में त्रिपुरा ट्राइबल एरियाज ऑटोनॉमस डिस्ट्रिक्स काउंसिल की ग्राम समिति का चुनाव लड़ने की सजा थी।

त्रिपुरा के 'राजनीतिक युद्धक्षेत्र' में पार्टी नेता भी उतने ही असुरक्षित हैं, जितने कि कार्यकर्ता। भाजपा प्रदेश अध्यक्ष बिप्लब कुमार देब पर उनके कृष्णा नगर स्थित घर में सत्तारूढ़ सी.पी.आई. (एम) कार्यकर्ताओं द्वारा हमला किया गया। एक रैली के दौरान भाजपा उपाध्यक्ष सुबल भौमिक और भाजपा के कुछ कार्यकर्ताओं पर अनजान भीड़ ने हमला कर उन्हें बुरी तरह पीटा। भौमिक को

बचाने की कोशिश में दो कार्यकर्ता गंभीर रूप से घायल हो गए। पुलिस ने चुप्पी साधे रखी और मामले को अनदेखा किया। यहाँ तक कि मामले की रिपोर्ट भी दर्ज नहीं की गई। सी.पी.आई. (एम) के लोगों ने सोचा था कि भाजपा कार्यकर्ताओं और नेताओं पर हमलों से उनका मनोबल टूटेगा और राज्य में पार्टी कमजोर होगी, लेकिन हुआ इसका उल्टा। सी.पी.आई. (एम) के अत्याचार ने भाजपा कार्यकर्ताओं को एकजुट करने का काम किया। भाजपा ने बिप्लब देब पर हमले के विरोध में मुख्यमंत्री निवास के सामने प्रदर्शन किया। भाजपा प्रदर्शनकारियों ने पुलिस बैरिकेड्स तोड़कर मुख्यमंत्री आवास में घुसने की कोशिश की।

खतरे की घंटी

चाँदमोहन की हत्या त्रिपुरा में सी.पी.आई. (एम) के लिए खतरे की घंटी साबित हुई। जैसे–जैसे विधानसभा चुनाव नजदीक आ रहे हैं, त्रिपुरा का राजनीतिक वातावरण गरमाने लगा है। सी.पी.आई. (एम) को अपनी जमीन खो जाने का डर है, जबकि त्रिपुरा में भाजपा की लोकप्रियता दिन प्रतिदिन बढ़ रही है। सी.पी.आई. (एम) को इस बात का अंदाजा हो गया है कि ढाई दशक तक सरकार में रहने के बाद अब सत्ता में उसकी वापसी मुश्किल है। अब हिंसा और दमन की राजनीति के अलावा वाम मोर्चा के पास और कोई विकल्प बाकी नहीं बचा है। किंतु भाजपा ने भी अब यह ठान लिया है कि चाँदमोहन के बाद किसी और को सी.पी.आई. (एम) की दरिंदगी का शिकार नहीं बनने दिया जाएगा। सी.पी.आई. (एम) के अत्याचार के खिलाफ भाजपा ने कमर कस ली है। भाजपा ने राज्य सरकार के खिलाफ विरोध प्रदर्शनों का हल्ला बोल दिया है।

चाँदमोहन त्रिपुरा में विद्रोह का चेहरा बन गया है। इसी के तहत भाजपा नेता को सम्मान देने के लिए कि किए गए 'शांति यज्ञ' के रक्षा कलश को त्रिपुरा की सभी विधानसभाओं में घुमाया गया। जिससे सी.पी.आई. (एम) खेमे में खलबली मच गई।

17 मार्च, 2017 को अगरतला के अस्तवाल में हुई भाजपा की विराट् रैली सत्ताधारियों को यह संदेश देने में कामयाब रही कि त्रिपुरा चुनाव में सरकार का मुकाबला भाजपा से ही है। भाजपा की इस रैली में 50000 से अधिक लोगों के

शामिल होने से माणिक सरकार के पैरों तले से जमीन खिसक गई। दो साल पहले ठीक इसी जगह पर भाजपा के राष्ट्रीय अध्यक्ष अमित शाह ने रैली की थी। लेकिन इस बार उमड़ा जनसैलाब यह बताने के लिए काफी था कि पहले के मुकाबले भाजपा की ताकत राज्य में पाँच गुणा अधिक बढ़ी है। दरअसल यह वाम मोर्चा की सरकार के दमनकारी शासन के खिलाफ आम जनता की आवाज थी।

जब पूरे देश की निगाहें उत्तर प्रदेश, गोवा, उत्तराखंड, मणिपुर और पंजाब के विधानसभा चुनाव परिणामों की ओर थीं, उससे ठीक एक दिन पहले भाजपा ने वाम मोर्चा की सरकार के खिलाफ 'निर्णायक युद्ध' का शंखनाद कर दिया। भाजपा के त्रिपुरा प्रभारी सुनील देवधर ने अस्तवाल मैदान से हुंकार भरते हुए माणिक सरकार की सरकार को भाजपा कार्यकर्ताओं के खिलाफ हिंसा को बरदाश्त न करने की चेतावनी दे डाली। उन्होंने यहाँ कहा कि यदि भाजपा कार्यकर्ताओं को निशाना बनाया गया तो इसका बदला लिया जाएगा और समझदार के लिए इशारा ही काफी होता है।

भाजपा ने सी.पी.आई. (एम) के खिलाफ अब 'ईंट का जवाब पत्थर से' देने की राजनीति अपनाने का मन बना लिया है।

□

अध्याय-6

चाँदमोहन की हत्या और आंदोलन की चिनगारी

26 दिसंबर, 2016 को 55 साल के चाँदमोहन त्रिपुरा नाम के एक भाजपा नेता की बेरहमी से हत्या कर दी गई थी। चाँदमोहन की हत्या राज्य में किसी भाजपा नेता की सबसे पहली हत्या थी। यह चाँदमोहन त्रिपुरा कौन था? कौन उससे डर गया था? वह क्यों मारा गया है? चाँदमोहन भाजपा के जनजाति मोर्चा का मंडल सभापति और दलपति एडीसी गाँव की समिति का सदस्य चुना गया था। देश में मोदी लहर छाने के साथ ही त्रिपुरा में वाम मोर्चे के दुर्ग की दीवारों में भी दरारें पड़नी शुरू हो गईं। जिसके बाद सी.पी.आई. (एम) द्वारा भाजपा कार्यकर्ताओं पर हमले तेज हो गए।

जनजातियों पर लंबे समय से सी.पी.आई. (एम) का प्रभुत्व रहा है। लेकिन भाजपा उम्मीदवार चाँदमोहन की जीत के बाद से वह सी.पी.आई. (एम) की आँखों की किरकिरी बना हुआ था। 26 दिसंबर, 2016 को सी.पी.आई. (एम) के कुछ गुंडे चाँदमोहन के घर में दाखिल हुए और कहा कि उसे स्थानीय विधायक ललित मोहन त्रिपुरा ने बुलाया है। वे चाँदमोहन को उठाकर विधायक के घर ले गए। इसके बाद चाँदमोहन तो नहीं लौटा। कुछ लौटा भी तो वह था उसका क्षत-विक्षत शव।

स्थानीय लोगों के साथ चाँदमोहन के आत्मीय संबंध थे। जरूरतमंदों की

सहायता करने में वह कभी पीछे नहीं रहता था। चाँदमोहन के इस व्यवहार से स्थानीय विधायक ललित मोहन के अंदर हार का डर पैदा होने लगा था। विधायक ललितमोहन इस बात को भाँप गए थे कि 2018 में होनेवाले विधानसभा चुनावों में चाँदमोहन उनके लिए चुनौती साबित होगा।

भाजपा का आरोप कि चाँदमोहन की हत्या के पीछे ललित मोहन त्रिपुरा का हाथ है।

कुछ साल पहले सी.पी.आई. (एम) विधायक आनंद रोआजा की भी हत्या कर दी गई थी। रोआजा की मौत के बाद जब ऐसा माना जाने लगा कि उनका पुत्र उनकी सीट पर टिकट की दावेदारी करेगा, तब उसकी भी हत्या कर दी गई। इन दो 'नरबलियों' के बाद ललितमोहन ही गंडाछारा से विधायक बने। ललितमोहन त्रिपुरा कभी एक उग्रवादी संगठन त्रिपुरा नेशनल वॉलंटियर्स के एक पदाधिकारी हुआ करते थे। इसके बाद उन्होंने सी.पी.आई. (एम) में अपनी पैठ बना ली। जिस क्षेत्र से ललितमोहन संबंध रखते थे, वह उग्रवाद से त्रस्त था। उनकी राजनीतिक पृष्ठभूमि देखते हुए सी.पी.आई. (एम) ने उन्हें हाथोहाथ पार्टी में ले लिया।

त्रिपुरा में भाजपा के प्रभारी सुनील देवधर ने माकपा पर आरोप लगाते हुए कहा कि "ललितमोहन के आदेश पर ही गुंडों ने चाँदमोहन की 9 घंटे से ज्यादा देर तक पिटाई की। शरीर पर आई गंभीर चोटों से ही चाँदमोहन त्रिपुरा की मौत हुई। चाँदमोहन की हत्या का पाप केवल माकपा के गुंडों ने ही किया है।"

भाजपा का पलटवार

भाजपा का आरोप था कि सत्ताधारी भारतीय कम्युनिस्ट पार्टी (मार्क्सवादी) के कार्यकर्ताओं ने उनके कार्यकर्ता की हत्या की है। अब जबकि केंद्र में भाजपा की सरकार है, तब सी.पी.आई. (एम) के लिए इन गंभीर आरोपों की अनदेखी कर पाना मुमकिन नहीं था। सी.पी.आई. (एम) जानती है कि भारतीय जनता पार्टी कांग्रेस नहीं है, जो अपने कार्यकर्ता के बलिदान पर भी राज्य सरकार के साथ सौदेबाजी कर चुप बैठी रहे। इसलिए सी.पी.आई. (एम) नेता बिजन धर ने तत्काल एक प्रेस कॉन्फ्रेंस बुलाकर चाँदमोहन त्रिपुरा की हत्या के आरोपों को खारिज कर दिया।

धर ने कहा कि चाँदमोहन की हत्या सी.पी.आई. (एम) कार्यकर्ता ने नहीं, बल्कि एक मानसिक रूप से विक्षिप्त व्यक्ति ने की थी, जिसका इलाज करने चाँदमोहन उसके पास गया था। धर ने कहा कि चाँदमोहन जादू-टोने का इस्तेमाल कर उस मानसिक रूप से विक्षिप्त का इलाज कर रहा था। चाँदमोहन ने मानसिक विक्षिप्त को जलती लकड़ी से दाग दिया। जलने के असहनीय दर्द से बेचैन होकर उस विक्षिप्त ने पीट-पीटकर चाँदमोहन की हत्या कर दी।

धर की मनगढ़त कहानी पर पलटवार करते हुए भाजपा ने सवाल किया कि आखिर वे किस आधार पर चाँदमोहन की पिटाई की बात कर रहे हैं, जबकि तब तक पोस्टमार्टम की रिपोर्ट भी नहीं आई थी।

चाँदमोहन के परिवार का कहना है कि उन्हें जादू-टोना करना नहीं आता था। उसका परिवार इस बात को सिरे से नकार रहा है कि जादू-टोने के कारण चाँदमोहन की हत्या हुई। भाजपा ने दोहराया कि सी.पी.आई. (एम) ने ही चाँदमोहन की हत्या की। सी.पी.आई. (एम) इन आरोपों से खुद को बचाने की कोशिश कर रही है।

हालाँकि सी.पी.आई. (एम) के गुंडों द्वारा अपने राजनीतिक विरोधी की हत्या करने का यह पहला मामला नहीं था, लेकिन भाजपा ने इस हत्या को राज्य में हत्या की आखिरी घटना बना देने की ठान ली है। यदि चुप रहते तो किसी और भाजपा कार्यकर्ता को भी अपनी जान से हाथ धोना पड़ता। भाजपा ने हत्या के विरोध में जोरदार आंदोलन शुरू कर दिया।

आंदोलन की पहली चिनगारी

चाँदमोहन को श्रद्धांजलि अर्पित करने के लिए भाजपा ने गंडाछारा में यज्ञ का आयोजन किया। माकपा को विश्वास था कि एक आंदोलन के तहत किए जा रहे इस यज्ञ की लौ गंडाछारा गाँव के घर-घर तक पहुँचेगी। इसलिए ललितमोहन त्रिपुरा ने इस आंदोलन को कुचलने का प्रयास करने में कोई कसर नहीं छोड़ी। उन्होंने घर-घर जाकर लोगों को धमकाया कि यदि यज्ञ में शामिल हुए तो उनके लिए अच्छा नहीं होगा। उन्होंने स्थानीय टेंट वालों को धमकी दी की यज्ञस्थल पर टेंट न लगाएँ। किंतु भाजपा कार्यकर्ताओं ने भी हर हाल में

गंडाछारा गाँव में ही यज्ञ कर आंदोलन का अलख जगाने का प्रण ले लिया था। अपने साथियों के इस हठ को देखते हुए राज्य भर से भाजपा कार्यकर्ता गंडाछारा गाँव पहुँचने लगे। लेकिन जिस दिन यह आयोजन किया जाना था, उस दिन सुबह से ही घनघोर बारिश शुरू हो गई। जिस मैदान में यज्ञ किया जाना था, बारिश के कारण वहाँ कीचड़ जमा हो गई। कीचड़ के कारण मैदान में लगे तंबू भी गिरने लगे। लेकिन सौभाग्य से बारिश रुक गई और बड़ी संख्या में भाजपा कार्यकर्ता मैदान में जुटने शुरू हो गए। विषम परिस्थितियों में भी इतने लोगों का मैदान में जुटना इस बात का सुबूत था कि ये 'भाड़े की भीड़' नहीं थी।

मृतक चाँदमोहन की विधवा और दो बेटियाँ मंच पर मौजूद थीं। सभी आयु वर्ग की महिलाएँ मंच के दूसरी ओर मौजूद थीं। यद्यपि बीच में बूँदाबाँदी हो रही थी, फिर भी कोई वहाँ से टस से मस नहीं हुआ। भाजपा नेताओं के भाषणों पर पूरा माहौल तालियों की गड़गड़ाहट से गूँज उठा। लोगों ने भाजपा के समर्थन में जय-जयकार के नारे लगाए। शायद वहाँ मौजूद लोग आंदोलन करने की मंशा लेकर ही आए थे। लगातार बारिश के बीच भी यज्ञ सफलतापूर्वक संपन्न हुआ।

और फिर विद्रोह भड़क उठा

यज्ञ समाप्त होने के बाद यज्ञ की पवित्र राख को 60 कलशों में भरकर राज्य के मंडल प्रमुखों में वितरित किया गया। इन कलशों को रथ के जरिए प्रत्येक मंडल में घुमाना था। भाजपा ने इन कलशों के माध्यम से पूरे राज्य में आंदोलन की अलख जगाने का कार्यक्रम तय किया था। यह स्पष्ट था कि भाजपा की ओर से ये माणिक सरकार के लिए एक चुनौती थी।

भाजपा कार्यकर्ताओं ने यह घोषणा कर दी थी कि जब तक चाँदमोहन की हत्या के मामले की जाँच सी.बी.आई. को नहीं दी जाती, तब तक माणिक सरकार को चैन की नींद नहीं सोने देंगे। लंबे समय के बाद राज्य सरकार सामने आई। अब तक किसी ने भी सी.पी.आई. (एम) को इस तरह चुनौती नहीं दी थी। समझौते की अब कोई संभावना नहीं बची थी। यह एक खुली चुनौती थी, जिसकी तपन माणिक सरकार भाँप चुके थे।

भारी कोलाहल के बीच पवित्र कलशों को प्रत्येक मंडल में घुमाया गया।

चाँदमोहन की हत्या के विरोध में कई भाजपा कार्यकर्ताओं ने काले कपड़े से अपना चेहरा ढककर वाम सरकार के प्रति असंतोष प्रकट किया।

दूसरे चरण में अभियान और तेज हो गया। भाजपा कार्यकर्ताओं ने राज्य भर में विभिन्न स्थानों पर विरोध प्रदर्शन किए। भाजपा कार्यकर्ताओं ने वाम मोर्चा की सरकार के खिलाफ जमकर नारेबाजी की। सी.पी.आई. (एम) नेताओं और कार्यकर्ताओं का ब्लड प्रेशर इससे बढ़ने लगा था। अब भाजपा की रैलियों पर पत्थर बरसाना एक आम बात हो गई, जिसमें कई भाजपा कार्यकर्ता घायल हो हुए। सी.पी.आई. (एम) के कार्यकर्ता भाजपा कार्यकर्ताओं के इस जुनून को देखकर दंग थे।

अभूतपूर्व जनांदोलन

चाँदमोहन की हत्या के मामले में सी.बी.आई. जाँच की माँग करते हुए भाजपा ने राज्य के कोने-कोने में जेल भरो आंदोलन शुरू कर दिया। माणिक सरकार की सरकार के खिलाफ विद्रोह की आवाज इतनी बुलंद हो चुकी थी कि शहरों समेत दूर-दराज के गाँवों तक के लोग एकजुट हो गए। 42000 से ज्यादा महिलाओं, पुरुषों, युवाओं और बुजुर्गों ने विरोधस्वरूप अपनी गिरफ्तारी दी। सरकार के खिलाफ एकजुट हुई इस भीड़ को देखकर माणिक सरकार के माथे पर बल आ गए। यह अभूतपूर्व घटना थी, क्योंकि लंबे समय से सी.पी.आई. (एम) के खिलाफ इतना व्यापक आंदोलन देखने को नहीं मिला था।

सी.पी.आई. (एम) डर के मारे होश खो बैठी थी। वामपंथी दलों को कुछ भी करके इस प्रकरण को दबाने की जरूरत महसूस हुई। इसके लिए उन्होंने हमेशा काम आनेवाला पैंतरा आजमाया। चाँदमोहन के परिवार को जान से मारने की धमकियाँ दी जाने लगीं। उन पर दबाव बनाया गया कि या तो वे प्रेस कॉन्फ्रेंस कर इस प्रकरण में सी.पी.आई. (एम) की भूमिका होने से इनकार करें या फिर गंभीर परिणाम भुगतने को तैयार हो जाएँ। धमकियों से बिना डरे शहीद चाँदमोहन का परिवार डटा रहा।

हर प्रदर्शन में माणिक सरकार की निंदा की जा रही थी। हर जगह उनकी कार्यप्रणाली की आलोचना हो रही थी। वामपंथी दलों का रक्तरंजित इतिहास

बारंबार लोगों के सामने आने लगा था। 19 साल पहले जब माणिक सरकार ने मुख्यमंत्री पद की शपथ ली थी, उसके एक महीने बाद ही मंत्री बिमल सिन्हा की हत्या कर दी गई थी। सिन्हा एक योग्य व्यक्ति थे और माणिक सरकार के सबसे कड़े प्रतिद्वंद्वी भी। राज्य में सी.पी.आई. (एम) की सरकार होने के बाद भी राज्य के एक मंत्री की हत्या होना संदेहजनक था। हालाँकि अपराधियों पर कभी मुकदमा नहीं चलाया गया। चाँदमोहन की मौत के साथ ही सिन्हा की हत्या फिर से सुर्खियों में आ गई। भाजपा के नेताओं ने अपनी हर रैली में एक ही सवाल दोहराया, "जो राज्य सरकार पिछले 19 सालों में मंत्री सिन्हा के हत्यारों को नहीं पकड़ पाई, वह चाँदमोहन के हत्यारों को जेल की सलाखों के पीछे कैसे पहुँचाएगी?" यहाँ माँग उठी कि इस मामले की जाँच की जिम्मेदारी सी.बी.आई. को दी जाए। स्थानीय न्यूज चैनलों ने इस मामले को बढ़-चढ़कर प्रसारित किया।

भाजपा द्वारा किए 'यज्ञ' से चाँदमोहन की आत्मा को शांति मिली या नहीं, इसका जवाब भले ही न मिले, किंतु इतना तो तय था कि भाजपा के आक्रामक विरोध ने सी.पी.आई. (एम) नेताओं के मन की शांति भंग कर दी थी। भाजपा कार्यकर्ताओं पर हमलों में तेजी आ गई। शहीद चाँदमोहन अब उन परिवारों का प्रतिनिधित्व कर रहा था, जो सालों से सी.पी.आई. (एम) के जुल्मों का शिकार हो रहे थे। भाजपा के विरोध प्रदर्शनों ने निश्चित तौर पर ललित मोहन त्रिपुरा की रातों की नींद हराम कर दी।

□

अध्याय-7

राज्य की मशीनरी पर सी.पी.आई. (एम) का नियंत्रण

पिछले 24 सालों से त्रिपुरा में राजनीतिक स्थिरता स्थापित है। लेकिन इस स्थिरता का सड़क पर लगे मील के पत्थर से ज्यादा कोई महत्त्व नहीं है। यह पत्थर न हिलता है न डुलता है। एक ही जगह स्थिर रहता है। इस तरह की राजनीतिक स्थिरता लोगों के किसी काम की नहीं होती। आम आदमी गरीबी, बेरोजगारी, बीमारियों और हिंसा के भँवर में फँसकर मर रहा है। कई गाँवों में सड़क तक नहीं है। अच्छा मानसून होने के बावजूद कई क्षेत्रों में पानी की भीषण कमी है।

सी.पी.आई. (एम) के 24 साल के शासनकाल में त्रिपुरा में स्थिति भयावह हुई है। लोगों को बुनियादी सुविधाएँ उपलब्ध कराने में असफल रहने के बाद भी बड़ा सवाल यह है कि राज्य की जनता ने अब तक सी.पी.आई. (एम) को सत्ता से क्यों नहीं हटाया?

लोकतंत्र का मजाक

सी.पी.आई. (एम) के वयोवृद्ध, अनुभवी राजनेताओं के पास सवाल का जवाब है। एक बार कांग्रेस नेता और कांग्रेस पार्टी के प्रवक्ता डॉ. अशोक सिन्हा ने कहा था, "त्रिपुरा में लंबे समय से चुनाव नहीं, बल्कि चुनाव कराने का स्वाँग रचा गया है।" इसमें सच्चाई भी है। आखिरकार निरंतर 24 सालों से केवल

सी.पी.आई. (एम) ही सत्ता में आ रही है। राज्य में सी.पी.आई. (एम) के 51 विधायक हैं, जबकि विपक्ष के पास केवल 9 विधायक हैं। ये लोगों की आँखों में धूल झोंकने से अधिक कुछ नहीं है। चुनाव के दौरान राज्य चुनाव आयोग बस एक कठपुतली बन जाता है, जिसकी डोर सी.पी.आई. (एम) सरकार के हाथों में होती है। अगर चुनाव निष्पक्ष तरीके से हों तो सी.पी.आई. (एम) के 20 प्रतिशत से अधिक उम्मीदवार जीत हासिल नहीं कर पाएँगे।

त्रिपुरा के लोग एक झटके में सी.पी.आई. (एम) के कुशासन से मुक्ति चाहते हैं, लेकिन यह संभव नहीं है; क्योंकि राज्य की पूरी मशीनरी पर सी.पी. आई. (एम) का नियंत्रण है।

फर्जी मतदाता सूची

हालाँकि सी.पी.आई. (एम) ने राज्य के विकास के लिए कुछ भी नहीं किया है, लेकिन उन्होंने मतदाताओं और राज्य की मशीनरी का गहरा अध्ययन किया है। सी.पी.आई. (एम) के लोग उन्हें समझते हैं और उन पर नियंत्रण रखते हैं। क्योंकि त्रिपुरा एक छोटा राज्य है, इसलिए प्रत्येक मतदान केंद्र में मतदाताओं की संख्या, सी.पी.आई. (एम) के समर्थक/विरोधी, उनके आलोचक, इलाके का वोटिंग पैटर्न समझना काफी आसान होता है। चुनाव अधिकारी के रूप में सरकार हर ब्लॉक में सी.पी.आई. (एम) के व्यक्ति को तैनात करती है। वह अधिकारी मतदाता सूची बनाने में हस्तक्षेप कर सकता है। रोजगार की तलाश, पढ़ाई, नौकरी या शादी जैसे कामों के लिए में बड़ी संख्या में लोग त्रिपुरा छोड़कर अन्य राज्य में जा रहे हैं। इसके बाद भी मतदाता सूची से कोई नाम नहीं कटता। प्रत्येक चुनाव में मतदाता सूची का सत्यापन कराना होता है, लेकिन नए मतदाताओं को सूची में अपना जुड़वाने के लिए पक्षपात का सामना करना पड़ता है। सी.पी.आई. (एम) समर्थकों का नाम मतदाता सूची में आसानी से जुड़ जाता है। किसी वोटर पर जरा सा संदेह होने पर उसका नाम सूची से तुरंत हटा दिया जाता है।

सभी राजनीतिक दल प्रत्येक मतदाता केंद्र पर अपना पोलिंग एजेंट भेजते हैं। यह सुनिश्चित करने के लिए चुनाव निष्पक्ष तरीके से हो। लेकिन सी.पी.

आई. (एम) के एजेंटों के खौफ के आगे अन्य दलों के पोलिंग एजेंटों के पास गड़बड़ी होने पर चुप्पी साधे रखने के अलावा कोई उपाय नहीं है। एक बूथ पर लगभग 800 से 1000 मतदाता हैं। इतनी कम मतदाताओं वाले बूथों पर 50 फर्जी वोट भी खेल बदल सकते हैं। 2013 के विधानसभा चुनाव में विपक्ष के 31 विधायकों की हार केवल 50 से 1500 वोटों के अंतराल से हुई।

यदि 2008 और 2013 के विधानसभा चुनावों का अध्ययन किया जाए तो आसानी से मतदाता सूची में की गई गड़बड़ियों का पता लगाया जा सकता है। साल 2013 में 60 में से 49 सीटों पर सी.पी.आई. (एम) की जीत हुई, जबकि सी.पी.आई. को एक सीट मिली। कांग्रेस के भी 10 उम्मीदवारों ने जीत हासिल की। वोट प्रतिशत 91.80 प्रतिशत रहा। उससे पहले साल 2008 के विधानसभा चुनाव में वोट प्रतिशत 91.22 प्रतिशत था।

सी.पी.आई. (एम) के 46 उम्मीदवार, सी.पी.आई. का एक और आर.एस.पी. के दो उम्मीदवारों ने जीत हासिल की। कांग्रेस के 10 और आई.एन.पी.टी. के एक उम्मीदवार ने भी अपनी सीट जीत ली। त्रिपुरा में चुनाव का मत प्रतिशत आश्चर्यजनक रूप से देश के बाकी हिस्सों से कहीं अधिक था। कांग्रेस के डॉ. अशोक सिन्हा ने त्रिपुरा के वोट प्रतिशत पर सवाल उठाए हैं। चुनाव आयोग के समक्ष उन्होंने लगातार इस मुद्दे को उठाया है। लेकिन उनके सारे प्रयास व्यर्थ गए। निराश डॉ. सिन्हा ने कांग्रेस पार्टी ही छोड़ दी।

विलक्षण सरकार

गड़बड़ी यहाँ हर जगह है। अनुसूचित जाति के लिए आरक्षित सीट सालगढ़ से सी.पी.आई. (एम) के टिकट पर जीत हासिल करनेवाले पार्थो दास दरअसल अनुसूचित जाति से हैं ही नहीं। लेकिन माणिक सरकार की दयादृष्टि के चलते अपने खिलाफ हुई जाँच से वे आसानी से बच निकले। जितेंद्र चौधरी सी.पी.आई. (एम) से मौजूदा सांसद हैं। चुनाव लड़ने के लिए नामांकन दाखिल करने के दौरान कई तथाकथित पोलिंग अधिकारियों ने उनके साथ सी.पी.आई. (एम) कार्यकर्ता के तौर पर तसवीरें खिंचवाई। यहाँ भी न तो पोलिंग अधिकारियों और न ही सांसद के खिलाफ कोई जाँच की गई। हद तो तब हो गई, जब मतदान

प्रक्रिया के दौरान पक्षपाती रवैया अपनाने के आरोप में निलंबित दो पोलिंग अधिकारियों को सी.पी.आई. (एम) द्वारा उत्कृष्ट कार्य के लिए पुरस्कृत किया गया। ये माणिक सरकार की सरकार के काम करने का तरीका है! जिस व्यक्ति पर उनकी कृपा दृष्टि है, उसका कोई बाल भी बाँका नहीं कर सकता।

वर्ष 2014 में त्रिपुरा चुनाव प्रक्रिया को उजागर करनेवाला एक वीडियो वायरल हुआ। उस वीडियो में देखा जा सकता था कि ध्वजनगर विधानसभा में किस तरह सी.पी.आई. (एम) के कार्यकर्ता पोलिंग बूथ के बाहर मतदाताओं को नियंत्रित कर रहे थे और किस तरह पुलिस आँखें मूँदे सारा तमाशा देख रही थी। सी.पी.आई. (एम) कार्यकर्ता बेखौफ होकर पोलिंग बूथ में घूमते हुए मतदाताओं पर नजर बनाए हुए थे।

सबसे आश्चर्यजनक बात यह थी कि ये निजी न्यूज चैनल द्वारा किया गया स्टिंग ऑपरेशन नहीं था। मतदान के समय वाम दलों के इस तमाशे का अंश खुद चुनाव आयोग द्वारा ही फिल्माया गया था। चौंकाने वाली बात यह थी कि केंद्रीय सुरक्षा बल के जवानों ने भी चुनाव प्रक्रिया में सी.पी.आई. (एम) कार्यकर्ताओं द्वारा डाले गए व्यवधान के खिलाफ कोई काररवाई नहीं की।

सी.पी.आई. (एम) के बार-बार सत्ता में आने के पीछे का यही रहस्य है

तृणमूल कांग्रेस के सुदीप रॉय बर्मन का कहना है, "मैं चुनाव इसलिए जीत पाया, क्योंकि चुनाव की संभावित तारीख से एक साल पहले ही मैंने मतदाता सूची पर ध्यान केंद्रित करना शुरू कर दिया था। अन्यथा वाम दलों का मजबूत नेटवर्क आसानी से राज्य की सभी 60 सीटों पर जीत हासिल कर लेता।"

जरा सोचिए, पोलिंग बूथ के आसपास सत्ताधारी दल के कार्यकर्ता हैं। पुलिस और सरकारी अधिकारी कार्यकर्ताओं से मिले हुए हैं। ऐसे में कैसे निष्पक्ष चुनाव कराए जा सकते हैं? असल सवाल यह है कि क्या भाजपा, जो सी.पी. आई. (एम) के लिए बड़ी चुनौती बन चुकी है, इस शातिर नेटवर्क का जाल तोड़ पाएगी?

□

अध्याय-8

मनरेगा—वाम मोर्चा का टॉनिक

वाम मोर्चा सदा से गरीबों, शोषितों और वंचितों के उत्थान के लिए संघर्ष करने का दावा करता आया है। इस विचारधारा का अस्तित्व बना रहे, इसके लिए गरीबी और गरीबों का बने रहना भी जरूरी है। शायद इसी वजह से वामपंथियों ने पश्चिम बंगाल और त्रिपुरा में गरीबी बनाए रखने की कोशिश की। गरीबों और बेरोजगारों को रोजगार उपलब्ध कराने वाली केंद्र सरकार की 'मनरेगा' योजना राज्य सरकार के लिए पैसा उगाने वाली फसल बन गई है। हालाँकि मनरेगा योजना में भ्रष्टाचार को देखते हुए केंद्र सरकार ने अब जाँच के आदेश दे दिए हैं।

त्रिपुरा का परिदृश्य बिल्कुल उजाड़ है। यहाँ औद्योगिक विकास नहीं हुआ है। कांग्रेस के शासन में यहाँ जूट और चीनी उद्योग हुआ करते थे। जब से वाम मोर्चा ने सत्ता सँभाली, उद्योग धीरे-धीरे कम होते गए। यहाँ कोई प्रभावी शिक्षा प्रणाली नहीं है। जो कुछ शिक्षित हैं, उनके पास रोजगार के लिए दूसरे राज्य में जाने के अलावा कोई अन्य विकल्प नहीं है। मौजूदा समय में राज्य में 9 लाख से अधिक लोग बेरोजगार हैं। अपने 24 साल के शासनकाल की अवधि में बेरोजगारी की दर ढाई गुणा अधिक तक बढ़ा देना वाम मोर्चा सरकार की सर्वोच्च उपलब्धि है। स्वाभाविक रूप से मनरेगा राज्य के लिए बहुत महत्त्वपूर्ण है। यू.पी.ए. सरकार ने इस योजना के तहत 100 दिन न्यूनतम रोजगार देने की गारंटी दी थी। जबकि वर्तमान सरकार ने इसे बढ़ाकर 150 दिन कर दिया है।

ग्रामीण विकास मंत्रालय के तहत मनरेगा ने जल संरक्षण के क्षेत्र में एक सराहनीय काम किया है। 2014 के लोकसभा चुनाव से पहले नरेंद्र मोदी ने देश भर में तूफानी दौरे किए। मोदी के तूफानी प्रचार को देखते हुए राजनीतिक विश्लेषकों ने देश में बड़े परिवर्तन की भविष्यवाणी पहले ही कर दी थी। मोदी लहर के कारण सी.पी.आई. (एम) नेताओं में भी खलबली मच गई थी, जबकि त्रिपुरा विधानसभा में भाजपा का एक भी विधायक नहीं था। घबराए सी.पी.आई. (एम) नेताओं ने मनरेगा को आधार बनाकर मोदी के खिलाफ अभियान शुरू कर दिया। राज्य में यह अफवाह फैलाई गई कि प्रधानमंत्री बनने पर मोदी मनरेगा योजना को बंद कर देंगे। जबकि सच्चाई यह है कि मोदी ने इस योजना को न सिर्फ आगे बढ़ाया, बल्कि और प्रभावी भी बनाया। पिछले तीन सालों से प्रत्येक बजट में मनरेगा के लिए जारी की जानेवाली राशि में बढ़ोतरी ही की जा रही है। इस योजना की आधारशिला और मजबूत हुई है, लेकिन अपने निजी भ्रष्टाचार के लिए वाम मोर्चा की सरकार ने इस योजना को गर्त में डाल दिया।

मनरेगा में भ्रष्टाचार

वर्तमान में राज्य में 10,68,704 लोगों को मनरेगा के तहत रोजगार मिल रहा है। विपक्ष का आरोप है कि राज्य में 6,06,456 जॉब कार्ड धारकों में से 50,000 फर्जी हैं। पूर्व कांग्रेस प्रवक्ता डॉ. अशोक सिन्हा ने इस मामले में एक जनहित याचिका दायर की थी। इस याचिका पर सुनवाई करते हुए 16 नवंबर, 2016 को उच्च न्यायालय ने अपने फैसले में सरकार को आदेश दिया कि जिन 58 ब्लॉक में मनरेगा चल रही है, वहाँ का ऑडिट किया जाए। कोर्ट के आदेश के बाद भी उसका पालन नहीं किया गया। वजह साफ थी, जाँच होने पर राज्य सरकार के भ्रष्टाचार का पर्दाफाश हो जाता और कई राजनेताओं को जेल की हवा खानी पड़ती।

साल 2015 में अर्जुन दास को मनरेगा निधि में 6.47 लाख रुपए का हेर-फेर करने के आरोप में कथित तौर पर निलंबित करते हुए तीन दिन जेल की सजा सुनाई गई। अर्जुन दास राज्य ग्रामीण विकास विभाग के तकनीकी सहायक थे। एक विशेष जाँच में पाया गया कि अर्जुन दास ने मनरेगा निधि के तहत आई

राशि को अपने और अपनी पत्नी रूबी श्रीवास्तव के निजी खातों में ट्रांसफर किया था। यह मामला तब सामने आया, जब ब्लॉक विकास अधिकारी चौधरी ने पुलिस में शिकायत दर्ज कराई। पुलिस ने उसे तुरंत गिरफ्तार कर लिया।

अर्जुन दास ने अपने खिलाफ जाँच कर रहे अधिकारियों को ही धमकी दे डाली, लेकिन यह बात कभी सामने नहीं आई। अर्जुन दास ने प्रशासन को धमकी देते हुए कहा, "अगर मुझे हाथ भी लगाया तो ब्लॉक में हुए ढाई करोड़ रुपए के भ्रष्टाचार का पर्दाफाश कर दूँगा।" लेकिन भाजपा और कांग्रेस द्वारा आवाज उठाने पर अर्जुन दास के खिलाफ काररवाई की गई और उसे गिरफ्तार किया गया।

हालाँकि ये राशि बड़ी नहीं थी, लेकिन मनरेगा में व्याप्त भ्रष्टाचार पर प्रकाश डालने के लिए काफी है। मनरेगा के तहत त्रिपुरा को प्रतिवर्ष केंद्रीय ग्रामीण विकास मंत्रालय द्वारा 1500 करोड़ रुपए की राशि जारी की जाती है। केंद्र से इतनी भारी राशि मिलने के बावजूद राज्य में मनरेगा के तहत हुआ कोई महत्त्वपूर्ण कार्य नजर नहीं आता।

मनरेगा में व्याप्त भ्रष्टाचार के खिलाफ जैसे ही विपक्ष ने आवाज उठाई, वैसे ही जॉब कार्ड धारकों (कथित तौर पर फर्जी) की संख्या काफी कम हो गई। विधानसभा में सरकार द्वारा दी गई जानकारी के अनुसार 2013 में मनरेगा जॉब कार्ड धारकों की संख्या 6,49,647 थी। जो अब घटकर 6,06,456 रह गई है। सरकार ने जानकारी दी है कि 2013 के जॉब कार्ड धारकों की संख्या में 43,191 की कमी आई है। यहाँ यह बताने की आवश्यकता नहीं है कि सभी जॉब कार्ड फर्जी थे।

सी.पी.आई. (एम) के लिए मनरेगा योजना एक दुधारु गाय बन गई है। मनरेगा में भ्रष्टाचार की कई दिलचस्प कहानियाँ हैं। यू.पी.ए. के शासनकाल में मनरेगा के कार्यान्वयन में त्रिपुरा शीर्ष पर था। क्योंकि केंद्र द्वारा आवंटित होनेवाली राशि तुरंत ही खर्च हो रही थी। यू.पी.ए. माणिक सरकार की कथित 'मिस्टर क्लीन' वाली छवि की प्रशंसा करते नहीं थकती थी। लेकिन पीएम मोदी ने ऐसी सुई चुभोई कि प्रशंसा का यह गुब्बारा जल्दी ही फुस्स हो गया।

एन.डी.ए. सरकार यह जानने के लिए उत्सुक थी कि कैसे त्रिपुरा इतनी

तेजी से मनरेगा का पैसा खर्च कर रहा है। केंद्र सरकार ने एक प्रस्ताव पारित कर मनरेगा के तहत हुए कार्य की फोटो लगाने का आदेश दे डाला। हैरान-परेशान त्रिपुरा सरकार यह पचा नहीं सकी। यू.पी.ए. के शासनकाल में मनरेगा के तहत हुआ, जो काम दिखाया गया, वह केवल कागजों पर ही मौजूद था। मनरेगा के फंड पर सी.पी.आई. (एम) कार्यकर्ताओं को 'पाला' जा रहा था। गरीब मजदूरों का पैसा लूटकर सिर्फ कागजों पर तालाबों, कुओं और सड़कों का निर्माण किया जा रहा था।

मनरेगा में घोटाले पर संदेह तब और गहरा गया, जब 2012 से 2014 में 58 में से तीन ब्लॉकों में दिखाए गए कार्यों का विशेष ऑडिट किया गया। ऑडिट में योजना के कार्यान्वयन में धन के भारी दुरुपयोग का खुलासा हुआ। कांग्रेस ने आरोप लगाया कि ऑडिट में पिछले दो सालों में गोमती जिले के रुपइछरी आर.डी. ब्लॉक में 14.39 करोड़ रुपए और उनकोटी जिले के पेछरथला ब्लॉक में 76.79 करोड़ रुपए का घोटाले का खुलासा हुआ है, लेकिन इस पर अब तक कोई काररवाई नहीं की हुई। हाँ, विशालगढ़ में हुए मनरेगा घोटाले में 10 आरोपियों पर काररवाई जरूर की गई। पश्चिम त्रिपुरा के बिशालगढ़ में मनरेगा निधि में 50 करोड़ रुपए की गड़बड़ी करनेवाले त्रिपुरा सिविल सर्विस (टी. सी.एस.) के एक वरिष्ठ अधिकारी और सी.पी.आई. (एम) युवा विंग प्रमुख के छोटे भाई बिमल चक्रवर्ती समेत 10 को गिरफ्तार किया गया। हालाँकि एक अन्य प्रमुख आरोपी महिला इंजीनियर मीता मालकर अभी भी फरार है।

मनरेगा में वित्तीय गड़गड़ियों का सिलसिला बंद नहीं हुआ है, लेकिन जाँच पर रोक लगा दी गई है। 2011-12 में 30 ब्लॉक, 2012-13 में 33 ब्लॉक और 2013-14 में 54 ब्लॉकों के नियमित ऑडिट किए ही नहीं गए।

जिओ-टैगिंग सिस्टम से हुआ खुलासा

केंद्र सरकार द्वारा मनरेगा में जिओ-टैगिंग अनिवार्य करने पर राज्य सरकार मनरेगा के तहत कुल खर्च की गई राशि के बदले में केवल 6.21 प्रतिशत कार्य ही दिखा सकी। 23 फरवरी, 2017 को विधानसभा में एक प्रश्न का उत्तर देते हुए आँकड़े प्रस्तुत किए। 2014-2017 के बीच मनरेगा के तहत त्रिपुरा सरकार

ने 8,11,557 जॉब कार्ड जारी किए, जबकि जिओ-टैगिंग केवल 41,930 भू-भाग की ही हुई।

एक ही इमारत का निर्माण चार बार दिखाकर राज्य सरकार ने केंद्र से जारी राशि को लूटा। हालाँकि इमारत की जिओ-टैगिंग इमेज दिखाने में सी.पी.आई. (एम) सरकार असफल रही। केंद्र ने मनरेगा और प्रधानमंत्री ग्राम सड़क योजना के तहत हुए कार्य के निरीक्षण के लिए दो अलग-अलग टीम त्रिपुरा भेजीं। टीम वहाँ पहुँची, जहाँ काम पूरा कर लिया गया था। इन टीमों की रिपोर्ट केंद्र तक पहुँचने पर राज्य सरकार के लिए परेशानी खड़ी हो सकती थी।

इसका कारण यह है कि मनरेगा में धन का भारी घोटाला किया गया है। दस्तावेजों पर चार किलोमीटर, किंतु वास्तविकता में केवल एक किलोमीटर और वह भी बेहद घटिया दर्जे की बनी एक सड़क से इसका खुलासा होता है।

मनरेगा में कुछ गड़बड़ियाँ मनरेगा अधिकारी और वन विभाग के अधिकारियों की साँठ-गाँठ के परिणामस्वरूप भी हुई हैं। उदाहरण के लिए ब्रह्मछरा नदी के किनारे वृक्षारोपण घोटाला। तालाबों से गाद निकालने का काम हो या छोटी नदियों, नालों पर छोटे बाँध बनाने का काम। ये सभी केवल फाइलों में ही दिखाई दिए। राज्य सरकार ने निरीक्षण के लिए भेजी केंद्र की टीम को सहयोग नहीं दिया। लेकिन इसका असर मनरेगा और प्रधानमंत्री ग्राम सड़क योजना में व्याप्त भ्रष्टचार की जाँच पर नहीं पड़ेगा। कांग्रेस विधायक रतनलाल नाथ का आरोप है कि 6.21 प्रतिशत खर्च का जो आँकड़ा प्रस्तुत किया गया है, दरअसल वह भी फर्जी है। यह साफ होता है कि मनरेगा के लिए जारी निधि का पैसा तो सी.पी.आई. (एम) कोष में डाला गया या फिर उनके नेता और कार्यकर्ता ये पैसा खा गए।

भाजपा के त्रिपुरा प्रभारी सुनील देवधर ने इस महाघोटाले की जाँच की माँग की है। उन्होंने लगभग 3,000 करोड़ रुपए के घोटाले का अनुमान लगाया है, जिससे सी.पी.आई. (एम) ने इनकार कर दिया है।

इन दो योजनाओं के तहत किए गए कार्यों और उनमें हुए खर्च के हिसाब में विसंगतियाँ पाए जाने पर यह पूरा मामला सामने आया। अनेक मजदूरों की शिकायत थी कि उन्हें 174 रुपए की जगह केवल 150 रुपए प्रतिदिन का

भुगतान किया जा रहा है। विपक्ष का आरोप था कि मनरेगा में बड़े पैमाने पर हुई लूट सी.पी.आई. (एम) के पिछले 12 वर्ष के कार्यकाल का सबसे बड़ा घोटाला है।

यह एक-दोहरी लूट है, जहाँ केंद्र से जारी राशि को गटक कर गरीब मजदूरों का शोषण किया जाता है। राज्य के भाजपा अध्यक्ष बिप्लब देब का कहना है कि यह भयावह है, क्योंकि खुद को गरीबों का समर्थक बताने वाली पार्टी ही भ्रष्टाचार में लिप्त है। लाभार्थियों के फर्जी आँकड़े भ्रष्टाचार की असली कहानी बयाँ करते हैं।

□

अध्याय-9

त्रिपुरा मेडिकल कॉलेज के नाम पर लूट

अब यह साबित हो चुका है कि पिछले 24 सालों से त्रिपुरा में शासन कर रही वाम मोर्चा सरकार का एकमात्र एजेंडा केवल पैसा कमाना है। मेडिकल कॉलेज घोटाला एक बार फिर इस बात की पुष्टि करने के लिए काफी है। लुटेरों ने गरीब जनता का करोड़ों रुपया लूट लिया। लोगों पर लुटेरों का दबदबा बना रहे, इसलिए विरोध करने के लिए शांतिपूर्ण मार्च निकालने वाले कई लोगों को गोली मारकर मौत की नींद सुला दिया गया। राज्य सरकार के खिलाफ आवाज उठाने वालों के सिर कलम कर दिए जाएँ, यह त्रिपुरा के अलावा देश के किसी अन्य राज्य में नहीं देखा गया। यह माणिक सरकार के निर्दयी शासन का नमूना है।

त्रिपुरा मेडिकल कॉलेज का निर्माण 2005 में हुआ था। त्रिपुरा सरकार और केरल से संबंधित एक संगठन ग्लोबल एजूकेशन नेट (जीनेट) द्वारा पब्लिक प्राइवेट पार्टनरशिप (पी.पी.पी.) के तहत बना यह कॉलेज देश में बना अपनी तरह का पहला उद्यम था। यह संधि भ्रष्टाचार पर राज्य सरकार के श्वेतपत्र से ज्यादा कुछ नहीं है। सरकार ने मेडिकल कॉलेज के निर्माण के लिए जमीन आवंटित की और हर साल 5 करोड़ रुपए देने का आश्वासन दिया। जीनेट को तीन साल तक पैसे मिलते रहे। राज्य सरकार ने कॉलेज के लिए महँगे उपकरण भी खरीदे और जीनेट को आवास एवं शहरी विकास कॉर्पोरेशन (हुडको) से 54 करोड़ रुपए के ऋण की व्यवस्था भी कराई। चौंकाने वाली बात यह थी कि ऋण लेने के लिए कॉलेज की जमीन ही हुडको के पास गिरवी रख दी गई।

सरकारी पैसे पर बनाए गए कॉलेज की जमीन को ही कर्ज के लिए गिरवी रख देना और राज्य सरकार का उस कर्ज के लिए गारंटर बनना संदेहजनक बात थी। जीनेट पर आरोप लगा कि उसने राज्य प्रशासन के उच्च अधिकारियों के साथ घनिष्ठ संबंधों का फायदा उठाकर करोड़ों रुपए का भ्रष्टाचार किया। इसके अलावा जीनेट को निजी क्षेत्र से धन जुटाने की अनुमति भी दी गई थी।

लूट की कहानी

इसका लाभ उठाते हुए जीनेट ने कई उद्योगपतियों से 12 से 15 करोड़ रुपए ऐंठ लिये। जीनेट ने मेडिकल काउंसिल ऑफ इंडिया (एम.सी.आई.) से संबद्धता प्राप्त करने के लिए सुप्रीम कोर्ट में याचिका भी दायर की थी, जिसे शीर्ष अदालत ने अस्वीकार कर दिया। जीनेट के लोग मेडिकल कॉलेज प्रशासन को छोड़कर भाग खड़े हुए और राज्य ने भी उन्हें भागने दिया, क्योंकि लुटेरों को सरकारी पैसा लूटकर भागने की खुली आजादी जो दी गई थी।

साल 2009 में त्रिपुरा में बने निजी मेडिकल कॉलेज को एम.सी.आई. से मान्यता दिला पाने में असमर्थ रहने पर राज्य छोड़कर भागने वाले जीनेट के त्रिपुरा सरकार ने हाल ही में एफ.आई.आर. दर्ज कराई है।

जंगल की आग की तरह जैसे ही यह खबर पूरे राज्य में फैली, राज्य के स्वास्थ्य उप सचिव के.बी. रॉय ने अम्तोली पुलिस थाने में प्राथमिकी दर्ज कराई। बिपिन चंद्र, वासुदेवन नायर, प्रशांत नायर और जीनेट के अध्यक्ष बालचंद्रन नायर का नाम प्राथमिकी में डाला गया। कांग्रेस नेता प्रभाकर चक्रवर्ती के आरोपों के बाद यह प्राथमिकी दर्ज कराई गई। चक्रवर्ती ने आरोप लगाया कि जीनेट के अधिकारियों ने सत्तारूढ़ पार्टी सी.पी.आई. (एम) को पैसा पहुँचाया, जिसके एवज में शैडो कंपनियों को जनता का पैसा लेकर भागने दिया गया। राज्य स्वास्थ्य विभाग ने जीनेट अधिकारियों पर धोखाधड़ी, सरकारी धन की चोरी और हुडको से अनधिकृत ऋण प्राप्त करने का आरोप लगाया।

विपक्ष ने इन मुद्दों पर सी.पी.आई. (एम) सरकार की तीखी आलोचना की, लेकिन इससे राज्य सरकार के कान पर जूँ तक नहीं रेंगी। कांग्रेस के प्रख्यात नेता रतनलाल नाथ ने आरोप लगाया कि सरकार ने जान-बूझकर विपक्ष के

आरोपों को अनदेखा किया है। उन्होंने आरोप लगाया कि राज्य सरकार ने जीनेट से मिले पैसे का इस्तेमाल सी.पी.आई. (एम) पार्टी का कोष भरने के लिए किया है। जीनेट के चेयरमैन बालचंद्र नायर केरल की कम्युनिस्ट महासभा के साथ अच्छे संबंध थे, इसलिए माणिक सरकार का उनके प्रति नरम होना स्वाभाविक था। उन्हें ढूँढ़ने के लिए राज्य सरकार की ओर से कोई मजबूत कदम नहीं उठाया गया। वे आज भी फरार हैं।

राज्य सरकार ने संस्थान का प्रबंधन 'सोसाइटी फॉर त्रिपुरा मेडिकल कॉलेज और डॉ. बी.आर.ए.एम. टीचिंग हॉस्पिटल' नाम की एक संस्था को सौंप दिया। यह कुछ सेवानिवृत्त सरकारी अधिकारियों, साथ ही साथ कामकाजी राज्यकर्मियों का संगठन था। जीनेट ने जो पैसा लूटा, अब उसे छात्रों की जेब पर डाका डालकर वसूला जा रहा है। त्रिपुरा मेडिकल कॉलेज (टी.एम.सी.) को राज्य सरकार की ओर से एडवांस फंड और लोन दिया जा रहा है। टी.एम.सी. की फीस देश के बाकी सभी मेडिकल कॉलेजों की तुलना में कहीं अधिक है और राज्य सरकार इस पर चुप्पी बनाए बैठी है। डॉ. अशोक सिन्हा ने हाईकोर्ट में याचिका दायर कर टी.एम.सी. को सरकारी सहायता दिए जाने पर सवाल पूछा है। सिन्हा ने टी.एम.सी. प्रशासन से सवाल किया है कि उसे निजी मेडिकल कॉलेज चलाने के लिए सरकारी पैसे की आवश्यकता क्यों पड़ रही है? जबकि टी.एम.सी. का कहना था कि वे राज्य सरकार द्वारा नियंत्रित नहीं है।

अपनी बात को साबित करने के लिए त्रिपुरा की राज्य सरकार ने कोर्ट के सामने संबंधित दस्तावेज प्रस्तुत किए। हालाँकि उन दस्तावेजों से पता चलता है कि त्रिपुरा मेडिकल कॉलेज (टी.एम.सी.) केवल नाम के लिए ही निजी मेडिकल कॉलेज है। वास्तव में उसे राज्य सरकार द्वारा चलाया जाता है। हालाँकि कोर्ट ने भी वही फैसला दिया जो राज्य सरकार के पक्ष में जाता था।

त्रिपुरा मेडिकल कॉलेज—निजी या सरकारी?

यदि सरकार कहती है कि टी.एम.सी. एक निजी कॉलेज है तो अदालत के आदेशानुसार तीन महीने के भीतर एक एम.ओ.यू. साइन कर कॉलेज की स्थिति स्पष्ट की जानी चाहिए। कोर्ट ने राज्य सरकार को निर्देश दिया कि वह निजी क्षेत्र

में काम कर रहे लोगों का एक संगठन बनाकर कॉलेज प्रशासन के कामकाज का दायित्व उसे सौंपे। संगठन बनाते हुए यह सुनिश्चित कर लिया जाए कि संगठन में सरकार से संबंध रखनेवाला कोई व्यक्ति न हो। लेकिन नए संगठन को निर्णय लेने की शक्ति नहीं थी, क्योंकि एम.ओ.यू. के अनुसार उसके पास राज्य सरकार की अनुमति के बिना निर्णय लेने की अनुमति नहीं है।

डॉ. सिन्हा का सवाल था कि यदि मेडिकल कॉलेज निजी हाथों द्वारा चलाया जाता है तो अपने निर्णय लेने के लिए उसे राज्य सरकार की अनुमति की क्या आवश्यकता पड़ गई? सिन्हा ने कोर्ट का ध्यान दिलाने की पुरजोर कोशिश की, लेकिन अदालत ने इस मामले में हस्तक्षेप करने से इनकार कर दिया। जिससे राज्य सरकार बेखौफ हो गई। इसका नतीजा यह रहा कि त्रिपुरा मेडिकल कॉलेज की फीस आज देश के बाकी राज्यों के मेडिकल कॉलेज की तुलना में सबसे अधिक है।

अगरतला मेडिकल कॉलेज (ए.जी.एम.सी.) में पढ़ने वाले छात्र प्रतिवर्ष 1.25 लाख रुपए ट्यूशन फीस अदा करते हैं, जबकि टी.एम.सी. में पढ़ने वाले छात्रों को सालाना 4.45 लाख रुपए ट्यूशन फीस देनी पड़ती है। यह देश के किसी भी अन्य कॉलेज की तुलना में सबसे ज्यादा है। सरकार कुछ अमीर लोगों के लिए ही यह मेडिकल कॉलेज चला रही है, क्योंकि 67 प्रतिशत गरीबी रेखा से नीचे जीवनयापन करनेवाले राज्य में कौन सा छात्र इतनी फीस दे पाएगा?

झूठ का कारोबार

फीस के रूप में छात्रों का पैसा धड़ल्ले से लूटा गया। भारी वेतन देकर दूसरे राज्यों के ऐसे प्राध्यापकों को नौकरी पर रखा गया, जिनके कॉलेज में कभी दर्शन ही नहीं हुआ करते थे। छात्रों की शिकायत थी कि प्राध्यापक कॉलेज परिसर में दिखाई ही नहीं देते। सरकार ने कॉलेज में पढ़ाने के लिए डेप्युटेशन पर कुछ कर्मियों की नियुक्ति की। ऐसी अटकलें हैं कि वे दोनों नौकरियों से वेतन प्राप्त करते हैं।

सरकार बजट में कॉलेज के लिए धन आवंटित करती है। यह राशि ऋण के रूप में दिखाई जाती है, जो एम.सी.आई. के नियमों के उल्लंघन का स्पष्ट मामला है। यह सी.पी.आई. (एम) के निरंकुश शासन को साबित करता है।

हालाँकि दोनों ही कॉलेज सरकार द्वारा चलाए जा रहे हैं। कॉलेजों द्वारा दो अलग-अलग प्रवेश परीक्षा आयोजित की जा रही हैं। ए.जी.एम.सी. त्रिपुरा संयुक्त प्रवेश परीक्षा की मेरिट का पालन करती है और टी.एम.सी. के लिए एक अलग प्रवेश परीक्षा का विकल्प है।

त्रिपुरा मेडिकल कॉलेज सी.पी.आई. (एम) के अराजक प्रशासन का एक अनूठा उदाहरण है। यह शुरू से अंत तक जालसाजी का एक उदाहरण है। राज्य सरकार द्वारा नियुक्त प्रोफेसर अपनी मनमानी से कक्षाएँ चलाते हैं। चौंकाने वाली बात यह है कि सरकारी अधिकारियों को ही फर्जी नाम देकर यहाँ प्रोफेसर के रूप में नियुक्त कर दिया गया है। एक निजी कॉलेज को राज्य सरकार के लोन के नाम पर कैसे चलाया जा सकता है। इतनी भारी फीस भरकर भी छात्रों को उच्च गुणवत्ता वाली शिक्षा और सुविधाएँ क्यों नहीं दी जा रही हैं?

भाजपा नेता सुनील देवधर का आरोप है कि मेडिकल कॉलेज ने मेडिकल काउंसिल ऑफ इंडिया से मान्यता भी राज्य सरकार द्वारा भेजे फर्जी प्रोफेसरों के आधार पर ही ली है। उन्होंने टी.एम.सी. में चल रहे इस गड़बड़झाले से केंद्रीय स्वास्थ्य मंत्री जे.पी. नड्डा को भी अवगत कराया। 2018 के विधानसभा चुनाव के लिए भाजपा को टी.एम.सी. का मुद्दा मिल गया है, जिसे पार्टी आने चुनाव प्रचार में जोर-शोर से उठाएगी। एक निजी मेडिकल कॉलेज सरकार के पैसों पर कैसे चल सकता है? यदि हर निर्णय सरकार की स्वीकृति के साथ लिया जाता है, तो फीस इतनी अधिक क्यों है? ये मूलभूत प्रश्न छात्रों के मन में असंतोष का कारण बने हैं।

साल 2011 में टी.एम.सी. में चल रही गड़बड़ी के विरोध में छात्रों ने अगरतला में विरोध प्रदर्शन किया। प्रदर्शन कर रहे छात्रों को त्रिपुरा पुलिस के बर्बर लाठीचार्ज और गोलीबारी का सामना करना पड़ा। पुलिसिया लाठीचार्ज में छात्रों को गंभीर चोटें आईं। त्रिपुरा स्टेट राइफल्स ने न केवल छात्रों को बल्कि रास्ते से गुजर रहे आम लोगों, पत्रकारों और फोटो पत्रकारों की जमकर धुनाई की। इस काररवाई में 20 लोग गोलीबारी का शिकार हुए, जबकि सैकड़ों निर्दोष गंभीर रूप से घायल हुए। इस गोलीबारी में अखबार बेचने वाले युवक पपिया को अपनी जान से हाथ धोना पड़ा।

□

अध्याय-10

रोज वैली पार्क— सी.पी.आई. (एम) की समाधि

पश्चिम बंगाल में भारी नुकसान पहुँचाने वाली चिट फंड कंपनियों ने त्रिपुरा जैसे अपेक्षाकृत छोटे राज्य को भी नहीं बख्शा। चिट फंड कंपनियाँ राज्य के गरीब लोगों का लगभग 5000 करोड़ रुपया डकार गईं। इस चिट फंड घोटाले में 14 लाख लोगों की खून-पसीने की कमाई को लूटा गया। जिस तरह तृणमूल कांग्रेस को सीधे तौर पर सारदा घोटाले से जोड़ा जाता है, ठीक वैसी ही भूमिका रोज वैली चिट फंड घोटाले में सी.पी.आई. (एम) की मानी जाती है। राज्यसभा में एक प्रश्न का जवाब देते हुए राज्य मंत्री जयंत सिन्हा ने कहा था कि जाँच रिपोर्ट के अनुसार, जिन दो कंपनियों की जाँच पूरी हो चुकी है, उनके द्वारा 12,740 करोड़ रुपए का घपला किए जाने की बात सामने आई है। कंपनी के वे सभी 2600 बैंक अकाउंट, जिनमें कंपनी का 800 से 1000 करोड़ रुपए शेष था, सरकार द्वारा फ्रीज कर दिए गए हैं।

ईडी ने जाँच में पाया कि ज्यादातर पैसे का इस्तेमाल नेताओं को रिश्वत देने के लिए किया गया था। निश्चय ही पैसा तृणमूल कांग्रेस के खजाने में पहुँचा, लेकिन इस राज से परदा नहीं उठ पाया कि त्रिपुरा में सी.पी.आई. (एम) नेताओं ने कितना पैसा निगला?

झूठ का गुणगान

अफसोस की बात है कि तथाकथित 'क्लीन' मुख्यमंत्री ने राज्य में रोज वैली चिट फंड का शुभारंभ किया था। उन्होंने रोज वैली पार्क का उद्घाटन करते हुए अपने भाषण में इस योजना की प्रशंसा की थी। इस योजना का समर्थन करते हुए उन्होंने लोगों को कंपनी का 700–800 करोड़ रुपए के टर्न ओवर का आश्वासन दिया था। उन्होंने कहा था कि कंपनी अच्छा प्रदर्शन कर रही है और सरकार के साथ कंपनी के अच्छे संबंध भी हैं।

एक मुख्यमंत्री द्वारा किसी निजी कंपनी की प्रशंसा करने का कारण समझ लेना आसान है। रोज वैली पर सरकार की असीम कृपा बनी हुई थी। कंपनी को बोध जंगनगर औद्योगिक कॉरिडोर के प्राइम लोकेशन पर जमीन आवंटित की गई थी। विधानसभा में विपक्ष ने हंगामा मचाते हुए सवाल किया कि सरकार यह साफ करे कि आखिर यह कंपनी किस उत्पाद का उत्पादन कर रही है? विपक्ष के तेवरों को देखते हुए भी माणिक बाबू अपने निर्णय पर अड़े रहे।

वरिष्ठ सी.पी.आई. (एम) नेता गौतम दास ने कंपनी को व्यापार लाइसेंस जारी किया। सी.पी.आई. (एम) विधायक बिजितानाथ और रीता मजुमदार के पति कंपनी के एजेंट थे। राज्य के तत्कालीन ग्रामीण विकास मंत्री और अब सांसद जितन चौधरी ने इस कंपनी के लिए खुलेआम प्रचार किया।

रोज वैली और राज्य सरकार के संबंध इतने घनिष्ठ थे कि 2012 में कंपनी के खिलाफ जालसाजी का मामला दर्ज होने के बाद भी उसे सरकार की ओर से नियमित अनुदान मिलता रहा। 2017 तक एम्यूजमेंट पार्क का अधिकार रोज वैली के पास रहा। कंपनी और राज्य सरकार की साँठ-गाँठ के आखिर और कितने उदाहरण दिए जाएँ? दोनों ने मिलकर गरीब जनता के 5000 करोड़ लूटकर सैकड़ों घरों में आग लगा दी।

जाँच को चकमा

किसी मामले की सी.बी.आई. जाँच के लिए राज्य सरकार को केंद्र सरकार से अनुरोध करना पड़ता है। लेकिन माणिक सरकार से इसकी अपेक्षा करना व्यर्थ था, क्योंकि रोज वैली कंपनी सी.पी.आई. (एम) नेताओं का पेट नोटों से

भरकर मुख्यमंत्री का मुँह बंद कर चुकी थी।

विपक्ष ने रोज वैली घोटाले की जाँच के लिए सरकार पर दबाव बढ़ाना शुरू कर दिया। विपक्ष के क्रोध को भाँपते हुए सरकार झुक गई और अनिच्छा से ही सही, लेकिन मामले की जाँच के आदेश दे दिए। सरकार ने फर्जी कंपनियों की सूची तो भेजी, लेकिन जान-बूझकर इस सूची से रोज वैली का नाम बाहर रखा। विपक्ष के विरोध के बाद मामले पर परदा डालने के लिए दूसरी सूची में रोज वैली का नाम डाला गया और केवल 40000 रुपए की गड़बड़ दिखाई गई। राज्य सरकार को पता था कि 40000 जैसी छोटी रकम के लिए सी.बी.आई. जाँच में हाथ नहीं डालेगी। इससे यह साबित हो गया कि माणिक सरकार ने जाँच एजेंसियों को गुमराह करने के लिए यह सब किया था। वरिष्ठ कांग्रेस नेता और विधायक रत्नलाल नाथ ने आरोप लगाया कि सी.बी.आई. जाँच से बचने के लिए सरकार ने जान-बूझकर छोटी राशि दिखाई है।

तृणमूल कांग्रेस के छह विधायकों के एक प्रतिनिधि मंडल ने तय किया कि प्रधानमंत्री नरेंद्र मोदी से मिलकर इस घोटाले की सी.बी.आई. जाँच की जाए। किंतु पश्चिम बंगाल के सारदा घोटाले पर केंद्र सरकार की सख्त काररवाई से तृणमूल कांग्रेस प्रमुख ममता बनर्जी विफर गईं। उन्होंने अपने विधायकों और प्रधानमंत्री के बीच होनेवाली बैठक को ही रद्द कर दिया।

न्यायिक जाँच मामले को एक अलग दिशा में ले जाती है। त्रिपुरा उच्च न्यायालय ने जाँच के लिए एस.आई.टी. का गठन करने का आदेश दिया। आम लोगों को अब समझ आने लगा कि राज्य सरकार धोखेबाजों की रक्षा कर रही है।

चौंकाने वाला क्लिप

हाल ही में सी.पी.आई. (एम) कार्यकर्ता समर आचार्य के एक वीडियो ने पार्टी के नेताओं के पास अचानक आई दौलत के रहस्य पर से परदा उठा दिया था। इस वीडियो ने त्रिपुरा की राजनीति में हलचल मचा दी थी। वीडियो में समर आचार्य नोटों के बिस्तर पर लेटा था। नोटों की गड्डियों को चादर की तरह ओढ़े हुए लेटा समर प्रशासन को ठेंगा दिखा रहा था। वीडियो में समर को यह कहते

सुना जा सकता था—"अभी मेरे पास 22 लाख रुपए हैं और जल्द ही मैं एक करोड़ रुपए कमाऊँगा।"

इस वीडियो को देखकर त्रिपुरा के लोग गुस्से में लाल हो गए। जनता सोच रही थी कि 'एक आम कार्यकर्ता के पास इतना धन है, तो नेताओं के पास कितना होगा?'

रोज वैली यानी भ्रष्टाचार

8 नवंबर, 2017 को प्रधानमंत्री नरेंद्र मोदी द्वारा नोटबंदी की घोषणा करने के बाद पूरा देश बैंकों की लाइन में लगा था। किंतु त्रिपुरा एक अपवाद था। इसकी वजह थी कि भारी गरीबी से जूझ रहे त्रिपुरा के अधिकांश लोगों ने कभी 1000 रुपए का नोट ही नहीं देखा था। यहाँ 100 रुपए में अपना परिवार चलाने वाले लोगों की संख्या बहुत अधिक है। कोई चिट फंड कंपनी ऐसे गरीब निराश्रित लोगों का हजारों-करोड़ों रुपए लूटकर भाग जाए, यह किसी भी रूप में स्वीकार्य नहीं है।

रोज वैली भ्रष्टाचार का पर्याय बन चुकी है। ये सी.पी.आई. (एम) के भ्रष्टाचार का चरम उदाहरण है। त्रिपुरा के बाहर राज्य सरकार के भ्रष्टाचार की कहानियों में इस घोटाले का नाम सबसे पहले आता है। लेकिन इस प्रकरण के बाद पहली बार देश में माणिक सरकार के भ्रष्टाचार की चर्चा तो शुरू हो गई है। इस भ्रष्टाचार में जिन लोगों के हाथ जले, उन्होंने एकजुट होना शुरू कर दिया है। राज्य सरकार अपने खिलाफ बढ़ रही सरगरमी को महसूस करने लगी है। भाजपा कार्यकर्ता अपनी हर रैली और प्रदर्शन में रोज वैली घोटाले के मुद्दे को उठाकर माणिक सरकार की सरकार का चीर हरण कर रहे हैं।

रोज वैली के निदेशक गौतम कुंडू को 2015 में गिरफ्तार किया गया था। अब लोगों की निगाह उस तारीख पर है, जब सी.बी.आई. त्रिपुरा में इसी तरह के कार्य करेगी। रोज वैली घोटाला सी.पी.आई. (एम) सरकार की कब्रगाह बनना निश्चित है।

□

अध्याय-11

आतंकवादियों को शरण

बांग्लादेश की सीमा से सटा त्रिपुरा सीमापार के आतंकवादियों की शरणस्थली बन गया है। आतंकवादी बेखौफ हैं, क्योंकि सी.पी.आई. (एम) के मंत्री और नेता उनकी सुरक्षा में तैनात हैं। आतंकवादियों वामपंथियों के बीच त्रिपुरा में अच्छा तालमेल बना हुआ है। इसलिए त्रिपुरा देश की आतंरिक सुरक्षा के लिए एक चुनौती भी बन चुका है।

विपक्ष का आरोप है कि वामपंथी नेताओं ने ऑल त्रिपुरा टाइगर्स फोर्स (ए.टी.टी.एफ.) और नेशनल लिबरेशन फ्रंट ऑफ त्रिपुरा (एन.एल.एफ.टी.) के उग्रवादियों को इसलिए बढ़ावा दिया, ताकि समय पड़ने पर अपने राजनीतिक विरोधियों और पार्टी के भीतर से चुनौती देने वाले प्रतिद्वंद्वियों का सफाया किया जा सके।

राज्य सरकार इन उग्रवादियों का इस्तेमाल विकास और स्वास्थ्य सेवाओं से वंचित गरीब लोगों के दिमाग में विपक्षी दलों के प्रति अंसतोष फैलाने के लिए करती है। चुनावों में माकपा के प्रतिद्वंद्वियों को कुचलने का काम इन्हीं उग्रवादी संगठनों को सौंपा जाता है।

हजारों की मौत

राष्ट्र विरोधी गतिविधियों में शामिल रहनेवाले संगठनों और लोगों को राष्ट्रीय स्वयंसेवक संघ में अपना सबसे बड़ा दुश्मन नजर आता है। इसलिए आर.एस.

एस. को दबाने में अपनी सारी शक्तियों का इस्तेमाल करते हैं। आर.एस.एस. के काम से त्रिपुरा में उग्रवादी संगठन दहशत में आ गए हैं।

उन्होंने लोगों की सेवा करनेवाले आर.एस.एस. के स्वयंसेवकों को डराया, उन्हें धमकाने की कोशिश की। लेकिन आर.एस.एस. के स्वयंसेवकों ने हार नहीं मानी। उन्होंने अपना सेवाकार्य जारी रखा। 6 अगस्त, 1999 को एन.एफ.एल.टी. ने आर.एस.एस. के चार स्वयंसेवकों का अपहरण कर दिया। जिन स्वयंसेवकों का अपहरण किया गया, उनमें पश्चिम बंगाल और असम तथा पूर्वोत्तर के क्षेत्र कार्यवाह शामलकांति सेनगुप्ता, दक्षिणी असम में काम कर रहे एक प्रचारक दिनेंद्रनाथ डे, अगरतला के विभाग प्रचारक सुधामय दत्त और जिला प्रचारक शुभंकर चक्रवर्ती शामिल थे। इन सभी का अपहरण त्रिपुरा के कांचनछढा में चलने वाले वनवासी कल्याण आश्रन के एक छात्रावास से किया गया था। उन्हें बचाने के लिए आर.एस.एस. ने जमीन और आसमान एक कर दिया। आर.एस.एस. का यह प्रयत्न माणिक सरकार की उम्मीद से परे था। तत्कालीन सरकार्यवाह मोहन भागवत ने संघ और राज्य सरकारों पर कठोर हमला किया और सरकार द्वारा असंवेदनशील रवैया अपनाने के खिलाफ प्रदर्शन किया। फरवरी 2001 में एन.एफ.एल.टी. ने अगस्त 1999 से अपहृत चारों स्वयंसेवकों की हत्या की घोषणा कर डाली।

उग्रवादियों ने हजारों लोगों को मौत के घाट उतारा। सरकार के खिलाफ आवाज उठाने वाले लोगों को हथियारबंद लोगों द्वारा दूर-दराज के इलाकों में जाकर मार डालना ही इन उग्रवादियों की कार्यप्रणाली है। अपने प्रतिद्वंद्वियों को खत्म करने के लिए वामपंथी बर्बरता की सभी सीमाएँ लाँघ जाते हैं। बागबार, कल्याणपुर, बाजार कॉलोनी, उराबेरी, बारोहल्दी, बारोलुंगा, बर्मामादन, जारुबाचाई, गौरंगटीला, गाबार्दी, पंचबटी, बारमैदान आदि स्थानों पर हजारों निर्दोष लोगों को मौत की नींद सुला दिया गया। इस पर ध्यान देने की जगह सरकार आँखें मूँदे बैठी है।

सरकार का आशीर्वाद

आतंकवादियों के कई एजेंट सरकार में रहे हैं। 1998 में राज्य के मुख्य

सचिव वी. तुलसीदास ने प्रशासन के काम में आ रही बाधाओं को जड़ से उखाड़ने की कोशिश की। उन्होंने एक सूची जारी कि जिसमें सरकारी विभागों के उन प्रमुख अधिकारियों के नाम शामिल थे, जो उग्रवादी संगठनों से सीधे संपर्क में थे। उन्होंने इन सभी अधिकारियों को पद से हटाने का आदेश दिया, लेकिन त्रिपुरा के नवनिर्वाचित मुख्यमंत्री माणिक सरकार ने इस आदेश पर आपत्ति जताई। इस दखलअंदाजी के कारण इस मामले में कोई कारवाई नहीं की गई। उग्रवादियों की ताल से ताल मिलाना ही वामपंथियों की नीति रही है।

कांग्रेस के कई नेता लगातार यह माँग करते आ रहे हैं कि हाईकोर्ट के न्यायाधीश की अध्यक्षता में एक समिति का गठन किया जाए, जो वामपंथियों और उग्रवादियों के संबंधों का पर्दाफाश करे। लेकिन माणिक सरकार ने इस माँग को स्पष्ट रूप से अस्वीकार कर दिया।

बेरहम आतंकवादी

आतंकवाद ने राज्य में गहरी पैठ बना ली है। साल 2005 में सेना की वरदी में आए दो नकाबपोशों ने बेंगलुरु के इंडियन इंस्टीट्यूट ऑफ साइंस में अंधाधुंध गोलीबारी की, जिसमें प्रोफेसर मुनीश चंद्रपुरी की मौत हो गई और चार लोग घायल हो गए थे। जाँच में सामने आया कि हमलावरों के तार लश्कर-ए-तैयबा से जुड़े थे। 12 साल बाद, 2017 में इस हत्याकांड के एक संदिग्ध शहाबुद्दीन को अगरतला से गिरफ्तार किया गया था। उसने बेंगलुरु आतंकी हमले में अपने साथी अबु हमजा के शामिल होने की बात स्वीकारी।

शहाबुद्दीन ने खुलासा किया कि उन्हें यह काम भारत में लश्कर-ए-तैयबा के मुखिया मुजम्मिल ने सौंपा था। जाँच एजेंसियों को हमले में शामिल आठ लोगों के नाम मिले। हबीब मियाँ उन आठ में से एक था। एक दशक से भी ज्यादा समय से हबीब मियाँ भारत-बांग्लादेश सीमा से चार किलोमीटर दूर अगरतला के भीड़-भाड़ वाले इलाके जोगेंद्र नगर में आराम से रह रहा था। इस इलाके में बड़ी संख्या में प्लंबर रहा करते हैं और हबीब मियाँ इन्हीं प्लंबरों की बीच बिना किसी समस्या के रह रहा था। बांग्लादेश की सीमा से आतंकियों को भारत में प्रवेश में मदद कराने के चलते इस मामले की चार्जशीट

में उसका नाम लश्कर-ए-तैयबा के 'स्विच मैन' के रूप में दर्ज किया गया। शहाबुद्दीन ने जाँचकर्ताओं को बताया कि हबीब मियाँ ने उसे और उसके साथियों को कई बार बांग्लादेश सीमा पार करने में मदद की थी।

अमेरिका द्वारा प्रतिबंधित लश्कर-ए-तैयबा का आतंकी बेंगलुरु आतंकवादी हमले के 12 साल बाद भी मंत्रालय के करीब बेखौफ होकर रह रहा था। सुरक्षा बलों को चकमा देकर वह कैसे इतने सालों तक यहाँ रहने में कामयाब हुआ, इसका जवाब तो केवल त्रिपुरा पुलिस ही दे सकती है।

एक से बढ़कर एक भयावह घटनाएँ

सुमन उर्फ प्रवीण मजूमदार अगरतला में लंबे समय से रह रहा था। वह माकपा के मंत्री शाहिद चौधरी का पारिवारिक मित्र था। कोलकाता पुलिस उसकी तलाश में थी, लेकिन पुलिस के अगरतला पहुँचने से पहले ही वह वहाँ से निकल भागा। खुद शाहिद चौधरी की पत्नी उसे पति को मिली सरकारी गाड़ी में बैठाकर बांग्लादेश सीमा पर छोड़कर आई थी।

अपराधियों को सुरक्षा का वादा

उसके बचकर भाग निकल जाने के बाद चौंकाने वाला खुलासा हुआ। वह कोई और नहीं बल्कि कुख्यात आतंकी संगठन हरकत-उल-जिहादी-अल-इस्लामी (हुजी) का खूँखार आतंकवादी मामून मियाँ था। एक हिंदू नाम का प्रयोग कर वह बेहद आराम से आतंकवादी गतिविधियों को अनजाम दे रहा था। अपनी पहचान छुपाकर एक नया नाम देने में शाहिद चौधरी ने उसकी पूरी मदद की थी। चौधरी ने नया पासपोर्ट बनवाने में उसकी सहायता भी की, लेकिन जब उससे उन्हें खतरा महसूस हुआ, उनकी पत्नी खुद उसे सीमा पार छोड़ने गई। लेकिन आतंकवाद को बढ़ावा देने वाले माणिक सरकार ने इस ओर ध्यान देना भी मुनासिब नहीं समझा। हालाँकि मीडिया के भारी दबाव के बाद चौधरी को अपना पद छोड़ना पड़ा। राज्य की सी.आई.डी. ने चौधरी और उनकी पत्नी से किसी तरह की पूछताछ तक नहीं की।

त्रिपुरा तीन तरफ से बांग्लादेश से घिरा हुआ है। इसकी 856 किमी. की सीमा बांग्लादेश से जुड़ी है। कल्पना कीजिए, राष्ट्र की सुरक्षा के लिए यह राज्य कितना संवेदनशील है। यह बड़े पैमाने पर नशीले पदार्थों की तस्करी होती है। तस्करी करनेवालों को यहाँ की पुलिस, सरकारी अधिकारी और सत्ता में बैठे नेताओं का आशीर्वाद प्राप्त है। सुरक्षा एजेंसियों के पास हुजी के 100 करोड़ से अधिक की तस्करी में शामिल होने सुबूत हैं। तस्करी के माध्यम से सी.पी. आई. (एम) के नेताओं को जो बड़ी राशि मिल रही है, उसने नेताओं और आतंकवादियों के बीच मधुर संबंध विकसित कर दिए हैं।

त्रिपुरा में संरक्षण प्राप्त करनेवाले राष्ट्र विरोधी तत्त्व राष्ट्रीय सुरक्षा के लिए चिंता का विषय बन गए हैं। एक आतंकी को भागने में मदद करनेवाले मंत्री की पत्नी से पूछताछ तक नहीं की जाती। दोषी मंत्री जेल न जाकर आजाद घूम रहे हैं और मंत्रीपद का लाभ उठा रहे हैं। ताकत और पैसा कमाना ही सी.पी.आई. (एम) सरकार का एकमात्र ध्येय है, जो कि राष्ट्र की सुरक्षा के साथ खेलने जैसा है। यह बेहद खतरनाक है।

राज्य में आतंकवाद का खूनी सिलसिला

(1) अक्तूबर 1991—सीमा सुरक्षा बल द्वारा छावमनू में छह पिस्तौल और 55 बंदूकों के साथ 88 आतंकवादी गिरफ्तार।

(2) मई 1992—ए.टी.टी.एफ. आतंकवादियों ने नेपालटीला पर हमला किया और तीन 303 राइफल्स लूटकर फरार हो गए।

(3) अक्तूबर 1992—आतंकवादियों ने गंगानगर में चार पुलिसकर्मियों की हत्या कर दी और 16 राइफल्स तथा 600 गोलियाँ लेकर भाग खड़े हुए।

(4) अक्तूबर 1992—चाक्कुछड़ा में पुलिस कारररवाई में 16 एन.एल. एफ.टी. आतंकवादियों की मौत।

(5) नवंबर 1992—पुलिस हड़ताल पर चली गई।

(6) सितंबर 1993—739 आतंकियों ने मुख्यमंत्री दशरथ देबबर्मा के समक्ष आत्मसमर्पण किया।

(7) 1994—आतंकवादियों द्वारा अंधाधुंध गोलीबारी में चार आम नागरिकों की मौत।

(8) 1995—16 आतंकवादी हथियारों संग उदयपुर की जेल तोड़कर फरार हो गए।

(9) 1995—एक आतंकवादी हमले में सी.आर.पी.एफ. के चार जवानों की मृत्यु। मनू-छावमनू रोड पर हुए आतंकवादी हमले में सात पुलिसवालों की मौत। ढलाबिल पावर प्रोजेक्ट में काम करनेवाले दो इंजीनियरों और दो कामगारों का अपहरण।

(10) जुलाई 1995—ऑटोनॉमिक डिस्ट्रिक्ट काउंसिल चुनावों के बाद मतपेटियाँ ले जा रहे तीन पुलिसवालों की हत्या।

(11) अगस्त 1995—आतंकवादियों ने मोराछेरा गाँव के सात लोगों को मार डाला।

(12) जनवरी 1996—हेजामारा, सदर में चलाए जा रहे एक पोलियो निरोधक कैंप में काम कर रहे स्वयंसेवकों की सुरक्षा में लगे सी.आर.पी.एफ. के छह जवानों पर ए.टी.टी.एफ. के आतंकवादियों ने हमला कर उनकी हत्या कर डाली।

(13) फरवरी 1996—आतंकवादियों ने अंबासा पुलिस स्टेशन के अधिकार क्षेत्र में आनेवाले 32 घरों को जलाकर राख कर दिया।

(14) 14 जुलाई, 1996—एक आतंकवादी हमले में बी.एस.एफ. की दूसरी बटालियन के दो जवान शहीद हुए।

(15) नवंबर 1996—ए.टी.टी.एफ. आतंकवादियों द्वारा बारूदी सुरंगों के हमले में सात बी.एस.एफ. जवानों समेत तीन बच्चों और पाँच महिलाओं की मौत हुई।

(16) 1996—कल्याणपुर पुलिस स्टेशन के क्षेत्राधिकार में आनेवाले इलाके पर हुए आतंकवादी हमले में 3 बच्चों सहित 26 महिलाओं की मौत।

(17) फरवरी 1997—खोवाई पुलिस स्टेशन के क्षेत्राधिकार में आनेवाली 50-60 झुग्गियों को आतंकवादियों द्वारा आग लगाकर खाक कर दिया गया।

प्राकृतिक सौंदर्य का धनी हरा-भरा त्रिपुरा

उनाकोटि का प्रसिद्ध शिल्प

हेलीकॉप्टर से ही त्रिपुरा दौरे पर निकलते हैं माणिक सरकार

पीने योग्य पानी के लिए करना पड़ता है लंबा सफर

चाँदमोहन त्रिपुरा की हत्या के बाद आयोजित शांतियज्ञ

सभा में बोलते चाँदमोहन त्रिपुरा

चाँदमोहन त्रिपुरा का परिवार

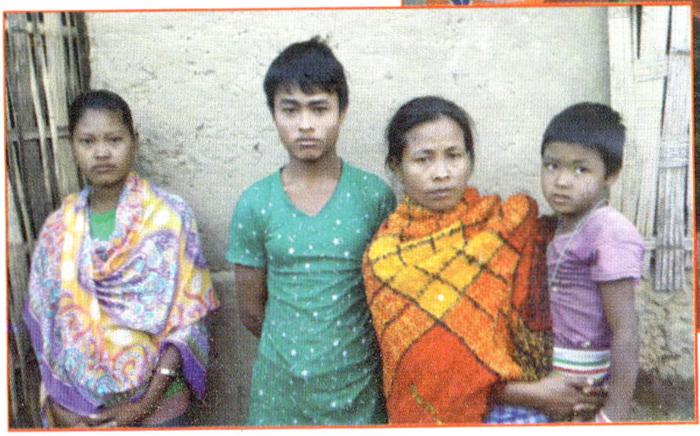

विशाल तालाब में बनी 'नीरमहल' की इमारत

संग्रहालय में परिवर्तित हो चुकी 'उज्जयंत महल' की इमारत

(18) फरवरी 1997—अज्ञात आतंकवादियों के हमले में 11 गैर-जनजातीय लोगों की मौत।

(19) फरवरी 1998—समतल पद्मबिल में 25-30 हथियारबंद आतंकवादियों ने गोलीबारी कर 5 लोगों को मौत के घाट उतार दिया।

(20) मार्च 1998—राधाबाड़ी में मराठा लाइट इन्फैंट्री और ए.टी.टी.एफ. के बीच हुए संघर्ष में मेजर संतोष प्रभाकर और नायक शिवाजी खोटे ने सर्वोच्च बलिदान दिया।

(21) जून 1998—ए.टी.टी.एफ. के आतंकवादियों ने एदोरीनी में एक चाय बागान के मालिक और उसके बेटे को अपहरण कर उन्हें मौत के घाट उतार दिया।

(22) अगस्त 1998—नरेंद्रपुर के चाय बागान में हुए आतंकवादी हमले में 5 लोगों की मौत।

(23) 15 अगस्त, 1998—कंचनपुर में एक बस पर हुए हमले में छह लोगों की मौत और 13 घायल हुए।

(24) सितंबर 1998—बीरगंज में हुए एक आतंकी हमले में चार लोगों की मौत हुई और सात लोग घायल हो गए। जबकि एक व्यक्ति का अपहरण कर लिया गया।

(25) अक्तूबर 1998—त्रिशाबाडी में हुए आतंकवादी हमले में 8 की मौत और पाँच घायल हुए। वहीं कई घरों को आग के हवाले कर दिया गया।

(26) नवंबर 1998—बारामूरा, बिस्रामगंज और मोनानाम में हुए दो अलग-अलग आतंकवादी हमलों में 23 लोगों की मौत हुई। जबकि तीर्थमुख सब-स्टेशन में एक कर्मचारी सहित 8 लोगों का अपहरण किया गया।

(27) सितंबर 2000—मनुघाट ब्लॉक ऑफिस के 16 व्यक्तियों का आतंकवादियों द्वारा अपहरण।

(28) जनवरी 2000—टी.यू.जे.एस. नेता जगदीश देबबर्मा का आतंकियों द्वारा अपहरण।

(29) फरवरी 2000—चार लोगों को आग के हवाले कर दिया गया।

(30) मार्च 2000—असम राइफल्स के साथ मुठभेड़ में एन.एस.सी.एन. के नौ आतंकवादी मारे गए। बी.एस.एफ. के सहायक कमांडेंट द्वारा चलाए 'ऑपरेशन नासिकपाडा' में सी.आर.पी.एफ. के चार जवान भी शहीद हुए थे।

(31) अप्रैल 2000—असम राइफल्स के दो जवान बागबासा में शहीद हुए।

(32) साल 2000—नूतन बाजार में हुए दो अलग-अलग आतंकवादी हमलों में छह बी.एस.एफ. जवानों और पाँच आम लोगों की मौत।

(33) अगस्त 2000—शिब्बरि में आर.एस.एस. के छह स्वयंसेवकों का अपहरण और पाँच की हत्या।

(34) सितंबर 2000—16 पंचायत सचिवों का मनुघाट बी.डी.ओ. कार्यालय से अपहरण।

(35) नवंबर 2000—छावनी-गोविंदबाड़ी रोड पर आठ बी.एस.एफ. जवानों और कृष्णपुर में एक वनरक्षक की हत्या।

(36) दिसंबर 2000—रुपीनीपाडा में हुए बम हमले में पाँच की मौत और 10 घायल। लम्चीछडा में तीन गैर-जनजातियों युवकों की हत्या।

(37) मार्च 2001—अमरपुर पुलिस स्टेशन के अधिकार क्षेत्र में आनेवाले बामपुर में हुए घातक हमले में 11 बी.एस.एफ. जवान शहीद हुए और दो अन्य व्यक्ति मारे गए।

(38) जुलाई 2001—सी.पी.आई. (एम) के अश्विनी देबबर्मा, फलेंद्र चक्र और विद्या रेयांग को एन.एल.एफ.टी. के आतंकवादियों ने ढलाई जिले की लॉन्गथोराई घाटी में मौत के घाट उतारा।

(39) सितंबर 2001—जमातिया जनजाति के सात लोग और सी.पी.आई. (एम) के तीन नेता मार दिए गए।

(40) नवंबर 2001—अंबासा पुलिस स्टेशन के अधिकार क्षेत्र में आने इलाके से 12 रेलवे मजदूरों का अपहरण।

(41) जनवरी 2002—उल्फा आतंकी जॉन बरुआ को बी.एफ.एफ. ने

बांग्लादेश सीमा पार करते समय गिरफ्तार किया।

(42) जून 2002—एन.एल.एफ.टी. ने पत्रकार दिलीप देबनाथ की हत्या की।

(43) अगस्त 2002—हिरापुर में एन.एल.एफ.टी. के आतंकवादी हमले में त्रिपुरा राज्य राइफल्स के 20 जवानों की मौत।

(44) अक्तूबर 2002—रइस्याबारी में एन.एल.एफ.टी. के आतंकवादी हमले में नौ बी.एस.एफ. जवान शहीद।

(45) दिसंबर 2002—बम बनाते समय हुए विस्फोट में सी.पी.आई. (एम) के दो कार्यकर्ताओं की मौत।

(46) जनवरी 2003—सी.पी.आई. (एम) के 11 कार्यकर्ताओं की हत्या।

(47) फरवरी 2003—एमरापाशा कुमारघाट में 16 कलाकारों की एक टीम का अपहरण।

(48) मार्च 2003—जमीनछडा में रेलवे की सुरक्षा में तैनात आर.पी. एस.एफ. के सात जवानों की आतंकवादी हमले में मौत।

(49) मई 2003—कालीटीला की सिमना कॉलोनी ए.टी.टी.एफ. के हमले में 21 गैर-जानजतीय व्यक्तियों की मौत। मोहरछडा में नौ लोगों की हत्या।

(50) जुलाई 2003—एन.एल.एफ.टी. ने की थकछपाडा में चार जनजातीय लोगों की हत्या।

(51) अगस्त 2003—सिधाई बरकाथल में किए आई.ई.डी. विस्फोट में छह एस.पी.ओ. और एक एस.एस.आई. शहीद हुए। असम राइफल्स के तीन जवानों टाकारजला में शहीद हुए। जुबातारा में तीन जनजातीय लोग ए.टी.टी.एफ. द्वारा मारे गए।

(52) अगस्त 2003—एन.एफ.टी.एल. के हमले में त्रिपुरा राइफल्स के तीन जवान शहीद।

(53) नवंबर 2003—जोशीटीला में हुए आतंकी हमले में बी.एस.एफ. के डिप्टी कमांडेंट शहीद।

(54) जनवरी 2004—रइस्याबारी में एन.एल.एफ.टी. के आतंकवादी

हमले में बी.एस.एफ. के पाँच जवान शहीद।

(55) फरवरी 2004—सुबलकोपरापाडा में ए.टी.टी.एफ. के हमले में सी.आर.पी.एफ. के तीन और बी.एस.एफ. के चार जवान शहीद।

(56) मई 2004—थालछडा-गोविंदबाड़ी मार्ग पर हुए आतंकी हमले में बी.एस.एफ. के सहायक कमांडर समेत छह जवान शहीद।

(57) जून 2004—ए.टी.टी.एफ. के आतंकियों ने उत्तर त्रिपुरा के 24 व्यापारियों का 60 लाख रुपए की फिरौती के लिए अपहरण किया।

(58) अगस्त 2004—ए.टी.टी.एफ. आतंकवादियों ने मंदाई गाँव के तीन मासूम बच्चों की हत्या कर डाली। पुलिस मुखबिर के शक में एन.एल.एफ.टी. द्वारा एक बुजुर्ग दंपती की हत्या।

(59) अक्तूबर 2004—माकपा नेता गंगाजय त्रिपुरा के गढछरा गाँव में एन.एल.एफ.टी. आतंकवादियों द्वारा हत्या।

(60) दिसंबर 2004—ओगमबाड़ी में एन.एल.एफ.टी. आतंकवादियों के साथ मुठभेड़ में सोलह जवान शहीद।

(61) फरवरी 2006—बदानीपाडा में एन.एल.एफ.टी. आतंकवादियों ने भारतीय गैस प्राधिकरण के तीन कर्मचारियों को मौत के घाट उतारा।

(62) अगस्त 2006—ढलाई जिले में एन.एच.-44 पर एन.एल.एफ.टी. आतंकवादियों के साथ मुठभेड़ में तीन पुलिसकर्मियों की मौत।

(63) अक्तूबर 2007—गडछारा पुलिस स्टेशन के अधिकार क्षेत्र में हुए बम विस्फोट में सात लोग घायल।

(64) अक्तूबर 2008—अगरतला में हुए एक बम धमाके में 74 लोग घायल।

(65) जनवरी 2016—इंदिरानगर में मेलागढ़ के एक घर में चल रही आँगनबाड़ी के निकट हुए बम विस्फोट में 3 से 7 साल के छह बच्चे घायल।

□

अध्याय-12

ड्रग्स की बस्ती

लाखों बेरोजगार युवा ही त्रिपुरा की सच्चाई हैं। सी.पी.आई. (एम) के शासन में बेरोजगारी का ग्राफ तेजी से ऊपर चढ़ा है। राज्य की युवा पीढ़ी नशीली दवाओं की गिरफ्त में आ चुकी है। हालाँकि राज्य सरकार इसे लेकर चिंतित नहीं है। नशीली दवाइयों का कारोबार भले ही सी.पी.आई. (एम) नेताओं के लिए कमाई का आसान जरिया बन गया हो, लेकिन सच्चाई यह है कि यही राज्य के युवाओं की कब्रें भी खोद रहा है।

एक अनुमान के अनुसार राज्य में 100 करोड़ रुपए की नशीली दवाओं की तस्करी होती है। हेरोइन, ब्राउन शुगर, फेंसिडिल और गाँजा यहाँ बेहद आसानी से उपलब्ध है। बांग्लादेश सीमा के पास नशीली दवाओं के कारोबारियों का गढ़ है और यहीं से पूरे राज्य में नशे का कारोबार चलाया जाता है।

नशे के धंधे को देखते हुए सीमा पर बाड़ लगाने का कार्य लंबे समय से चल रहा है। हालाँकि कई जगहों पर अभी भी बाड़ नहीं लगी है, जिसका फायदा तस्कर उठाते हैं। राज्य सरकार और पुलिस दोनों ही सीमाई इलाके से होनेवाली तस्करी से अवगत होने के बावजूद आँखें मूँदे बैठे हैं। सरकार की अनदेखी की वजह साफ है। अंतरराष्ट्रीय ड्रग माफिया और आतंकवादी दोनों मिलकर नशे का धंधा चला रहे हैं।

साल 2016 में संसद् के मानसून सत्र में राज्यसभा में पेश एक रिपोर्ट में पता

चला कि नशे की लत के कारण देश में हर रोज दस लोग आत्महत्या कर रहे हैं।

सामाजिक न्याय और अधिकारिता मंत्री थावरचंद गहलोत द्वारा 2016 में जारी आँकड़ों के अनुसार देश में वर्तमान में लगभग 7.21 करोड़ लोग नशे की गिरफ्त में हैं। इसमें शराब पीने वाले 1.10 करोड़ लोगों की संख्या को शामिल नहीं किया गया है।

त्रिपुरा बड़े पैमाने पर गाँजे की खेती करनेवाले राज्यों में से एक है। ऐसा तब है, जब देश में गाँजे की खेती करना गैर-कानूनी है, लेकिन यहाँ बेखौफ होकर गाँजा उगाया जा रहा है। उदयपुर, अमरपुर, सबरूम, कैलाशनगर, खोवाई और धर्मानगर इलाके में न केवल गाँजा बल्कि हेरोइन, ब्राउन शुगर, एलएसडी, कोकीन, फेंसीडिल, अम्फीटामाइन और हशीश जैसी महँगी नशीली चीजें आसानी से और सहज उपलब्ध हैं।

फलता-फूलता ड्रग कारोबार

साल 2011 से 2014 के बीच भारत-बांग्लादेश सीमा पर नशीले पदार्थों की तस्करी से जुड़े सर्वाधिक 1606 मामले दर्ज किए गए। इसके बाद 779 मामलों के साथ भारत-नेपाल सीमा का स्थान आता है। नशीले पदार्थों की तस्करी के मामले में 317 मामलों के साथ तीसरा स्थान भारत-म्याँमार सीमा का आता है, जबकि 120 मामलों के साथ भारत-पाकिस्तान सीमा चौथे स्थान पर है। इससे पता चलता है नशे की खेप भारत में भेजने के लिए बांग्लादेश सीमा तस्करों के लिए सबसे सुरक्षित रास्ता है। एन.एल.एफ.टी. और हुजी के आतंकवादी इस धंधे में शामिल हैं। यहाँ यह बताने की जरूरत नहीं है कि नशे की तस्करी से मिला धन आतंकवादी गतिविधियों के लिए उपयोग में लाया जाता है।

नोबेल पुरस्कार से सम्मानित प्रख्यात समाज सेवी कैलाश सत्यार्थी द्वारा सुप्रीम कोर्ट में दायर एक जनहित याचिका के अनुसार त्रिपुरा के 35 प्रतिशत युवक नशीले पदार्थों का सेवन करते हैं।

गाँजे का सर्वाधिक उत्पादन

पुलिस द्वारा अकसर ड्रग्स जब्त करने की काररवाई होती रहती है, लेकिन

ड्रग्स के व्यापार की व्यापकता की तुलना में यह काररवाई न के बराबर है। जुलाई 2016 में बी.एस.एफ. की 159वीं बटालियन ने पानीसागर से सिलचर-अगरतला ट्रेन में सवा करोड़ के मूल्य की 1.36 किलोग्राम ब्राउन शुगर बरामद की थी।

केवल दिखावे के लिए ऐसी छोटी-छोटी काररवाइयाँ अकसर की जाती हैं, लेकिन नशे को कारोबार को जड़ से उखाड़ने के लिए कोई ठोस काररवाई कभी नहीं की जाती।

त्रिपुरा गाँजे का सबसे बड़ा उत्पादक है। एक एकड़ में उगे गाँजे की कीमत 5 लाख रुपए होती है, जिसकी देश के बाकी राज्यों में तस्करी की जाती है। मुनाफे के इस धंधे में कई बड़े नाम शामिल हैं। नशे की खेती की जो खेप जब्त की जाती है, उसे खत्म करने के लिए जला दिया जाता है। लेकिन ये जनता की आँखों में धूल झोंकने जैसा है। सरकार द्वारा त्रिपुरा विधानसभा में दिए आँकड़ों के अनुसार 2016-17 में गाँजे के 17 लाख पौधे नष्ट किए गए थे। इस मामले में केवल एक व्यक्ति को गिरफ्तार किया गया था। यह सरकार और गाँजे की खेती करनेवालों के बीच गठजोड़ का खुलासा करने के लिए काफी है।

चौंकाने वाला, लेकिन सच सही है कि माणिक सरकार की नाक के नीचे ही गाँजे की खेती को बढ़ावा मिला है। गाँजे का सबसे बड़ा उत्पादक क्षेत्र खुद उन्हीं की विधानसभा धानपुर में आता है। किसी समय यहाँ सर्वाधिक मात्रा में धान का उत्पादन होता था, जिसके कारण ही इस जगह का नाम 'धानपुर' पड़ा। यह इलाका बांग्लादेश सीमा से सटा हुआ है। इस सीमाई इलाके में बाड़ लगाने का काम अभी भी पूरा नहीं हो पाया है। यह उदासीनता बताती है कि मादक पदार्थों की तस्करी रोकने के लिए सरकार कितनी इच्छुक है। गाँजे की खेती के मामले में धानपुर के बाद सोनपुरा का नंबर आता है।

नशा करने के लिए युवा फेंसिडिल (गाँजे) कफ सीरप का प्रयोग करते हैं। इस दवाई की तस्करी मुख्य रूप से बांग्लादेश में की जाती है। हालाँकि फेंसिडिल त्रिपुरा में प्रतिबंधित है, लेकिन अगरतला में दवाई की ज्यादातर दुकानों पर यह आसानी से उपलब्ध है। 4-5 राज्यों की सीमा को पार करते हुए यह दवाई त्रिपुरा में पहुँचाई जाती है।

नशीली दवाओं की तस्करी रोकने के लिए साल 2016 में बी.एस.एफ. ने एक बड़ी योजना बनाई थी। जिसके तहत बी.एस.एफ. ने खाँसी की दवाई की बड़ी खेप जब्त की थी, जिसकी कीमत लगभग छह करोड़ रुपए थी। पहली काररवाई में बी.एस.एफ. और त्रिपुरा पुलिस के संयुक्त अभियान में अगरतला के इंद्रनगर इलाके में एक गोदाम से 25 लाख रुपए की फेंसिडिल कफ सिरप की 13000 बोतलें जब्त की गई थीं। प्रतिबंधित फेंसिडिल और कोरेक्स कफ सीरप की बोतलें जूतों और छतरियों के डिब्बों में रखी पाई गई थीं।

अपनी इस काररवाई के बारे में बताते हुए पश्चिम त्रिपुरा जिले के पुलिस अधीक्षक (एस.पी.) अभिजीत सप्तर्षि ने कहा, "गोकुलनगर बी.एस.एफ. और पश्चिमी जिले की त्रिपुरा पुलिस की एक संयुक्त टीम ने अगरतला के इंद्रनगर में छापा मारा था।"

एक अन्य काररवाई में बी.एस.एफ. ने नागालैंड नंबर के ट्रक से 28 लाख रुपए की कीमत वाली फेंसिडिल और एकसुल कफ सीरप की 29700 बोतलें बरामद की थीं। इन बोतलों को प्याज की बोरियों के बीच छुपाकर लाया जा रहा था।

नशीले पदार्थों की तस्करी पैसा कमाने का सबसे शॉर्टकट और आसान धंधा है। हालाँकि भारत में फेंसिडिल या इस जैसी अन्य नशीली दवाइयों की एक बोतल की कीमत औसतन 100 रुपए है, जबकि बांग्लादेश में इसका मूल्य 600 से 700 टका (बांग्लादेशी मुद्रा) है। वहाँ ये दवाइयाँ शराब के विकल्प के तौर पर इस्तेमाल की जाती हैं।

महाराष्ट्र के नागपुर निवासी एक ट्रक मालिक तथा ड्राइवर हरदन पवनबाशी दत्ता को नशीली दवाइयों की तस्करी के आरोप में गिरफ्तार किया गया था। दत्ता ने बताया कि वह मध्य प्रदेश के इंदौर से माल उठाकर अगरतला के मुख्य बाजार महाराजगंज में उतारने जा रहा था।

बांग्लादेश सरकार भारत सरकार से यह अनुरोध करती रही है कि वह भारत से बांग्लादेश में होनेवाली फेंसिडिल की तस्करी की जाँच करे। बांग्लादेश भारत सरकार से इस तरह के कफ सीरप का उत्पादन बंद करने का आग्रह तक कर चुका है। साल 2016 में भारत सरकार ने कोरेक्स और फेंसिडिल समेत

लगभग 350 एफ.डी.सी. (फिक्स्ड डोस कॉम्बिनेशन) दवाओं के उत्पादन और वितरण पर रोक लगा दी थी। लेकिन कई कंपनियाँ दवाई की शीशियों पर अलग-अलग लेबल लगाकर इन्हें अभी भी बाजार में बेच रही हैं।

इन अवैध दवाइयों को जब्त करने में बी.एस.एफ. महत्त्वपूर्ण भूमिका निभा रही है। फेंसिडिल की सैकड़ों बोतलों से भरे ट्रक त्रिपुरा में आराम से प्रवेश कर रहे हैं। तो सवाल यह है कि राज्य पुलिस क्या कर रही है? तस्करी से संबंधित सवाल पूछे जाने पर राज्य के डी.जी.पी. के नागराज के पास चुप्पी साधने के अलावा कोई विकल्प नहीं था। अब वे सेवानिवृत्त हो चुके हैं और अखिल शुक्ला ने उनकी जगह ली है।

पिछले कई सालों से त्रिपुरा में तस्करी बड़े आराम से चल रही है। तस्करी के इस कारोबार में सरकार, नामी हस्तियों और तस्करों के बीच का गठजोड़ न देख पाने को केवल मूर्खता ही कहा जा सकता है। शक इस बात का भी है कि प्रतिबंधित हो चुकी फेंसिडिल अलग-अलग लेबलों और नामों से बाजार में बिक रही है।

सी.पी.आई. (एम) के राज में त्रिपुरा में मादक पदार्थों का धंधा तेजी से फला-फूला है। राज्य के युवा नशे की चपेट में आ रहे हैं।

□

अध्याय-13

चीख-पुकार और विलाप

राज्य में बिजली, पानी और सड़क जैसी बुनियादी सुविधाओं को नजरअंदाज किया गया, जिससे त्रिपुरा का विकास ग्राफ नीचे आ गया है। जबकि अपराध का ग्राफ नित नई ऊँचाइयाँ छू रहा है। राज्य में महिलाओं के साथ हिंसा चरम पर है। बलात्कार के मामलों में त्रिपुरा प्रतिवर्ष पहले या दूसरे स्थान पर ही रहता है।

स्कूल, कॉलेज, कार्यालय, अस्पताल, सरकारी दफ्तर सी.पी.आई. (एम) के शासन में महिलाएँ कहीं भी सुरक्षित नहीं हैं। माकपा के राज में कानून व्यवस्था की स्थिति बदतर हुई है। दो दशकों से राज्य पुलिस बल में केवल सी.पी.आई. (एम) के कार्यकर्ताओं को भरती किया जाना इसका मुख्य कारण है। जाहिर सी बात है कि पुलिस वाम दल के कार्यकर्ताओं के साथ नर्मी से पेश आती है। पुलिस या तो उनके अपराधों पर परदा डालने की कोशिश करती है या फिर खुलकर उनके पक्ष में बोलती है और ये सब राज्य सरकार के दबाव में हो रहा है। यही कारण है कि सी.पी.आई. (एम) कार्यकर्ता अभिमानी हो गए हैं। उन्हें विश्वास है कि वे राष्ट्रीय मीडिया को भी बेवकूफ बना सकते हैं।

यह एक ऐसी घटना है, जो सी.पी.आई. (एम) नेताओं का अति आत्मविश्वास दिखाती है। दरअसल 26 अक्तूबर, 2012 को राज्य पुलिस की प्रशंसा में एक प्रेस कॉन्फ्रेंस आयोजित की गई थी। इस कॉन्फ्रेंस में सी.पी.आई. (एम) नेता राखल मजूमदार ने त्रिपुरा की कानून व्यवस्था की तुलना हरियाणा

की कानून व्यवस्था से करने की कोशिश की। उन्होंने कहा कि हरियाणा में पिछले एक महीने में बलात्कार के 9 मामले सामने आए हैं। इस हिसाब से त्रिपुरा कानून व्यवस्था की स्थिति के मामले में कहीं ज्यादा सुरक्षित और बेहतर है।

लेकिन अपने इस फर्जी दावे पर विपक्ष को भरोसा दिला पाना सरकार के लिए आसान नहीं था। विपक्ष ने राज्य में बलात्कार के आँकड़े पेश किए तो मामला कुछ और ही था। साल 2012-13 में हर महीने 18 बलात्कार के मामले दर्ज किए गए, जबकि मई और जून 2013 में क्रमशः 31 और 27 दर्ज हुए। 2014 में प्रतिमाह 14, 2015 में प्रतिमाह 15 और साल 2016 में हर महीने में बलात्कार के 20 मामले दर्ज किए गए हैं। राष्ट्रीय अपराध ब्यूरो के ये आँकड़ें माणिक सरकार को शर्मिंदा करने के लिए काफी हैं।

हास्यास्पद बात यह थी कि बलात्कार के 22 मामले उस महीने में ही दर्ज हुए थे, जिस महीने में राखल मजूमदार ने प्रेस कॉन्फ्रेंस बुलाई थी। 38 लाख की जनसंख्या वाला त्रिपुरा ढाई करोड़ की आबादी वाले हरियाणा से बलात्कार के मामलों की तुलना भला कैसे कर सकता है? माणिक सरकार की पूरे भरोसे के साथ झूठ बोलने की नीति इस प्रेस कॉन्फ्रेंस में सामने आ गई।

महिलाओं पर अत्याचार में अव्वल

राज्य में महिलाओं के खिलाफ रोंगटें खड़े कर देने वाली हिंसक घटनाएँ होती रहने के बावजूद माणिक सरकार का हृदय नहीं पिघला। 1999 में उदयपुर सब-डिविजन में अल्पसंख्यक समुदाय की छह महिलाओं का सामूहिक बलात्कार किया गया। साल 2004 में वैशराम कारबारी पारा में छह चकमा महिलाओं के साथ सामूहिक बलात्कार किया गया। 2006 में सचिंद्र रोआजा पारा में तीन जनजातीय महिलाओं का सामूहिक बलात्कार किया गया। अमरपुर में अनुसूचित जनजाति की 10 युवतियों की अस्मत लूटी गई। 2006 में कामिनी त्रिपुरा (परिवर्तित नाम) के साथ सबरूम में सब-डिविजन में बलात्कार किया गया। साल 2010 में बिंदू देबबर्मा (परिवर्तित नाम) की दुष्कर्म के बाद हत्या कर दी गई। 2011 में रेखा त्रिपुरा नाम की एक आदिवासी महिला का बलात्कार किया गया था।

खुमलगुंग स्थित टी.टी.ए.ए.डी.सी. के मुख्यालय में जनजातीय समुदाय की ईशा देबबर्मा (परिवर्तित नाम) को बलात्कार का शिकार बनाया गया। जादू-टोने का आरोप लगाकर यहाँ महिलाओं के साथ दुष्कर्म किया जाना आम बात है। दक्षिणी त्रिपुरा के एक दूरदराज के गाँव टक्का तुलसी में जनजातीय समुदाय की 20 साल की दो युवतियों के साथ छह लोगों ने कड़ी यातनाएँ देकर सामूहिक बलात्कार किया। क्योंकि वे बलात्कारी माकपा के कार्यकर्ता थे, इसलिए पुलिस ने भी मामले को रफा-दफा करने की भरपूर कोशिश की। लेकिन स्थानीय लोगों के आक्रोश को देखते हुए पुलिस को प्राथमिकी दर्ज करने के लिए मजबूर होना पड़ा।

महिलाओं का बलात्कार करना और नग्नावस्था में उनकी परेड कराना, ये सब सी.पी.आई. (एम) शासित राज्यों की कड़वी सच्चाई है। हालाँकि लोग अब महिलाओं के खिलाफ हिंसा करनेवाले लोगों और उनका समर्थन करनेवालों को दंडित होता देखने के उत्सुक हैं।

विपक्ष को दबाने के लिए हिंसा का प्रयोग करना वामपंथी विचारधारा का एक प्रमुख सिद्धांत है। हत्यारे स्टालिन और लेनिन के नक्शेकदम पर चलने वाले ये वामपंथी महिलाओं पर अत्याचार करने के मामले में भी पीछे नहीं हैं।

गुनहगारों को छूट

अमरपुर से सी.पी.आई. (एम) के विधायक मनोरंजन आचार्य ने पार्टी कार्यालय में ही सात साल की बच्ची का बलात्कार किया। पीड़ित बच्ची का पिता माकपा कार्यालय में ही काम करता था। ऐसा कहा जाता है कि त्रिपुरा के 'महिला पुलिस स्टेशन' आँखों में धूल झोंकने से ज्यादा कुछ नहीं है। एक 'अलिखित कानून' के अनुसार सी.पी.आई. (एम) कार्यकर्ता सभी तरह के अपराधों से मुक्त हैं। इसलिए उनके खिलाफ मामला भी दर्ज नहीं किया जाता। निकाय चुनावों को देखते हुए पुलिस ने इस घृणित अपराध का मामला दर्ज करने में आनाकानी की। जिसके विरोध में भाजपा कार्यकर्ताओं के पुलिस थाने के सामने ही धरना-प्रदर्शन शुरू कर दिया। इस मामले में एफ.आई.आर. तो दर्ज हो गई, लेकिन पुलिस से जान-बूझकर इतना कमजोर मामला दर्ज किया

कि अपराधी विधायक को चुटकियों में ही जमानत मिल गई। मीडिया में भारी आलोचना के बाद सी.एम.आई. (एम) विधायक को पार्टी से निष्कासित किया गया। उम्मीद की जा रही थी कि बलात्कार के आरोपी विधायक के खिलाफ लगे आरोपों की जाँच कर उसे कड़ी सजा दी जाएगी और उसे जेल में डाला जाएगा।

एक अन्य माकपा विधायक नरेश जमातिया पर भी नौकरी दिलाने के बहाने एक महिला का यौन उत्पीड़न करने का आरोप लगा था। लेकिन सच बात यह है कि यदि किसी अपराध में सी.पी.आई. (एम) के कार्यकर्ता शामिल हैं तो वहाँ सरकार और कानून व्यवस्था कोई मायने नहीं रखती।

खुद सी.पी.आई. (एम) की महिला कार्यकर्ता भी ऐसे यौन हमलों से बची हुई नहीं हैं। गरीब समर्थक एजेंडे पर चलने का दावा करनेवाली सी.पी.आई. (एम) के नेताओं में सामंतवाद आसानी से देखा जा सकता है। जनता के शोषण को यहाँ सरकारी स्वीकारोक्ति प्राप्त है।

सामंतवाद का एक किस्सा

एक दोपहर पंचायत समिति के उपाध्यक्ष एक पार्टी कार्यकर्ता के घर गए। हालाँकि कार्यकर्ता के घर पर केवल उसकी अकेली पत्नी थी, किंतु उसने अपने दरवाजे आए उपाध्यक्ष को देखकर उनका स्वागत किया। महिला को अकेला पाकर उपाध्यक्ष ने उसके साथ छेड़छाड़ की कोशिश की। महिला के चिल्लाने की आवाज सुनकर पड़ोसी उसकी मदद को पहुँच गए। पड़ोसियों ने उपाध्यक्ष को बंदी बनाकर उसकी तबीयत से पिटाई की। जल्द ही वहाँ इलाके का सरपंच भी पहुँच गया और उपाध्यक्ष को सजा दिलाने का आश्वासन देकर उसे छुड़ा ले गया। दरअसल यह उपाध्यक्ष को बचाने का तरीका था। सरपंच ने उसके खिलाफ थाने में मामला तक दर्ज नहीं कराया।

लेकिन महिला ने भी हार नहीं मानी। वह खुद ही पुलिस के पास गई और एफ.आई.आर. दर्ज कराई। आई.पी.सी. की धारा 164 के तहत मजिस्ट्रेट के सामने उसका बयान दर्ज कराया गया। बयान के बाद उपाध्यक्ष को हिरासत में लिया जाना तय था। लेकिन उसे बचाने के लिए महिला के बयान को ही गायब कर दिया गया। पीड़ित महिला आज भी पुलिस थाने के चक्कर लगा रही है।

बलात्कार के आरोपों में सी.पी.आई. (एम) के दो विधायक और एक निगम पार्षद के खिलाफ मुकदमा दर्ज किया गया। सी.पी.आई. (एम) के हस्तक्षेप से ज्यादातर मामलों का पुलिस स्टेशन के बाहर ही सुलझ जाना अपने आप में हैरान करनेवाला विषय है। सी.पी.आई. (एम) के शासन में महिलाओं के सम्मान की रक्षा करनेवाला कोई नहीं है। जिन लोगों के कंधों पर महिलाओं की रक्षा की जिम्मेदारी है, वे ही उनका शोषण कर रहे हैं। सबसे महत्त्वपूर्ण सवाल यह है कि जब बाड़ ही फसल को खा रही हो तो किसी और को क्या जिम्मेदार ठहराया जाए?

□

अध्याय-14

सी.पी.आई.एम. कार्यालय में बदले पुलिस स्टेशन

देश की राष्ट्रीय मीडिया में उत्तर प्रदेश और बिहार में होनेवाले अपराधों की खबरें छाई रहती हैं। गंगाजल, गैंग्स ऑफ वासेपुर, अपहरण जैसी फिल्मों में इन राज्यों में व्याप्त अपराध की छवि प्रस्तुत की गई। इन राज्यों में अपराध की क्या स्थिति है, निर्माताओं ने अपनी फिल्मों के जरिए दर्शकों को यह दिखाने का प्रयास किया है। हालाँकि अपराध के मामलों की दृष्टि से त्रिपुरा इन दोनों राज्यों से कहीं आगे है, लेकिन यहाँ होनेवाले अपराध बमुश्किल ही राष्ट्रीय मीडिया कवरेज का हिस्सा बन पाते हैं। इस अनदेखी के लिए त्रिपुरा के ज्ञान की कमी और राज्य के प्रति उदासीनता दोनों ही जिम्मेदार हैं।

त्रिपुरा भाग्यशाली है, क्योंकि अन्य स्थानों की तुलना में यहाँ प्रति लाख आबादी पर पुलिसकर्मियों की संख्या का प्रतिशत सबसे ऊपर है। लेकिन पुलिस यहाँ इतनी मुस्तैदी से काम कर रही है कि अपराध की घटनाओं के मामले में भी त्रिपुरा देश में सर्वोच्च स्थान पर है।

संगठित अपराध और आतंकवाद जैसी चुनौतियों का सामना करनेवाली मुंबई पुलिस फोर्स में लगभग 56,000 पुलिसकर्मी है। मुंबई के 1.37 करोड़ लोगों की सुरक्षा इन्हीं 56000 पुलिसकर्मियों के कंधों पर है। मुंबई की तुलना में 38 लाख की जनसंख्या वाले त्रिपुरा में 53,471 पुलिसकर्मी हैं। यानी त्रिपुरा में

प्रत्येक 70 लोगों पर एक पुलिसकर्मी है। इसके बावजूद त्रिपुरा में अपराध का ग्राफ भयावह स्तर पर है। राज्य में राष्ट्रीय मानवाधिकार आयोग (एन.एच.आर. सी.) त्रिपुरा के मुख्य सचिव और डी.जी.पी. को नोटिस जारी करते हुए कह चुका है कि राज्य में महिलाओं के खिलाफ अपराध जैसे कि कार्यस्थल पर महिलाओं का यौन शोषण, दहेज के लिए हत्या, बलात्कार, हत्या, छेड़छाड़, यातनाओं की घटनाएँ बढ़ रही हैं। इस संबंध में एन.एच.आर.सी. ने त्रिपुरा के मुख्य सचिव और पुलिस महानिदेशक को चार सप्ताह के भीतर रिपोर्ट जमा करने का निर्देश दिया था।

साल 2013 में देश में हुए अपराधों पर राष्ट्रीय अपराध रिकॉर्ड ब्यूरो (एन. सी.आर.बी.) की एक रिपोर्ट के अनुसार त्रिपुरा में महिलाओं के खिलाफ हिंसा के 1628 मामले दर्ज हुए। इनमें से 827 मामले में पति और अन्य रिश्तेदारों की भूमिका रही। इसके बाद बलात्कार के 233 मामले, अपहरण के 124 मामले और दहेज से संबंधित मौत के 29 मामले दर्ज किए गए थे।

बढ़ता अपराध

राज्य में अन्य गंभीर अपराधों की भी कोई कमी नहीं है। यहाँ प्रतिवर्ष औसतन 145 हत्याएँ की जाती हैं। साल 2014 में यह आँकड़ा 140 पर था। साल 2015 में यह संख्या बढ़कर 148 हो गई। 2016 में हत्याओं का आँकड़ा 149 पर पहुँच गया। लेकिन इन संख्याओं को प्रामाणिक नहीं माना जा सकता, क्योंकि ज्यादातर हत्याओं को 'अप्राकृतिक मौत' का नाम दे दिया जाता है। यदि इन हत्याओं को भी जोड़ा जाए तो हत्याओं का आँकड़ा 10 गुना अधिक बढ़ जाएगा। साल 2014 में अप्राकृतिक मौतों की संख्या 1256 थी। साल 2015 में यह आँकड़ा 1308 रहा और साल 2016 में 1320 अप्राकृतिक मौतें दर्ज की गईं। यदि देखा जाए तो प्रति माह औसतन 110 लोग 'अप्राकृतिक रूप' से मृत हुए।

त्रिपुरा में वाम मोर्चा सरकार ने पुलिस थानों को ही पार्टी कार्यालयों में तब्दील कर दिया है। इसीलिए राज्य पुलिस भी सी.पी.आई. (एम) पर मेहरबान हो गई है, जिसके चलते ज्यादातर अपराधों की रिपोर्ट भी दर्ज नहीं की जाती। यदि मामला दर्ज कर भी लिया जाता है तो अन्य राज्यों के मुकाबले सजा सुनाए

जाने की दर बेहद कम है। साल 2012 में सजा सुनाने की दर में 12 प्रतिशत की गिरावट आई। विपक्ष ने इस पर आपत्ति जताई।

2014 में एक संवाददाता सम्मेलन में त्रिपुरा के डी.जी.पी. के. नागराज ने दावा किया कि त्रिपुरा में सजा की दर 22.5 प्रतिशत हो गई, जो कि 2013 में 14.67 प्रतिशत थी। राज्य सरकार के अनुरोध के बाद महिलाओं के खिलाफ अपराध के मामलों से निपटने के लिए त्रिपुरा उच्च न्यायालय ने दो फास्ट ट्रैक कोर्ट का गठन किया है। लेकिन ये विशेष अदालतें संतोषजनक कार्य नहीं कर रही हैं।

साल 2014 में गंभीर अपराधों के 370 मामलों में से केवल 4 मामलों में ही सजा सुनाई जा सकी। साल 2015 में 238 मामलों में से केवल 12 मामलों में और साल 2016 में (सितंबर 2016 तक) 284 में से 16 मामलों में ही दोषियों को दंडित किया गया।

बिहार राज्य अपहरण और फिरौती के मामलों के लिए बदनाम है। इस मामले में त्रिपुरा भी कुछ पीछे नहीं है। एक जनवरी से 31 जुलाई, 2016 के बीच त्रिपुरा में 85 लोगों का अपहरण किया गया, जिनमें से सात लोगों की हत्या कर दी गई। चोरी के 151 मामले और दंगों के 58 मामले दर्ज किए गए। दहेज के लिए 52 हत्याएँ, बलात्कार के 70 मामले और छेड़छाड़ के 85 मामले राज्य में दर्ज किए गए हैं। ये सभी आँकड़े 'राष्ट्रीय अपराध ब्यूरो' के हैं। कांग्रेस विधायक रतनलाल नाथ ने विधानसभा में आँकड़े पेश कर राज्य सरकार का चीरहरण कर दिया।

खुदखुशी की बढ़ती घटनाएँ

राज्य में आत्महत्या के कई मामले दर्ज किए गए। राज्य में प्रतिमाह आत्महत्या के 59 से 80 मामले दर्ज किए जाते हैं। साल 2014 में आत्महत्या के 650 मामले दर्ज किए गए। वहीं 2015 में 740 और साल 2016 में आत्महत्या के 673 मामले दर्ज किए गए। आत्महत्या के इन मामलों में लगभग 50 प्रतिशत महिलाएँ थीं।

गुमशुदा लोगों की संख्या के तो कहने ही क्या! ऐसा लगता है जैसे त्रिपुरा

एक भुलभुलैया बन गया है। बड़ी संख्या में लोगों को गुमशुदा होना अपने आप में ही संदेह पैदा करता है। साल 2014 में गुमशुदगी के 1358 मामले सामने आए। साल 2015 में 942 और 2016 में 1260 लोग गुमशुदा हुए।

त्रिपुरा की जनसंख्या के हिसाब से यहाँ वाहनों की संख्या और सड़क दुर्घटनाओं के आँकड़े भी चिंताजनक हैं। साल 2005 से 2016 के बीच यहाँ 9247 सड़क दुर्घटनाएँ हुईं। यदि देखा जाए तो प्रतिदिन औसतन दो सड़क दुर्घटनाएँ राज्य में हुईं। इन दुर्घटनाओं में 27,908 लोगों को अपनी जान से हाथ धोना पड़ा। खुद सरकार ने ही इन आँकड़ों की जानकारी विधानसभा में दी।

कानून तोड़ने वालों को सरकार का समर्थन प्राप्त है और ये ही राज्य में अपराध के बढ़ावे के लिए जिम्मेदार हैं। अपराधी जानते हैं कि गंभीर से गंभीर अपराध करने पर उन्हें अपने मातहतों का साथ मिलेगा। साल 2014 में अपने चुनाव प्रचार के दौरान प्रधानमंत्री नरेंद्र मोदी ने उत्तर प्रदेश में पुलिस थानों पर समाजवादी पार्टी के कार्यालय बन जाने का आरोप लगाया था। माकपा शासित त्रिपुरा में भी लगभग वैसा ही मामला है।

यदि मोदी विधानसभा चुनावों के लिए त्रिपुरा आएँगे, तो उन्हें अपना यह बयान दोहराना पड़ेगा। सी.पी.आई. (एम) कार्यकर्ता या नेता के खिलाफ शिकायत दर्ज नहीं करना यहाँ का एक अलिखित कानून है। यदि विपक्ष के हल्लाबोल के बाद मामला दर्ज करना भी पड़े तो अपराधी को बचाने के लिए उसके खिलाफ मामूली धाराओं वाला जमानती अपराध दर्ज किया जाता है। सात साल की एक बच्ची को अपनी हवस का शिकार बनाने वाले सी.पी.आई. (एम) विधायक मनोरंजन आचार्य बेखौफ होकर आजाद घूम रहे हैं। हुजी के आतंकवादी की मदद करनेवाले माकपा मंत्री शाहिद चौधरी के खिलाफ एक एफ.आई.आर. तक दर्ज नहीं की गई।

'जब सैंया भये कोतवाल तो डर काहे का ?' यानी माणिक सरकार वहाँ है तो सी.पी.आई. (एम) कार्यकर्ता या नेता के खिलाफ शिकायत दर्ज कौन करे ? सी.पी.आई. (एम) का शासन इसी परिकल्पना पर चल रहा है।

□

अध्याय-15

आर्थिक अराजकता

त्रिपुरा के अर्थशास्त्र का विकास से कोई लेना-देना नहीं है। त्रिपुरा को पैसा देने से पहले केंद्र को ध्यान देना होगा कि यह राज्य राजस्व उत्पादन कर पाने में नाकाम है। केंद्र से प्राप्त निधियों का उपयोग सी.पी.आई. (एम) पार्टी चलाने और पार्टी कैडर का पेट भरने के लिए किया जाता है। दशकों से केंद्र से प्राप्त राशि का प्रयोग निजी लाभ के लिए किया जा रहा है। त्रिपुरा का वार्षिक बजट 14,957 करोड़ रुपए का है, जिसका 89 प्रतिशत हिस्सा उसे केंद्र सरकार से मिलता है। गिरते राजस्व के कारण कभी-कभी राज्यों को केंद्र से मिलने वाले धन पर निर्भर रहना पड़ता है। साल 2013-14 में त्रिपुरा ने मात्र 16 प्रतिशत राजस्व प्राप्त किया था। साल 2014-15 में यह घटकर 13 प्रतिशत पर आ गया। हद तो तब हो गई, जब साल 2015-16 में त्रिपुरा का राजस्व गिरकर 12 प्रतिशत हो गया। साल 2016-17 में यह दर 11 प्रतिशत पर आ गई है। पिछले चार वर्षों से राजस्व उत्पादन में चार प्रतिशत की गिरावट दर्ज की गई है। राज्य अपने गिरते आर्थिक ग्राफ को बनाए रखने में लगातार सफल रहा है। सी.पी.आई. (एम) सरकार उस गूढ़ छात्र की तरह प्रदर्शन कर रही है, जिसका अकादमिक ग्राफ प्रतिवर्ष गिरता जाता है।

राजस्व प्राप्ति में यदि राज्य और केंद्र सरकार की हिस्सेदारी देखी जाए तो विभिन्न माध्यमों से राज्य सरकार केवल 1752 करोड़ रुपए का राजस्व उत्पादन कर पाती है, जिससे बमुश्किल 40 दिन ही राज्य का कामकाज चल पाए। बाकी

बचे 325 दिन के लिए त्रिपुरा सरकार केंद्र पर निर्भर है। इस सरकार के लिए वित्त प्रबंधन एक अज्ञात शब्दावली है। वित्त प्रबंधन में हो रही यही अराजकता आर्थिक गड़बड़ियों का मार्ग प्रशस्त करती है। सरकार के हर विभाग में पैसों का हेर-फेर होता है। न कोई खाता, न ही कोई ऑडिट। करोड़ों रुपया बड़ी ही आसानी से निगल लिया जाता है। केंद्र से मिलने वाली निधि में भी भारी भ्रष्टाचार व्याप्त है।

क्या कर रही है वाम सरकार ?

'झूठ बोलो, लेकिन आत्मविश्वास से!' माणिक सरकार की सरकार आंरभ से ही इन नीति पर चलती आई है। किंतु आँकड़े कभी झूठ नहीं बोलते। वर्ष 2013-14 में त्रिपुरा की प्रति व्यक्ति आय 69,707 रुपए दिखाई गई है। वहीं सरकारी आँकड़े कहते हैं कि राज्य की 67.78 प्रतिशत जनता गरीबी रेखा से नीचे गुजर-बसर करती है। भारी उद्योग और सार्वजनिक उद्यम मंत्री अनंत गीते ने 2016 में हुई अपनी त्रिपुरा यात्रा के दौरान राज्य सरकार को आड़े हाथों लेते हुए कहा था कि जहाँ देश 38 प्रतिशत गरीबी रेखा के नीचे रहती है, वहीं अकेले त्रिपुरा में ही 67 प्रतिशत आबादी गरीबी रेखा के नीचे है। यह राज्य सरकार आखिर कर क्या रही है ? राज्य सरकार की आलोचना करते हुए उन्होंने कहा था कि सी.पी.आई. (एम) के शासन में जनता दिन-प्रतिदिन गरीब होती जा रही है।

त्रिपुरा की 38 प्रतिशत आबादी में सरकारी कर्मचारी और अन्य मध्यमवर्गीय शामिल हैं। निश्चित रूप से बी.पी.एल. और मध्यम वर्ग आबादी लगभग 99.28 प्रतिशत है। संक्षेप में, राज्य का आर्थिक नियंत्रण 0.72 प्रतिशत लोगों के हाथों में है। ये लोग कौन हैं ? ये सी.पी.आई. (एम) के नेताओं, मंत्रियों, विधायकों और ड्रग माफिया के अलावा कोई और नहीं हैं। यह सी.पी.आई. (एम) की कड़वी सच्चाई है, जो दलित और शोषित लोगों की पार्टी होने का दावा करती है।

जबकि बहुत से लोग भूखे सोते हैं, कुछ ऐशो-आराम का जीवन जीते हैं। एक ओर ज्यादातर लोग खुद को मच्छरों से बचाने के लिए मच्छरदानी तक नहीं खरीद सकते, वहीं कुछ लोग अकूत संपत्ति के मालिक हैं। यह माणिक सरकार के 19 साल के शासन का नतीजा है। यही लोगों के कल्याण की व्यवस्था है। यही 'त्रिपुरा मॉडल' है।

आर्थिक दमन के परिणाम

राज्य की वित्तीय स्थिति दयनीय है। डेढ़ लाख घरों तक अभी भी बिजली नहीं पहुँची है। लोग अँधेरे में रहने को मजबूर हैं। सरकारी उदासीनता का आलम यह है कि आतंकवादी गतितिधियों के कारण तबाह हुई 594 कॉलोनियों का आज तक पुनर्वास नहीं किया गया। व्यापारी काली कमाई में शामिल हैं और सी.पी. आई. (एम) नेताओं की उनसे गहरी साँठ-गाँठ है। इसलिए आवश्यक वस्तुओं की कीमतें आसमान छू रही हैं। राज्य की 1077 औद्योगिक इकाइयों पर ताला लग गया है। राज्य सरकार ने उद्योग-धंधे शुरू करने के नाम पर बड़े-बड़े भूखंड दिए तो हैं, लेकिन या तो वे खाली पड़े हैं या फिर उनका निजी इस्तेमाल किया रहा है। हालाँकि यहाँ रबड़ का उत्पादन किया जाता है, लेकिन राज्य में रबड़ प्रसंस्करण उद्योग नहीं हैं। इसलिए 90 प्रतिशत रबड़ अन्य राज्यों में बेची जाती है। रोजगार कम होते जा रहे हैं। सरकार युवाओं को रोजगार प्रदान करने में पूरी तरह से विफल रही है।

भारी कर्ज में डूबा राज्य

राज्य के भारी कर्ज को देखते हुए त्रिपुरा का प्रत्येक व्यक्ति 21000 रुपए के कर्ज के नीचे है। इस कर्ज को ब्याज सहित उतारने के लिए सरकार को प्रतिदिन 2.90 करोड़ रुपए की दर से पैसा चुकाना होगा। राज्य में फैली आर्थिक अराजकता के लिए दोषी ठहराने के लिए सी.पी.आई. (एम) नेताओं को कोई तो चाहिए ही, इसलिए वे सारा ठीकरा केंद्र सरकार पर फोड़ देते हैं। त्रिपुरा के विकास की अनदेखी के लिए माणिक सरकार सदैव केंद्र सरकार की अलोचना करते हैं। इस लिहाज से माणिक बाबू की तुलना दिल्ली के मुख्यमंत्री अरविंद केजरीवाल से की जा सकती है, जो अपनी टोपी गिरने के लिए भी प्रधानमंत्री मोदी को जिम्मेदार ठहरा देते हैं।

केंद्र सरकार पर भले ही आरोप लगाए जाते हों, लेकिन वास्तविकता इसके ठीक विपरीत है। त्रिपुरा सरकार केंद्र से आवंटित निधि का सदुपयोग कर पाने तक में सक्षम नहीं है। साल 2013-14 में राज्य सरकार ने 1816.47 करोड़ रुपए का उपयोग नहीं किया। 2014-15 में यह आँकड़ा 1808.52 करोड़

रुपए पर रहा। वहीं 2015-16 में त्रिपुरा सरकार ने 1467.47 करोड़ रुपए का इस्तेमाल किसी मद में नहीं किया। ये आँकड़े खुद राज्य सरकार ने ही त्रिपुरा विधानसभा में जारी किए हैं। वित्त प्रबंधन पर महालेखा परीक्षक की रिपोर्ट में कहा गया है कि राज्य सरकार ने साल 2013 से 2016 के बीच आवंटित हुए 1811.25 करोड़ रुपए का हिसाब नहीं दिया है।

बी.पी.एल. कार्ड की मंडी

कांग्रेस के शासनकाल 1993-98 में राज्य में 60 प्रतिशत लोग बी.पी.एल. धारक थे। माणिक सरकार के शासनकाल में इन आँकड़ों में वृद्धि हुई है। बी.पी.एल. कार्ड धारकों को रियायती दरों पर आवश्यक वस्तुएँ, जैसे चावल, केरोसीन, अनाज इत्यादि मिलते हैं। विपक्ष का आरोप है कि राशन कार्ड के वितरण में भारी भ्रष्टाचार किया जाता है। सी.पी.आई. (एम) कार्यकर्ता अंधाधुंध उन लोगों को भी बी.पी.एल. कार्ड जारी कर रहे हैं, जो इसकी पात्रता के मापदंडों पर खरे नहीं उतरते। ऐसी कोई योजना नहीं बची है, जिसका माकपा कार्यकर्ताओं ने सत्यानाश न किया हो।

राज्य में 9 लाख युवा बेरोजगार हैं। ये आँकड़े उस राज्य की दुर्दशा जाहिर करने के लिए काफी हैं, जिस पर सी.पी.आई. (एम) का शासन स्थापित है।

बेघर और भूख से मरते लोग

राज्य के 76,000 लोग, यानी प्रदेश की 2 प्रतिशत जनता को खाने के लिए पर्याप्त भोजन नहीं मिल पाता। 2877 इलाकों में पीने का स्वच्छ पानी नहीं पहुँच पाता। लोगों को जहाँ से भी पानी मिलता है, वे पीते हैं और पीकर बीमार पड़ते हैं। राज्य के 1,55,766 लोगों के सिर पर छत नहीं है और 60,000 लोगों के पास अपनी जमीन नहीं है। राज्य सरकार ने केंद्र से प्राप्त धन का कोई रिकॉर्ड भी नहीं बनाया है। यहाँ हर योजना में घोटाला और भ्रष्टाचार है। मनरेगा में भारी वित्तीय अनियमितताएँ पाई गईं। नवंबर 2016 में त्रिपुरा हाईकोर्ट ने मनरेगा के अधूरे कामों पर नाराजगी जताते हुए राज्य सरकार को 58 ब्लॉकों का ऑडिट करने का आदेश दिया था। लेकिन घोटाले की पोल खुलने के डर से हाईकोई के

आदेश के बावजूद ऑडिट किया ही नहीं गया।

सामान्य प्रशासन, प्रशासनिक सुधार, सचिवालय और राजनीतिक विभाग जैसे विभागों में लंबे समय से ऑडिट नहीं किया गया है। राज्य की बड़ी आबादी अभी भी कृषि पर निर्भर है। कई किसानों ने आत्महत्या की लेकिन खुद को 'किसान आत्महत्या मुक्त राज्य' का तमगा देने वाली माणिक की सरकार इसे स्वीकारने को तैयार नहीं है।

राज्य में किसानों की आत्महत्या के मामलों की सही जाँच नहीं की जाती, क्योंकि आत्महत्या करनेवाले के पेशे का उल्लेख नहीं किया जाता। इसलिए ज्यादातर किसानों की आत्महत्याओं की संख्या गिनती के रूप में दर्ज नहीं की जाती।

राष्ट्रीय अपराध ब्यूरो के अनुसार यहाँ 59 से 80 लोग प्रति माह आत्महत्या करते हैं। 650 लोगों ने साल 2014 में अपनी जीवन लीला समाप्त कर ली। 2015 में 740 और साल 2016 में 673 लोगों ने खुदखुशी की। ये सभी शहरी इलाकों के आँकड़े हैं। लेकिन सवाल यह है कि क्या आत्महत्याएँ केवल शहरी इलाकों में ही होती हैं? सरकार अभी भी लोगों की आँखों में धूल झोंक रही है।

धोखा देना सरकार की चारित्रिक विशेषता बन गई है। हाल यह है कि त्रिपुरा की अर्थव्यवस्था आई.सी.यू. में है और यहाँ के नेता समृद्ध हो रहे हैं।

□

अध्याय-16

संक्रमित मत्स्याहार

धोखाधड़ी करना सी.पी.आई. (एम) सरकार का एक स्थायी तत्त्व है और माणिक सरकार स्वयं धोखेबाजी के मास्टरमाइंड हैं। उनकी कोरी बयानबाजी ने एक बार फिर इस बात की पुष्टि कर दी है। इस बात से परदा उठ गया है कि किस तरह राज्य के लोगों की सेहत के साथ खिलवाड़ किया जा रहा है। त्रिपुरा में अधिकांश लोग बांग्ला भाषा बोलते हैं। मछली यहाँ के 95 प्रतिशत लोगों का पसंदीदा भोजन है। यहाँ की 33,217 हेक्टेयर भूमि कृषि क्षेत्र के अंतर्गत आती है। सरकार का दावा है कि त्रिपुरा मछली उत्पादन में आत्मनिर्भर बन चुका है।

साल 2015 में राज्य के मत्स्य मंत्री खगेंद्र जमातिया ने एक कार्यक्रम में घोषणा की थी कि 2017 तक त्रिपुरा मछली उत्पादन में आत्मनिर्भर हो जाएगा। उस समय 100 करोड़ रुपए खर्च कर 10,000 मीट्रिक टन मछली आयात की गई। यह घोषणा दो साल पहले की गई थी, लेकिन यह केवल मात्र एक झूठ ही साबित हुई।

दरअसल आंध्र प्रदेश, पश्चिम बंगाल और बांग्लादेश त्रिपुरा के लिए नियमित रूप से मछली की आपूर्ति करते हैं। आंध्र प्रदेश से हर महीने 100-120 ट्रक मँगाए जाते हैं। प्रत्येक ट्रक में लगभग 1100 किलोग्राम मछली होती है।

2500 किलो मछली लेकर दस ट्रक बांग्लादेश से आते हैं। सिलीगुड़ी और कोलकाता के रास्ते मछली लाई जाती है। बांग्लादेश से 25,640 किलो और देश के बाकी राज्यों से 26,840 किलोग्राम मछली आयात की जाती है।

खाने की थाली में जहरीली मछली

फरवरी 2017 में बांग्लादेश से आयातित मछली में फॉर्मेलिन पाए जाने की खबरों ने राज्य की जनता को हिलाकर रख दिया। दरअसल फॉर्मेलिन मृत शरीर को संरक्षित रखने के लिए प्रयोग में लाया जानेवाला पदार्थ होता है। मछली के जरिए मानव शरीर में पहुँचा फॉर्मेलिन जानलेवा साबित हो सकता है। इस खबर ने लोगों में दहशत पैदा कर दी। आत्मनिर्भर बनने का दावा करनेवाली सरकार ने मामले में हाथ तो खड़े कर दिए, लेकिन दोषियों के खिलाफ कोई काररवाई नहीं की। हमेशा की तरह सरकार इस बार भी मामले को दबाने की कोशिश करती नजर आई।

मीडिया रिपोर्ट सामने आने के बाद राज्य स्वास्थ्य मंत्री बादल चौधरी ने विधानसभा में बताया कि राज्य स्वास्थ्य विभाग के अधिकारियों ने अगरतला से इकट्ठा किए मछली के 40 नमूनों में से 11 में फॉर्मेलिन की मात्रा पाई।

त्रिपुरा में मुख्य रूप से हिल्सा, रोहू, कटला, टेगरा आदि मछलियाँ आयात की जाती है। आंध्र और बांग्लादेश से मँगाई मछलियों में फॉर्मेलिन पाए जाने के बाद बांग्लादेश से आयात पर प्रतिबंध लगा दिया गया। लेकिन इससे क्या हासिल होनेवाला है ? मछली से भरे ट्रक को आंध्र प्रदेश से त्रिपुरा के बीच 2784 किलोमीटर का सफर तय करने में 9 से 10 दिन का समय लगता है। ऐसे में मछली को संरक्षित कैसे रख जाए ? फॉर्मेलिन हालाँकि खतरनाक, लेकिन सस्ता विकल्प है। हैरानी वाली बात यह है कि लोग रोजाना अपनी थाली में जहरीली मछली खा रहे थे।

मीडिया में फॉर्मेलिन वाली मछली की खबरें आने के बाद लोगों के पास मछली का सेवन छोड़ने के अलावा कोई अन्य उपाय नहीं था। देश और देश के बाहर से आई मछली में फर्क कर पाना मुश्किल था, इसलिए लोगों ने शाकाहारी बनना ही उचित समझा। मछलियों के बारे में कोई वास्तविक सांख्यिकीय जानकारी उपलब्ध नहीं है। तथाकथित 'आत्मनिर्भर' राज्य लोगों के स्वास्थ्य के साथ खेलने में व्यस्त है।

लोगों को गरीब ही रहने दो

लेंबूछेरा मत्स्य कॉलेज के एक शोध के अनुसार त्रिपुरा में सजावटी मछलियों के उत्पादन की अपार संभावनाएँ हैं। पूरी दुनिया में इन मछलियों की ऊँची माँग है। सजावटी मछलियों के उत्पादन और बिक्री से राज्य में न केवल रोजगार के अपार अवसर उपलब्ध हो सकते हैं, बल्कि देश में विदेशी मुद्रा भी बढ़ सकती है। लेकिन विकास और प्रगति जैसे शब्दों से चिढ़ने वाली त्रिपुरा सरकार इस शोध के निष्कर्षों पर आँखें मूँदे बैठी है।

□

अध्याय-17

कृषि का नाश

सी.पी.आई. (एम) शासन में त्रिपुरा के रोजगार ग्राफ में निरंतर गिरावट आई और राज्य में विकास शून्य रहा। क्या बेरोजगारी और पिछड़ेपन के लिए राज्य की भौगोलिक स्थिति जिम्मेदार है? राज्य के पिछड़ेपन और बेरोजगारी के पीछे क्या कारण हैं? क्या प्रकृति यहाँ प्रतिकूल नहीं है या फिर यह बाँझपन यहाँ की मिट्टी में ही है?

त्रिपुरा को प्रकृति माँ के सभी पक्षों का आशीष प्राप्त है। यह सी.पी.आई. (एम) ही है, जो इसके गौरव को मिट्टी में मिला रहा है। यहाँ किसान अपनी जीवनलीला समाप्त कर रहे हैं, लेकिन सी.पी.आई. (एम) के भय के कारण आत्महत्या के मामले उजागर नहीं हो पाते।

राज्य की 70 प्रतिशत आबादी ग्रामीण क्षेत्रों में रहती है। यानी इतने ही लोगों की संख्या कृषि पर निर्भर भी है। हालाँकि त्रिपुरा में पानी की कोई कमी नहीं है। यहाँ औसतन 1922 मिमी से 2855 मिमी के बीच बरसात होती है। इस लिहाज से त्रिपुरा जल संसाधन से संपन्न राज्य है। राज्य में 10 प्रमुख नदियों में से 793 मिलियन क्यूबिक मीटर पानी का वार्षिक प्रवाह होता है। सभी नदियाँ बारिश के पानी से लबालब होकर बहती हैं। त्रिपुरा की भूमि उपजाऊ है और यहाँ के लोग कड़ी मेहनत करने में विश्वास रखते हैं।

महाराष्ट्र के कोंकण क्षेत्र के समान यहाँ की जलवायु गरम और उष्णकटिबंधीय है।

यह कृषि प्रधान राज्य कॉफी, कच्चे रेशम और चंदन के उत्पादन के लिए दुनिया भर में जाना जाता है। यह रागी का एक प्रमुख उत्पादक भी है। त्रिपुरा में मुख्य रूप से चावल, रागी, ज्वार, मक्का और दाल के अलावा तेल के बीज और कई तरह की फसलें उगाई जाती हैं। राज्य में उगाई जानेवाली अन्य फसलों में काजू, नारियल, मसाले, इलायची, मिर्च, कपास, गन्ना और तंबाकू शामिल हैं।

कहाँ गया केंद्र से मिला धन ?

जलवायु, कृषि और भौगोलिक परिस्थितियों की अनुकूलता के बावजूद राज्य में भीषण कृषि संकट व्याप्त है। ऐसी स्थिति होने के बाद भी राज्य के कृषि मंत्री ने कभी नई दिल्ली स्थित कृषिभवन का दौरा नहीं किया।

केंद्रीय कृषि मंत्री राधामोहन सिंह ने हाल ही में त्रिपुरा का दौरा किया था। लेकिन राज्य कृषि मंत्री अघुर देबबर्मा उनसे जाकर मिले तक नहीं। इस अवसर का लाभ उठाकर वे किसानों की समस्या का समाधान खोज सकते थे, किंतु उन्होंने राजनीति में रुचि दिखाना बेहतर समझा।

केंद्रीय कृषि मंत्री ने यहाँ राज्य सरकार की निंदा करते हुए कहा कि त्रिपुरा सरकार केंद्र से मिली राशि को राज्य की विकास परियोजनाओं को सुचारु रखने और किसानों के हितों को साधने के लिए उपयोग करने में विफल रही है। उन्होंने सवाल किया कि राज्य सरकार इस बात का जवाब दे कि केंद्र से मिली राशि किसानों के लिए खर्च की जा रही है या माकपा कार्यकर्ताओं के लिए? माणिक सरकार द्वारा केंद्र से कम पैसा मिलने के आरोपों को सिंह ने सिरे से खारिज कर दिया।

राधामोहन सिंह ने कहा कि पिछले पाँच सालों में जहाँ कांग्रेस के नेतृत्व वाली यू.पी.ए. सरकार ने त्रिपुरा के लिए 7646 करोड़ रुपए आवंटित किए, वहीं मोदी सरकार मात्र तीन साल में ही राज्य में चल रही परियोजनाओं और योजनाओं के लिए 23,655 करोड़ की निधि आवंटित करने को मंजूरी दे चुकी है। पिछली सरकार की तुलना में यह तीन गुणा अधिक है।

राज्य सरकार केंद्र की योजनाओं को लागू करने में जान-बूझकर अनदेखी करती है, लेकिन योजनाओं को लागू करने के नाम पर केंद्र से मिली राशि को

बड़ी ही कुशलता से निगल लिया जाता है। उदाहरण के लिए, केंद्र सरकार द्वारा राज्य में जैविक खेती के प्रति जागरूकता पैदा करने के लिए आवंटित राशि खर्च भी हो गई और राज्य में इससे संबंधित कोई कार्यक्रम भी नहीं हुआ। किसानों को मिट्टी की बनावट और उसकी गुणवत्ता को बढ़ाने या सुधारने में सहायता देने वाली प्रधानमंत्री की महत्त्वाकांक्षी योजना 'सोइल हैल्थ कार्ड योजना' सी.पी.आई. (एम) सरकार में विफल रही है। देश के 1.80 लाख किसानों को सोइल हैल्थ कार्ड जारी करने के लिए राज्य सरकार को एक करोड़ रुपया आवंटित किया गया था, लेकिन राज्य के 40 प्रतिशत किसानों के कार्ड अभी तक भी नहीं बन पाए हैं।

पिछले 70 सालों से राज्य में केवल चार कृषि विज्ञान केंद्र (के.वी.के.) ही थे। लेकिन मोदी सरकार ने इसमें चार और चार जोड़ दिए। भारतीय कृषि अनुसंधान परिषद् के संयुक्त निदेशक जे.एम. दत्ता ने उनाकोटी, गोमती, सेफाइजाला और पश्चिमी त्रिपुरा में चार नए केवीके खोलने की घोषणा की।

लेकिन राज्य सरकार इस मामले में सहयोग नहीं कर रही है। राज्य में मृदा (मिट्टी) परीक्षण प्रयोगशाला की स्थापना के लिए केंद्र सरकार की ओर से 3.65 करोड़ रुपए आवंटित किए गए। केंद्र से मिला पैसा तो खर्च हो गया, लेकिन प्रयोगशाला कहाँ बनी? कब बनी? इसका पता नहीं चल पाया। कुछ ऐसा ही छोटी-सिंचाई परियोजना के लिए आवंटित साढ़े आठ करोड़ रुपए के साथ किया गया। राज्य सरकार ने इन परियोजनाओं के कार्यान्वयन की रिपोर्ट अभी तक पेश नहीं की है।

स्वदेशी नस्ल के पशुओं के संरक्षण और विकास को बढ़ावा देने के लिए केंद्र ने 'राष्ट्रीय गोकुल मिशन' योजना आरंभ की है, लेकिन राज्य सरकार की उदासीनता देखिए कि इस संबंध में अभी तक परियोजना रिपोर्ट प्रस्तुत नहीं की है। केंद्र की महत्त्वाकांक्षी फसल बीमा योजना से पूरे देश के कई किसान लाभान्वित हुए। देश के ज्यादातर हिस्सों में कृषि बरसात पर निर्भर है। कम या ज्यादा बारिश, बाढ़, ओलावृष्टि आदि के कारण उत्पन्न हुआ कृषि संकट प्रधानमंत्री फसल बीमा योजना के अंतर्गत आता है। लेकिन त्रिपुरा के ज्यादातर किसान इस योजना से अनिभज्ञ हैं और शायद राज्य सरकार भी चाहती है कि वे यों ही अनजान बने रहें।

चावल की खेती में नुकसान

चावल राज्य की प्रमुख फसल है। साल 2013 में चावल की उत्पादन लागत 7 रुपए प्रति एकड़ थी, लेकिन बाजार में चावल का बिक्री मूल्य भी उत्पादन लागत के बराबर ही था, जो चावल के उत्पादन में होनेवाले नुकसान को दरशाता है। पीएडएस केंद्रों पर 2 प्रतिकिलो की दर से चावल मिलता तो है, लेकिन साथ ही साथ यह खुले बाजार में भी बेचा जा रहा है, जिससे किसानों को भारी नुकसान उठाना पड़ता है। राज्य का जंपोई हिल स्टेशन अच्छी गुणवत्ता वाली नारंगी के लिए प्रसिद्ध था। बेहद संवेदनशील होने के कारण इस फसल की विशेष देखभाल करनी पड़ती है। यदि इस फसल में कीड़ा लग जाए तो बाकी फसल को बचाने के लिए काफी पैसा खर्च करना पड़ता है। संकट के समय में किसानों को सरकारी सहायता की आवश्यकता पड़ती है, लेकिन यदि उनका नुकसान न हो और वे खुश रहें तो सी.पी.आई. (एम) सरकार की जरूरत किसे पड़ेगी ? कौन उनकी रैलियों में पार्टी का झंडा लहराएगा ? सरकार की इसी मानसिकता के कारण किसान निराश और असहाय है। इसी का नतीजा है कि पिछले 15 सालों में नारंगी की फसल बरबाद हो गई। इतना ही नहीं, गंडाछारा के कुछ किसान कृषि क्षेत्र में फसल की नस्लों पर प्रयोग करना चाहते हैं, किंतु सरकार से उन्हें कोई सहायता नहीं मिल रही है।

बाकी फसलों की भी अनदेखी

राज्य में उत्तम दर्जे का ऑर्किड फूल भी उगता है। विदेशों में इस फूल की भारी माँग है, लेकिन इन फूलों की पैदावार कैसे बढ़ाई जाए, सरकार कभी इस ओर ध्यान नहीं देती। झाड़ू बनाने वाली घास भी यहाँ पाई जाती है। यहाँ की भूमि औषधीय पौधों की खेती के लिए उपयुक्त है, किंतु सरकार की इनमें कोई दिलचस्पी नहीं है। त्रिपुरा में कॉफी, जूट, गन्ना, मिर्च, तेलबीज आदि की खेती की जाती है। ये फसलें चीनी मिलों, जूट/रबड़, खाद्य प्रसंस्करण जैसे उद्योगों के लिए कच्चा माल हैं, लेकिन सरकार इन अवसरों को भुनाने में रुचि नहीं दिखाती। इच्छाशक्ति का अभाव ही सरकार की उदासीनता का एकमात्र कारण है। अगर ये उद्योग यहाँ होते तो किसान चार पैसे कमा पाता। लेकिन हालात

ये हैं कि किसान अपनी फसल को बेहद कम दरों पर राज्य सरकार को बेचने को बाध्य है।

लंबे समय से गरीबी के अँधेरे में रह रहे जनजातीय लोगों के उत्थान के लिए सरकार के पास यह सबसे बड़ा अवसर है। विदेशों से की जानेवाली अच्छे किस्म के फलों के निर्यात की माँग यहाँ से पूरी की जा सकती है। यदि फलों के निर्यात के लिए सहकारी समितियों का गठन कर दिया जाए तो इससे किसानों की अतिरिक्त आय हो सकती है। यहाँ बेहद रसीला और चमकीले पीले रंग का अनन्नास पैदा होता है, किंतु बाजारों की कमी के चलते अनन्नास लोगों के मुँह तक पहुँचने से पहले ही सड़ जाता है। लगभग 800 से 1000 ग्राम का यह अनन्नास बेहद मीठा होता है। अब ये 'क्वीन पाइनपल्स' केवल पाँच सितारा होटलों में ही मिला करता है।

एन.ई.आर.ए.एम.ए.सी. फल प्रसंस्करण इकाइयों को पर्याप्त सहायता प्रदान कर रहा है। इसने अपने स्वयं के खाद्य प्रसंस्करण संयंत्रों की स्थापना की है, जो किसानों को उनकी उपज के लिए सही मूल्य प्राप्त करने में मदद कर रहा है। नलकटा में 3.62 करोड़ रुपए की लागत से फलों का रस निकालने वाला संयंत्र स्थापित किया गया था। संयंत्र ने क्षेत्र के आर्थिक विकास में योगदान दिया। किसानों की मदद करने के अलावा यह संयंत्र पूरे साल 20,000 लोगों को प्रतिदिन रोजगार देता था। इनके अतिरिक्त यहाँ 20 नियमित कर्मचारी भी काम करते थे। वर्तमान में यह संयंत्र बंद है। जहाँ पहले अनन्नास उगाया जाता था, अब वहाँ रबड़ की खेती की जाती है। अनन्नास यहाँ अभी भी उगाया जाता है, लेकिन अब उत्पादन क्षमता बेहद सीमित है।

मुंबई और पुणे के बाजार में ऑस्ट्रेलिया, चीन, न्यूजीलैंड आदि देशों के फल खरीदे जाते हैं, किंतु त्रिपुरा के फल यहाँ पहुँचते तक नहीं। त्रिपुरा के खजूर से यदि गुड़ बनाकर बेचा जाए तो इससे किसानों को अच्छी आमदनी हो सकती है, लेकिन किसानों को संगठित करने के लिए कोई प्रयास नहीं किया जाता। जिससे उन्हें कम ब्याज दरों के साथ ऋण प्रदान किया जा सके, उनके लिए सहकारी समितियों का गठन कर सकें और उनके उत्पाद या फसल को बाजार में लाया जा सके। इसलिए पूरे राज्य में किसी भी तरह का विकास दिखाई नहीं

देता है। राज्य में बनी समितियों को सी.पी.आई. (एम) द्वारा नियंत्रित किया जाता है, जहाँ किसानों की जगह राजनीति को प्राथमिकता दी जाती है। कुछ समय पहले तक चीनी और जूट की जो मिल पूरे शबाब पर चला करती थीं, आज उसके दरवाजों पर ताले लग गए हैं।

वनों की अभूतपूर्व कटाई

वे आदिवासी भाई जो, पीढ़ियों से वन क्षेत्र में रहते थे, उन्हें अनुसूचित जनजाति और अन्य परंपरागत वनवासी (वन अधिकारों की मान्यता) अधिनियम–2006 के तहत केंद्र सरकार से कानूनी मान्यता मिलती है। लेकिन पीढ़ियों से वन क्षेत्र में रहते आ रहे इन लोगों के अधिकार क्या हैं, कभी दर्ज नहीं किए जा सके। जंगलों की बड़े पैमाने पर कटाई के लिए सी.पी.आई. (एम) सरकार ने इस कानून का दुरुपयोग किया। सी.पी.आई. (एम) की तत्कालीन सरकार ने अपने रसूख का इस्तेमाल करते हुए जंगल का सर्वेक्षण किया और जंगल काटने की एवज में प्रत्येक जनजातीय परिवार को 1.5 लाख रुपया आवंटित किया।

अनुसूचित जनजाति और अन्य पारंपरिक जंगल निवासी अधिनियम–2006, वनों में रहनेवालों को न केवल सामान्य व्यवसाय, आजीविका के लिए कृषि योग्य भूमि आदि रखने का अधिकार देता है, बल्कि वन संसाधनों पर नियंत्रण रखने की शक्ति भी देता है। इसी अधिकार का फायदा उठाते हुए कई जनजातीय सी.पी.आई. (एम) नेताओं ने जंगल के बड़े हिस्से की कटाई कर वहाँ रबड़ की खेती शुरू कर दी। राज्य में वनों की भारी कटाई के कारण जानने के लिए केंद्र सरकार ने उत्तर पूर्वी हिल विश्वविद्यालय को सर्वेक्षण का जिम्मा दिया। विश्वविद्यालय की रिपोर्ट में वनक्षेत्र की कटाई पर गंभीर खुलासे हुए हैं। रिपोर्ट के अनुसार जंगली जमीन पर उग रही रबड़ के कारण मिट्टी की गुणवत्ता को भारी नुकसान पहुँचा है। इसके कारण यहाँ की जलवायु भी प्रभावित हुई है। रिपोर्ट में कहा गया है कि यहाँ पैदा हो रही रबड़ की खेती की बाजार में माँग भी नहीं है। सी.पी.आई. (एम) नेताओं की करतूतों से न केवल गरीब किसान, बल्कि पर्यावरण को भी नुकसान पहुँचा है।

□

अध्याय-18

प्राकृतिक सौंदर्य की उपेक्षा

पिछले कुछ वर्षों से पूर्वोत्तर भारत घरेलू और विदेशी पर्यटकों को अपनी ओर आकर्षित करने में कामयाब रहा है। इसमें त्रिपुरा एक अपवाद नहीं है। हरे-भरे खेत, ऐतिहासिक इमारतें और ऊँचे पहाड़ पर्यटकों को लुभाते हैं। प्राकृतिक सुंदरता का धनी होने के बाद भी त्रिपुरा जैसा पहाड़ी क्षेत्र राज्य सरकार की उदासीनता का शिकार हुआ है। यहाँ की सरकार भारतीय और विदेशी पर्यटकों के लिए पर्यटन संबंधी बुनियादी सुविधाएँ उपलब्ध कराने में विफल रही है। राज्य में विश्व स्तरीय सुविधाएँ देने वाला एक भी होटल नहीं है। सार्वजनिक परिवहन प्रणाली भी दयनीय स्थिति में है। सड़कों में बड़े-बड़े गड्ढे हैं। पर्यटन उद्योग स्थानीय लोगों की आय का एक स्रोत होता है, किंतु नीति पक्षाघात की शिकार राज्य सरकार का इस ओर कोई ध्यान नहीं है। सरकार की सुस्ती दिखाने के लिए यह उदाहरण काफी हैं।

त्रिपुरा आनेवाले पर्यटकों का नीरमहल जाना लगभग तय होता है। नीरकमल का अर्थ है 'जल का महल'। यह शाही आलीशान महल रुद्रसागर झील के ठीक बीच में बना है। नाव की सवारी कर पर्यटक महल तक पहुँचते हैं। इस महल का निर्माण त्रिपुरा के राजा ने कराया था। कभी बेहद सुंदर दिखने वाली रुद्रसागर झील अब अनियंत्रित गति से उग रही जलकुंभियों के कारण बदरंग होती जा रही है। झील के जलग्रहण क्षेत्र में मिट्टी के कटाव के कारण उसकी गहराई

कम होती जा रही है। झील का पानी कचरे, अपशिष्ट पदार्थ आदि फेंके जाने के कारण प्रदूषित हो रहा है।

रजिस्टर्ड गाइडों की अनुपलब्धता के कारण पर्यटक निराश हैं। यह कहा जा सकता है कि एक ऐतिहासिक तथा सुंदर स्मारक राज्य सरकार के तिरस्कार और अदूरदृष्टि का शिकार बन गया है।

त्रिपुरासुंदरी माता के प्रति अनास्था

त्रिपुरा में 51 शक्तिपीठों में एक माता त्रिपुरासुंदरी का प्राचीन मंदिर भी है। अगरतला के निकट ऊँची पहाड़ी पर बना यह मंदिर पहाड़ी के मुकुट सा प्रतीत होता है। इस मंदिर के सामने एक झील भी है। इस मंदिर और झील के प्रति लोगों की गहरी आस्था है। झील और इसकी मछलियों को बेहद पवित्र माना जाता है। हालाँकि त्रिपुरावासियों को मीठे पानी की मछलियाँ बेहद स्वादिष्ट लगती हैं, किंतु धार्मिक कारणों से वे इन मछलियों को उस नजर से देखते तक नहीं हैं। झील में काफी मात्रा में बड़ी-बड़ी मछलियाँ और कछुए हैं।

झील का अपकर्ष

त्रिपुरासुंदरी माता झील राज्य सरकार के भ्रष्टाचार का एक और उदाहरण है। राज्य सरकार ने झील पर घाट बनाने का ठेका दिया, किंतु ज्यादा पैसा कमाने के लालच में ठेकेदार ने झील के चारों ओर चारदीवारी भी बना दी। संदेह इस बात का भी है कि ठेकेदार ने ज्यादा पैसा कमाने के लिए सरकारी बाबुओं को रिश्वत भी दी होगी। झील के चारों ओर सीमेंट के निर्माण से उसका प्राकृतिक स्वरूप खत्म हो गया। अंडे के संरक्षण के लिए कछुओं को नर्म वातावरण की आवश्यकता होती है, किंतु सीमेंट के घाट बनने के कारण झील में पाए जानेवाले विशेष नस्ल के कछुओं के सामने अंडे देने का संकट पैदा हो गया है। कुछ पर्यावरणविदों के विरोध के बाद घाट का एक हिस्सा तोड़ा गया, ताकि कछुए दूसरी ओर जाकर अंडे दे सकें। एक बेतुकी काररवाई करते हुए राज्य सरकार ने वहाँ कछुओं के लिए दिशासूचक बोर्ड लगा दिया। विपक्ष ने हैरानी जताते हुए सरकार से सवाल किया कि क्या कछुए उस बोर्ड को पढ़ पाएँगे? विपक्ष के

विरोध जताने पर वह बोर्ड वहाँ से हटाया गया।

भारत-बांग्लादेश सीमा के निकट देवी कमलासुंदरी का झील वाला एक मंदिर है। मंदिर के सामने एक झील है। यही भारत की सीमा है। सीमा की ओर बांग्लादेश में नियमित तौर पर एक छोटा सा साप्ताहिक बाजार लगा करता है। बाजार लगने वाले दिन लोगों को वहाँ जाकर खरीदारी करने की अनुमति मिली हुई है।

राजधानी अगरतला से 178 किलोमीटर की दूरी के आसपास भगवान् शिव के उनाकोटि अर्थात् एक करोड़ से कम (99,99,999) तीर्थस्थान हैं। पहाड़ी इलाके में अज्ञात मूर्तिकारों द्वारा तराशी गई भगवान् शिव की विशाल उनकोटि मूर्तियाँ पर्यटकों का अभिवादन करती हैं। 8वीं और 9वीं शताब्दी की इन मूर्तियों से जुड़ी कई रोचक कथाएँ जुड़ी हुई हैं।

संग्रहालय में तब्दील हो चुका अगरतला का जुंमी हिल स्टेशन और छविपुरा का भारत-बांग्लादेश सीमा के निकट गोमती नदी के किनारे बना चेक पोस्ट त्रिपुरा के कुछ पर्यटन स्थलों में से हैं।

प्राकृतिक सौंदर्य का धनी

त्रिपुरा एक सुरम्य, नदियों, विशाल पहाड़ियों और हरी घाटियों से घिरा राज्य है। राज्य के पहाड़ धान के लहलहाते खेत, नारियल और खजूर के ऊँचे-ऊँचे पेड़, झीलों और फूलों की चादर से ढके प्रतीत होते हैं। त्रिपुरा राज्य वनस्पतियों तथा जीवों की विविधता और सुंदर तालाबों एवं झीलों से घिरा हुआ है। यह राज्य हरे-भरे छोटे द्वीपों, लहराती झीलों के आकर्षक सौंदर्य का सम्मिश्रण है।

त्रिपुरा की सांस्कृतिक विविधता यहाँ के लोगों के खानपान की आदतों में दिखाई देती है। त्रिपुरा में चावल, मछली, चिकन, मटन और पोर्क खाया जाता है। हालाँकि गैर-आदिवासी लोग त्रिपुरा और बांग्लादेश से आयात होनेवाली मछली की जायकेदार करी भी पसंद करते हैं। पनीर से बनी विभिन्न तरह की लजीज मिठाइयों के तो कहने ही क्या!

त्रिपुरा सुंदर महलों, वन्यजीव अभयारण्यों, संग्रहालयों और मंदिरों जैसे पर्यटक स्थलों और समृद्ध सांस्कृतिक विरासत के लिए विश्व विख्यात है।

पर्यटन की दृष्टि से इतना समृद्ध होने के बावजूद यह राज्य मूलभूत सुविधाओं की कमी के कारण पर्यटकों को आकर्षित करने में विफल रहा है।

हाल-फिलहाल में ही राज्य का दर्जा हासिल करनेवाला सिक्किम आज पूर्ण जैविक (ऑर्गेनिक) खेती करनेवाला राज्य बन चुका है। ऑर्गेनिक चाय, ऑर्गेनिक खाद्य उत्पाद, हथकरघा और कई अन्य जैविक उत्पादों की ऑनलाइन बिक्री हो रही है। बेहद अल्प समय में ही सिक्किम ने खुद को पर्यटन के एक ब्रांड के तौर पर विकसित कर लिया है। सिक्किम की तुलना में त्रिपुरा बेहद पीछे है। पर्यटन के क्षेत्र में रोजगार के अवसर पैदा किए जा सकते हैं, किंतु राज्य सरकार केवल मनरेगा योजना और भ्रष्टाचार के नए तरीके ईजाद करने में व्यस्त है।

□

अध्याय-19

शिक्षा व्यवस्था की ऐसी-तैसी

हाईकोर्ट के आदेश को कायम रखते हुए सर्वोच्च न्यायालय ने सरकारी स्कूल के 10,000 से अधिक अध्यापकों की नियुक्ति को अवैध करार दिया था। न्यायालय का कहना था कि अध्यापकों की भरती प्रक्रिया में नियमों का पालन नहीं किया गया। सुनवाई के बाद सुप्रीम कोर्ट के जस्टिस आदर्श कुमार गोयल और उदय उमेश ललित की पीठ ने विशेष अनुमति याचिका (एस.एल.पी.) को अस्वीकार कर दिया और उच्च न्यायालय के आदेश को सही ठहराया।

मामले पर सुनवाई करते हुए खंडपीठ ने कहा, "हजारों मेधावी और योग्य उम्मीदवारों को दरकिनार करते हुए राज्य सरकार ने कम पढ़े-लिखे पार्टी कार्यकर्ताओं की नियुक्ति की। अदालत ने इस भ्रष्टाचार का अंत कर दिया है।" एक ओर राज्य की शिक्षा व्यवस्था बरबादी के कगार पर खड़ी है, दूसरी ओर माणिक सरकार की त्रिपुरा सरकार राज्य में 100 प्रतिशत साक्षरता का दावा करती है।

साल 2010 में तीन चरणों में भरती हुए 1100 स्नातकोत्तर शिक्षकों, 4617 स्नातक शिक्षकों और 4,606 अंतरस्नातक शिक्षकों की नियुक्तियों को रद किया गया था। नौकरी पाने से वंचित रहे उम्मीदवारों ने नियुक्तियों में भाई-भतीजावाद और भ्रष्टाचार का आरोप लगाते हुए हजारों की संख्या में हस्ताक्षर वाली 79 याचिकाएँ दायर कीं। बेरोजगारी जहाँ एक ज्वलंत समस्या है, वहीं

अवैध भर्तियों ने युवाओं में क्रोध पैदा कर दिया था। गुस्सा इतना भड़का कि अभ्यर्थियों ने नियुक्ति प्रक्रिया को चुनौती देते हुए त्रिपुरा उच्च न्यायालय में याचिका दायर कर दी।

7 मई, 2014 को त्रिपुरा उच्च न्यायालय ने साल 2010 से नियुक्त विभिन्न श्रेणियों के 10,323 शिक्षकों की नियुक्ति को रद्द करने का फैसला सुनाते हुए कहा कि भरती के समय उचित नियुक्ति नीति का पालन नहीं किया गया। हाईकोर्ट के आदेश से राज्य सरकार को करारा झटका लगा। हाईकोर्ट के आदेश को चुनौती देने के लिए राज्य सरकार ने सुप्रीम कोर्ट का दरवाजा खटखटाया।

अदालत ने राज्य सरकार को आदेश दिया कि वह 31 मई, 2014 तक शिक्षा के अधिकार के तहत निर्धारित नियमों का ध्यान में रखते हुए टीचर्स एलिजबिलिटी टेस्ट के माध्यम से शिक्षकों की भरती करे।

कैडर की भरती और शिक्षा प्रणाली की तबाही

शिक्षक के पदों पर वाम कार्यकर्ताओं की अवैध भरती ने बता दिया कि शिक्षा के प्रति राज्य सरकार का रवैया क्या है। जहाँ भी संभव हो सका, राज्य सरकार ने वहीं सी.पी.आई. (एम) कार्यकर्ताओं की भरती कर दी। फिर चाहे वे उस पद के लिए अयोग्य ही क्यों न हों। न केवल सी.पी.आई. (एम) कार्यकर्ता और नेता बल्कि उनके रिश्तेदारों को भी सरकारी नौकरियों में लगा दिया गया।

सी.पी.आई. (एम) शिक्षा विभाग में भी भ्रष्टाचार करने से बाज नहीं आई। नतीजतन, राज्य में शिक्षा तंत्र पूरी तरह बरबाद हो गया है।

माध्यमिक शिक्षा के स्तर को सुधारने और बढ़ावा देने के लिए केंद्र सरकार द्वारा चलाए गए राष्ट्रीय माध्यमिक शिक्षा अभियान (आर.एम.एस.ए.) में पाँच करोड़ रुपए की धोखाधड़ी का खुलासा हुआ। स्कूली शिक्षा विभाग के कैशियर की गिरफ्तारी से यह साफ हो गया कि विपक्ष द्वारा आर.एम.एस.ए. में समय-समय पर जानेवाली भ्रष्टाचार की शिकायतें बिल्कुल सही थीं। फरार कैशियर की गिरफ्तारी कोलकाता से हुई। उसकी गिरफ्तारी के बाद भ्रष्टाचार

के इस मामले में शामिल कई बड़े नामों का खुलासा हुआ।

त्रिपुरा में स्कूलों की संख्या, खासकर प्राथमिक विद्यालयों की संख्या प्रति वर्ष गिर रही है। राज्य सरकार को भावी पीढ़ी के कल्याण की जरा भी चिंता नहीं है। साल 2014 में राज्य में 3.74 लाख प्राथमिक स्कूल थे। यह संख्या 2015 में 3.66 लाख हो गई और 2016 में घटकर 3.48 लाख पर पहुँच गई। पिछले तीन सालों में 26,000 स्कूल बंद करके भी सरकार स्थिर है। केवल 9 प्रतिशत छात्र ही 10वीं कक्षा तक शिक्षा हासिल कर पाए हैं, जबकि राज्य में साढ़े सात लाख लोग निरक्षर हैं। नीति आयोग के अनुसार शिक्षा के क्षेत्र में त्रिपुरा पूर्वोत्तर के अन्य राज्यों की तुलना में बेहद पीछे है। त्रिपुरा में प्रति एक लाख की संख्या पर 84 माध्यमिक स्कूल हैं। जबकि मेघालय में यह आँकड़ा 263, मणिपुर में 317, सिक्किम में 150, नागालैंड में 97, अरुणाचल प्रदेश में 163 और असम में 137 का है।

इन आँकड़ों को देखकर निश्चित तौर पर त्रिपुरा को बेहतर उच्च शिक्षा वाले राज्य का दर्जा नहीं दिया जा सकता। तमाम बाधाओं को पार करते हुए कोई छात्र या छात्रा माध्यमिक शिक्षा पाने में कामयाब हो भी जाता है तो उच्च शिक्षा के लिए मजबूरन उसे दूसरे राज्यों का रुख करना पड़ता है। आँकड़े बताते हैं कि राज्य में प्रति 2.37 लाख की आबादी पर केवल एक कॉलेज है। अन्य पूर्वोत्तर राज्यों की तुलना में यह सबसे कम अनुपात है। मिजोरम में प्रति 35,000 की आबादी पर एक कॉलेज है। मणिपुर में 39,000 लोगों पर एक कॉलेज, अरुणाचल प्रदेश में 1.44 लाख लोगों पर एक कॉलेज और असम में 88,000 लोगों की संख्या पर एक कॉलेज है। तकनीकी शिक्षा की स्थिति तो और भी बदतर है। यहाँ 16.60 लाख की आबादी पर एक तकनीकी शिक्षा महाविद्यालय है।

स्कूलों की दयनीय स्थिति

राज्य में जो स्कूल हैं, वे दयनीय स्थिति में हैं। स्कूल खत्म होने के कगार पर हैं। अध्यापक जैसे-तैसे करके स्कूल चला रहे हैं। 1167 स्कूलों में हैडमास्टर नहीं हैं। जबकि 844 स्कूल ऐसे हैं, जिनमें प्रत्येक स्कूल में केवल

2–3 अध्यापक ही पढ़ाई करा रहे हैं। 1047 स्कूलों में पीने का साफ पानी नहीं है। 2364 स्कूलों में बिजली की व्यवस्था नहीं है।

साल 2011 में 26 माध्यमिक स्कूलों में से एक भी छात्र 10वीं कक्षा पास नहीं कर पाया था। 134 स्कूलों का परिणाम 25 प्रतिशत से नीचे रहा।

वर्तमान में त्रिपुरा में 4,650 स्कूल हैं, जिनमें 46,613 शिक्षक हैं, इनमें से 10,638 प्राथमिक शिक्षक हैं। इसमें कोई संदेह नहीं है कि शिक्षा का मानक बिगड़ता जा है। राष्ट्रीय नमूना सर्वेक्षण की एक रिपोर्ट के अनुसार देश में 37.8 प्रतिशत छात्र निजी कोचिंग का सहारा लेते हैं। वहीं त्रिपुरा में यह आँकड़ा आश्चर्यजनक रूप से बहुत अधिक है। यहाँ 78.3 प्रतिशत छात्रों को अच्छी शिक्षा के लिए निजी कोचिंग का सहारा लेना पड़ता है। 87 प्रतिशत के साथ केवल पश्चिम बंगाल ही त्रिपुरा से ऊपर है।

आँकड़े बताते हैं कि माणिक सरकार की सरकार फर्जी आँकड़े दिखाकर लोगों को गुमराह करने का काम कर रही है। राज्य सरकार 100 प्रतिशत साक्षरता का दावा करती है। अंतरराष्ट्रीय साक्षरता दिवस पर आयोजित कार्यक्रम को संबोधित करते हुए माणिक सरकार ने कहा था कि 2011 की जनगणना के आँकड़ों के अनुसार त्रिपुरा सभी राज्यों को पछाड़ते हुए साक्षर राज्यों की सूची में शीर्ष पर पहुँच गया है। जबकि 2001 की जनगणना के अनुसार राज्य 12वें स्थान पर था। माणिक सरकार ने दावा किया कि त्रिपुरा ने 94.64 प्रतिशत साक्षरता दर हासिल करते हुए केरल (93.91 प्रतिशत) को दूसरे स्थान पर धकेल दिया है। उन्होंने यह भी कहा कि 2011 की जनगणना में 87.75 प्रतिशत साक्षरता दर प्राप्त करने के बाद अगस्त 2012 में आठ जिला मजिस्ट्रेटों द्वारा एक सर्वेक्षण कराया गया, जिसमें पाया गया कि राज्य की 37 लाख की जनसंख्या में से केवल 131,634 लोग ही अनपढ़ हैं और इनकी उम्र भी 50 साल के पार हो चुकी है।

माणिक सरकार ने इसका श्रेय अपने स्वयंसेवकों के सरहानीय प्रयासों को दिया। खुद अपनी ही तूती बजाते हुए उन्होंने कहा कि 8,254 से अधिक स्वैच्छिक साक्षरता कार्यकर्ताओं ने 8,152 प्रौढ़ शिक्षा केंद्रों में काम कर राज्य के बचे हुए 131,634 लोगों को शिक्षित किया।

लेकिन जब त्रिपुरा के स्कूलों, शिक्षकों और तकनीकी संस्थाओं की निराशाजनक तसवीर सामने आई, तब मुख्यमंत्री द्वारा पेश आँकड़ों पर संदेह होना लाजिमी था। राज्य सरकार आखिर मिजोरम से अधिक साक्षरता दर होने का दावा कैसे कर सकती है?

□

अध्याय-20

कष्ट, वेदना और मृत्यु

भीड़तंत्र का सहारा लेकर लंबे समय से सत्ता में बैठी सी.पी.आई. (एम) ने लोगों के जीवन का सत्यानाश कर दिया है। पर्याप्त भोजन की कमी, दवाई की कमी और स्वास्थ्य सेवाओं के अभाव के चलते लोगों का जीवन कष्ट और मृत्यु की ओर जा रहा है।

मलेरिया त्रिपुरा की सबसे बड़ी समस्या है। राज्य की 35 तहसील मलेरिया से प्रभावित हैं, जिनमें से 23 तहसील भयावह स्थिति में हैं। मच्छरों के कारण लोगों की रातों की नींद उड़ चुकी है। लोग रात को सोते नहीं हैं, ताकि मच्छरों से बच सकें। महिलाओं और बच्चों की हालत बुरी हो गई है। लोग परेशान हैं और सरकार इस समस्या के प्रति उदासीन बनी बैठी है। लोग मलेरिया से मर रहे हैं और सरकार को इसकी परवाह तक नहीं है।

इस घातक बीमारी को नियंत्रित करने के लिए केंद्र सरकार ने त्रिपुरा के लिए 170 करोड़ रुपए की राशि जारी की थी, लेकिन राज्य सरकार ने केवल तीन करोड़ रुपए की खर्च किए हैं। बची हुई रकम का कोई ब्योरा तक सरकार के पास नहीं है। मोटी चमड़ी वाली इस सरकार को मलेरिया के प्रकोप की परवाह नहीं है। राज्य सरकार स्वास्थ्य प्रशासन की उपेक्षा करती है, जिसके कारण केंद्र ने भी सहायता राशि की दर घटा दी है।

पिछले आठ सालों में राष्ट्रीय स्वास्थ्य मिशन में लगभग 30 करोड़ रुपए का घोटाला किया गया। मीडिया विशेषज्ञ अभिजीत भौमिक के तार घोटाले से

जुड़े पाए गए और मिशन से जुड़े एक अकाउंट मैनेजर निर्मल चंद्र दास को निलंबित कर दिया गया। कांग्रेस ने राज्य सरकार पर दबाव बनाया कि वह दोषियों पर कड़ी काररवाई करे, जिसके फलस्वरूप कैलाशहर थाने में चार अन्य दोषियों के खिलाफ मामला दर्ज किया गया।

नकली दवाइयों का धंधा

हिमाचल प्रदेश की वर्धमान फार्मास्युटिकल का इतिहास आश्चर्य भरा रहा है। साल 2012-13 में कंपनी द्वारा दवाइयों की खरीद-फरोख्त में दो करोड़ रुपए के भ्रष्टाचार का मामला सामने आया था। अंबाला की मीनाक्षी जैन द्वारा अधिग्रहित इस कंपनी के खिलाफ कलाअंब पुलिस स्टेशन (सिरमौर, हिमाचल प्रदेश) में प्राथमिकी भी दर्ज हो चुकी है। राज्य दवा नियंत्रण टीम द्वारा कंपनी पर एक छापा मारा गया था, जिसमें अवैध रूप से चल रही एक फैक्टरी में नकली दवाइयों के 700 डिब्बे बरामद हुए थे। ये सारा गोरखधंधा उन फैक्टरियों में चल रहा था, जो 'बाहर से बंद' पड़ी थीं। फैक्टरी पर तो छापा पड़ गया, लेकिन एफ.आई.आर. के अनुसार कंपनी की मालिक मीनाक्षी जैन फरार होने में कामयाब हो गईं।

हिमाचल प्रदेश के ड्रग नियंत्रक नवनीत मारवाह ने बताया कि छापे में इंजेक्शन, गोलियाँ, कैप्सूल और सीरप के 700 बक्से उस यूनिट से जब्त किए गए, जो रिकॉर्ड के अनुसार साल 2009 से बंद पड़ी थी। मारवाह ने बताया कि कुछ दिन बाद उन्हें फिर से उस यूनिट में संदिग्ध गतिविधियों की जानकारी मिली, जिसके बाद पुलिस की मदद से यूनिट को निगरानी पर रखा गया। निगरानी में पाया गया कि यूनिट का मुख्य द्वार पूरे दिन बंद रहता था, लेकिन जैसे ही अँधेरा होता, यूनिट में उत्पादन कार्य शुरू हो जाता।

वर्धमान फार्मास्यूटिकल्स ने कलाअंब के औद्योगिक क्षेत्र से दवाओं के निर्माण के लिए लाइसेंस प्राप्त करने के बाद दिसंबर 2004 से काम करना शुरू किया था।

हालाँकि 2009 के बाद लाइसेंस का कभी नवीनीकरण तक नहीं कराया गया और संबंधित अधिकारियों को सूचित किए बिना ही दवाइयों का उत्पादन

जारी रखा गया। मामले की गहन जाँच के लिए मारवाह ने राज्य सरकार को पत्र लिखकर कुछ दस्तावेज तैयार करने का आग्रह किया, लेकिन सरकार ने इस आग्रह की अनदेखी की। दवाओं की आपूर्ति करने के लिए वर्धमान फार्मा अपनी ही प्रयोगशाला में कुछ परीक्षण करती थी। वर्धमान लेबोरेटरी और 'मे. इंडस्ट्रियल टेस्टिंग लेबोरेटरी एवं कंसल्टिंग हाउस' की रिपोर्ट में चौंकाने वाला खुलासा हुआ। यहाँ चल रहा घोटाला तब सामने आया, जब गुवाहाटी की क्षेत्रीय ड्रग टेस्टिंग लेबोरेटरी की जाँच में पता चला कि आपातकालीन मामलों के समय मिनटों में उपलब्ध होनेवाली वर्धमान फार्मा द्वारा निर्मित जीवनदायिनी औषधियाँ दरअसल नकली हैं।

एक बार फिर यह साबित हो गया था कि त्रिपुरा सरकार को लोगों के जीवन से कोई लेना-देना नहीं है। भ्रष्ट वामदल लोगों की जान से खेल रहे थे।

अशुद्ध पानी और जलजनित रोग

स्वास्थ्य सेवाओं को तो भूल ही जाइए, त्रिपुरा में पीने के शुद्ध पानी के भी लाले पड़े हुए हैं। लोग बारिश का जमा हुआ वही पानी पीने को मजबूर हैं, जिसमें वे नहाते और अपने कपड़े धोते हैं। इसके कारण उनके जलजनित रोगों से प्रभावित होने की आशंका बनी रहती है। हर साल हजारों लोग जलजनित रोगों की चपेट में आते हैं। साल 2014 में 60,000, साल 2015 में 85,000 और साल 2016 में 1.8 लाख लोग दूषित पानी के कारण बीमारी का शिकार हुए।

भूजल में उच्च स्तर का लौह पाए जाने के कारण प्रयोग से पहले पानी का शुद्धीकरण आवश्यक है। केंद्र सरकार ने इसके लिए जल शोधन संयंत्र उपलब्ध कराए हैं, लेकिन रख-रखाव की कमी के कारण वे किसी इस्तेमाल के नहीं रह गए हैं। नौकरी पर रखने के लिए राज्य में कुशल मानव संसाधन मिल पाना असंभव है। जो लोग काबिल हैं, वे अपनी नौकरी की अनदेखी कर पार्टी की गतिविधियों में व्यस्त हैं। फलस्वरूप शुद्ध पानी की आपूर्ति प्रभावित होती है, जो राज्य के लोगों की कई बीमारियों की जड़ है।

अस्पताल यानी स्वर्ग का द्वार

स्वास्थ्य और परिवार कल्याण विभाग की सिफारिशों के अनुसार, राज्य को 40 प्राथमिक स्वास्थ्य केंद्र, 2,830 डॉक्टर और 5,011 नर्सों की तुरंत आवश्यकता है। राज्य में 23 प्राथमिक स्वास्थ्य केंद्रों के पास एंबुलेंस नहीं है, जबकि 17 के पास बिस्तरों की कमी है। 461 पंचायतों और गाँव समितियों में उप प्राथमिक स्वास्थ्य केंद्र नहीं है। राज्य के अस्पताल स्वर्ग के दरवाजे में तब्दील हो गए हैं। राज्य में प्रभावी चिकित्सा केंद्रों की अनुपलब्धता के कारण प्रतिदिन 180 से 200 मरीजों को दूसरे राज्यों में इलाज के लिए रेफर किया जाता है। ज्यादातर लोग स्थानीय डॉक्टर से सलाह लिये बिना ही दूसरे राज्यों में इलाज कराना पसंद करते हैं। त्रिपुरा के सरकारी अस्पतालों में प्रतिमाह औसतन 480 लोग दम तोड़ देते हैं। साल 2014-15 में प्रतिवर्ष के हिसाब से यह आँकड़ा 6,333 था। साल 2015-16 में यह आँकड़ा बढ़कर 6,497 पर पहुँच गया। साल 2017 में अभी तक 4,801 लोग अपनी जान गँवा चुके हैं। ऐसा लगने लगा है कि अस्पताल में जो भरती हुआ, उसकी मौत निश्चित है।

कुपोषण की समस्या के कारण शरीर में खून की कमी होना यहाँ की प्रमुख समस्या बन गई है। राष्ट्रीय परिवार स्वास्थ्य सर्वेक्षण के आँकड़े त्रिपुरा की भावी पीढ़ी के स्वास्थ्य की स्थिति का आकलन करने के लिए काफी हैं। जो बताते हैं कि 54 प्रतिशत गर्भवती महिलाएँ और 6 महीने से 5 साल की आयु वर्ग के 48.3 प्रतिशत बच्चे रक्तहीनता के शिकार हैं। ये बच्चे पैदा ही एक बीमारी के साथ हो रहे हैं, जिस कारण यह बीमारी जीवनकाल तक उनके साथ चलती है। □

अध्याय-21

दलित और जनजाति विरोधी सरकार

प्रचार के जरिए वामदल गरीबों, दलितों और जनजातीय लोगों के लिए संघर्ष करनेवाली पार्टी की फर्जी छवि बनाने में सफल हुए हैं, लेकिन यदि आप त्रिपुरा में हैं तो वास्तविकता समझ सकते हैं। सी.पी.आई. (एम) और अन्य वामदलों ने अनुसूचित जाति/जनजाति के लोगों को तीसरे दर्जे का नागरिक बनाकर छोड़ दिया है। वे स्वास्थ्य, शिक्षा और रोजगार जैसे जीवन के हर क्षेत्र में पिछड़ से गए हैं।

त्रिपुरा का ज्यादातर हिस्सा जंगलों और पहाड़ों से घिरा हुआ है। राज्य के कुल 10,491 किलोमीटर के क्षेत्र में से लगभग 7132.56 किलोमीटर का भू-भाग यानी 68.10 प्रतिशत भौगोलिक क्षेत्र पहाड़ियों और जंगलों से घिरा है। यह 68.10 प्रतिशत जनजातीय क्षेत्र 'त्रिपुरा ट्रायबल एरिया ऑटोनोमस डिस्ट्रिक्ट काउंसिल' (टी.टी.ए.ए.डी.सी.) की स्वायत्तता वाला माना जाता है। इसकी स्थापना जनजातीय लोगों के सामाजिक, आर्थिक और सांस्कृतिक हितों की रक्षा के लिए हुई थी। टी.टी.ए.ए.डी.सी. का गठन केंद्र सरकार ने 1 अप्रैल, 1985 को किया था।

दुनिया भर में 1 अप्रैल को 'मूर्ख दिवस' के रूप में मनाया जाता है। कुछ राजनेताओं ने साम्यवादी विचारधारा का आयात किया और दशकों से भोले-भाले जनजातीय लोगों को मूर्ख बनाती आ रही है।

लाचार जनजातीय बंधु

जनजातीय लोगों को प्राकृतिक संपदा का आशीर्वाद प्राप्त होता है। इन संसाधनों का इस्तेमाल जनजातीय लोगों के उन्मूलन और उनके विकास के लिए किया जा सकता है, लेकिन राज्य केवल उनके दमन की कला में माहिर है।

सी.पी.आई. (एम) के शासन में जनजातीय बंधुओं की हालत बद से भी बदतर हुई है। राज्य में 48,528 माध्यमिक विद्यालय होने के बावजूद त्रिपुरा के 11.55 लाख में से 5.21 लाख जनजातीय लोग निरक्षर हैं। 1461 जनजातीय बहुल इलाकों में आँगनबाड़ी नहीं है। हजारों इलाके स्वच्छ पानी, स्वास्थ्य सुविधाओं, सड़कों और बिजली जैसी बुनियादी जरूरतों से वंचित हैं। ज्यादातर वनवासी लोग बेघर हैं।

जनजातीय लोग पीढ़ियों से जंगलों में रह रहे हैं। वे इतने चालाक या यों कहें कि इतने 'बुद्धिमान' नहीं थे कि जिस भूमि पर रह रहे हैं, उसके दस्तावेज तैयार करवा लें। जंगल में रहनेवाले वनवासी परिवारों की प्रतिकूल स्थिति जानने के लिए तथा उनके अधिकारों को सुनिश्चित करने के लिए कांग्रेस सरकार द्वारा एक ऐतिहासिक कानून 'अनुसूचित जनजातियाँ और अन्य पारंपरिक वनवासी (वन अधिकारों की मान्यता) अधिनियम-2006' लागू किया गया था। इसके अंतर्गत पीढ़ियों से जंगलों में रहनेवाले वनवासियों को भूमि पर कब्जा देने आदि जैसे अधिकारियों को अधिनियमित किया गया था। किंतु रबड़ की खेती करने के लालच में सी.पी.आई. (एम) सरकार ने न केवल इस कानून को बल्कि सैकड़ों एकड़ वनभूमि को भी ध्वस्त कर दिया। बड़े पैमाने पर हुई रबड़ की खेती ने प्राकृतिक वनभूमि और बागवानी को नष्ट कर दिया। शहद, जड़ी-बूटी, चारा और फूल की खेती पर निर्भर रहनेवाले वनवासियों को राज्य सरकार ने तबाह कर दिया।

जनजातीय लोग सरकारी उदासीनता के शिकार बने हैं। सरकार ने उनसे उनकी आजीविका और रोजगार के अवसर छीन लिये। वनवासी युवा बेहद व्यथित हैं। सरकारी नौकरियों में भी उन्हें लंबित पड़ा आरक्षण नहीं मिल रहा। 1.35 लाख वनवासी युवा बेरोजगार हैं। उनके लिए आरक्षित पदों को भरने

के लिए सरकार कोई ठोस कदम भी नहीं उठा रही है।

नौकरी देने के बजाय राज्य सरकार आरक्षित सीटों को ही कम कर रही है, ताकि जनजातीय लोगों की कमी के कारण पदों की संख्या को कम करके दिखाया जा सके।

जबरन वित्त वसूली की नीति

राज्य की कुल जनसंख्या में 31 प्रतिशत हिस्सा रखनेवाले जनजातीय लोगों के लिए बजटीय प्रावधान रखने के लिए त्रिपुरा सरकार बाध्य है। उनके कल्याण के लिए केवल 16-17 प्रतिशत रकम ही रखी जाती है और वह भी कभी पूरी खर्च नहीं की जाती। राज्य सरकार उनके सांस्कृतिक उत्थान के प्रति भी उदासीन बनी हुई है। जनजातीय छात्र पहली से पाँचवीं कक्षा तक अपनी मातृभाषा 'कोकबोरोक' में शिक्षा ग्रहण कर सकते हैं, किंतु छठी कक्षा से वे बंगाली भाषा में पढ़ाई करने के लिए बाध्य हैं। बस यहीं से उनके लिए समस्या पैदा हो जाती है। सरकार ने कोकबोरोक को कचरे में डालने का काम किया है। कांग्रेस ने केंद्र से माँग की थी टी.डी.सी. को प्रत्यक्ष रूप से वित्तपोषित किया जाए, किंतु माणिक सरकार ने इसका पुरजोर विरोध किया।

अनुसूचित जाति की उपेक्षा

अनुसूचित जातियों के लिए भी हालात कुछ अलग नहीं हैं। राज्य में 17 प्रतिशत लोग अनुसूचित जाति से संबंध रखते हैं। राज्य के 298 गाँव अनुसूचित जाति बहुल हैं। सरकार की कृपा के चलते ये गाँव विकास से कोसों दूर हो गए हैं। गरीबी-रेखा से नीचे रहनेवाले हजारों परिवार नारकीय जीवन जीने को मजबूर हैं। ज्यादातर लोगों के सिर पर न तो छत है, न नौकरी है और न ही जमीन है। केंद्र सरकार द्वारा बनाई गई कल्याणकारी योजनाओं से भी वे अनभिज्ञ हैं। ऐसा लगता है कि राज्य सरकार खुद चाहती है कि ये लोग गरीबी में ही जिएँ। अनुसूचित जनजाति के बराबर ही (17 प्रतिशत) अनुसूचित जाति की जनसंख्या भी है, किंतु इनके लिए बजट में कोई प्रावधान नहीं है। बजट में इनके लिए मुश्किल से 5-6 प्रतिशत का ही आवंटन किया जाता है।

इस समुदाय में बेरोजगारी लगातार बढ़ती जा रही है। सरकारी नौकरियों में अनुसूचित जाति के लिए आरक्षित पद बमुश्किल ही भर पाते हैं।

सी.पी.आई. (एम) सरकार केवल इन लोगों का रोजगार और विकास से दूर रखने भर का पाप नहीं कर रही है। वास्तव में राज्य सरकार द्वारा ऐसे लोगों को जाति प्रमाण-पत्र जारी कराए जा रहे हैं, जो वास्तव में एस.सी. या एस.टी. हैं ही नहीं। साल 2008 में वामदल के सहयोगी दल आर.एस. पी. से चुनाव लड़ने वाले विधायक पार्था दास ने चुनाव आयोग में दिए अपने हलफनामें में फर्जी जाति प्रमाण-पत्र जमा कराया था। क्योंकि उनकी सीट अनुसूचित जाति के उम्मीदवार के लिए आरक्षित हो गई थी, इसलिए उन्होंने अपना फर्जी जाति प्रमाण-पत्र ही बनवा लिया। इससे पहले वे फर्जी प्रमाण-पत्र के आधार पर सरकारी नौकरी भी हासिल कर चुके हैं। जब ये चीजें सामने आ गईं, तब मजबूरन उन्हें नौकरी से त्याग-पत्र देना पड़ा। यह जानने के बाद भी कि पार्था का जाति प्रमाण-पत्र फर्जी है, माणिक सरकार के आशीर्वाद से वे अभी तक विधायक बने बैठे हैं।

अनुसूचित जाति के लोगों को एक ओर उनके अधिकारों से वंचित रखा जा रहा है, जबकि दूसरी ओर झूठे लोगों को सरकारी योजनाओं से लाभान्वित किया जा रहा है। साल 1993 के विधानसभा चुनाव से पहले सी.पी.आई. (एम) ने राज्य के शिक्षण संस्थानों में ओ.बी.सी. छात्रों के लिए 35 प्रतिशत आरक्षण (जो वास्तव में अनुमानित आँकड़े से काफी अधिक है) लागू करने का वादा किया था। किंतु चुनाव खत्म होने के बाद वे अपना वादा भूल गए। 19 साल के अपने शासनकाल में सी.पी.आई. (एम) सरकार को कभी अपना वादा याद नहीं आया। इसी बीच कई अन्य राज्यों ने ओ.बी.सी. उम्मीदवारों को आरक्षण देकर उन्हें न्याय दिया है। भाजपा शासित राज्यों में अल्पसंख्यकों के साथ अन्याय का विलाप करने का कोई मौका न छोड़ने वाली सी.पी.आई. (एम) सरकार के शासन में अल्पसंख्यकों का यह हाल है।

कोई भी जाति हो या कोई भी समुदाय, त्रिपुरा में कोई व्यक्ति तब तक सुखी नहीं रह सकता, जब तक उसका सी.पी.आई. (एम) या वामदलों से संबंध न हो।

कृषि कार्य, रोजगार, शिक्षा, स्वास्थ्य सुविधाओं की भारी कमी और अपर्याप्त भोजन त्रिपुरा की कड़वी सच्चाई है। लोगों को अब एक बदलाव की आवश्यकता है। त्रिपुरा के लोग अब ऐसी सरकार चाहते हैं, जो उनकी पीड़ा को समझती हो।

□

अध्याय-22

फुस्स हुआ तृणमूल कांग्रेस का गुब्बारा

बांग्लाभाषी लोगों की लगभग बराबर संख्या के कारण पश्चिम बंगाल और त्रिपुरा को जुड़वाँ राज्य कहा जा सकता है। दोनों ही राज्य एक सांस्कृतिक डोर में बँधे हैं। दोनों ही राज्यों में दुर्गापूजा धूमधाम से मनाई जाती है। माछेर झोल और मिष्ठी समान रूप से यहाँ के प्रमुख व्यंजन हैं। लेकिन बांग्ला दोनों पर हावी है। ऐसा कहा जाता था कि तृणमूल कांग्रेस त्रिपुरा में सी.पी.आई. (एम) को कड़ी टक्कर देगी। लेकिन मौजूदा हालात में ममता बनर्जी के प्रयासों को देखकर लगता है कि टी.एम.सी. त्रिपुरा में सी.पी.आई. (एम) की 'बी' टीम के तौर पर काम कर रही है। इसलिए राज्य की तृणमूल इकाई ने सर्वसम्मति से भाजपा में विलय करने का निर्णय लिया है।

वामपंथी दलों ने त्रिपुरा और पश्चिम बंगाल में लंबे समय तक शासन किया है। तृणमूल कांग्रेस ने वाम दलों की 34 साल की संप्रभुता को खत्म किया था। ऐसा लगने लगा था कि त्रिपुरा में भी ममता कुछ ऐसा ही कर दिखाएँगी। अगस्त 2016 में ममता ने राजधानी अगरतला में एक विशाल रैली का आयोजन किया, जिसमें लगभग 15 से 20 हजार लोगों ने हिस्सा लिया। रैली में त्रिपुरा से सी.पी.आई. (एम) शासन को उखाड़ फेंकने का प्रस्ताव पारित हुआ। ममता ने त्रिपुरा की सत्ता से सी.पी.आई. (एम) को बाहर करने की बड़ी उम्मीद पैदा कर दी, लेकिन चुनाव परिणाम आने पर ममता से बनी सारी उम्मीदें हवा हो गईं।

एक समय था, जब ममता और वामदल एक-दूसरे के कट्टर प्रतिद्वंद्वी

हुआ करते थे, किंतु यह अब इतिहास बन चुका है। कहते हैं कि राजनीति में न तो कोई स्थायी दोस्त होता है और न ही दुश्मन। केंद्र में नरेंद्र मोदी की सरकार बनने के साथ ही देश में नए राजनीतिक समीकरण बनने शुरू हो गए थे। राइट विंग और लेफ्ट विंग दोनों ही जहाँ भी संभव हो, गैर-कांग्रेसी सरकार बनाने के प्रयास करते रहते थे। लेकिन अब भारतीय राजनीति नरेंद्र मोदी के इर्द-गिर्द घूमती है और त्रिपुरा इसमें एक अपवाद नहीं है।

त्रिपुरा विधानसभा में 60 विधायकों में से 10 कांग्रेस के थे। लेकिन कुछ कारणों से उनमें से छह दोषपूर्ण निकले और एक विधायक को सी.पी.आई. (एम) ने इस्तीफा देने के लिए मजबूर कर दिया। उन्हें आनेवाले चुनावों में टिकट देने का आश्वासन दिया गया। इस काररवाई को 'घर वापसी' के तौर पर देखा गया, क्योंकि मूल रूप से वे विधायक वामपंथी थे। बाकी बचे विधायकों ने तृणमूल कांग्रेस का हाथ थाम लिया।

सुदीप रॉय बर्मन टी.एम.सी. के 'गुट नेता' हैं। कांग्रेस पार्टी में हुए विभाजन को दल-बदल विरोधी कानून के तहत अमान्य करार देते हुए विधानसभा अध्यक्ष ने उन पर काररवाई न करने का आश्वासन दिया। यह आश्वासन ध्यान देने योग्य था। वही दोषमुक्त हुए विधायकों ने भाजपा की जगह टी.एम.सी. में जाने का निर्णय लिया।

नोटबंदी के खिलाफ टी.एम.सी. का हल्ला बोल

8 नवंबर, 2016 को केंद्र सरकार ने बाजार में मौजूद 500 और 1000 के सभी पुराने नोटों को चलन से बाहर करने की घोषणा की। इसका उद्देश्य कालेधन और जाली मुद्रा की आपूर्ति को रोकना था। इस घोषणा को हालाँकि बहुत प्रशंसा भी मिली, लेकिन आर्थिक मोर्चे पर बुरी तरह प्रभावित हुए राजनीतिक दलों ने इसकी तीव्र आलोचना की। इस फैसले के विरोध में ममता बनर्जी ने अग्रणी की भूमिका निभाई। कोलकाता से लेकर दिल्ली तक ममता बनर्जी ने नोटबंदी के फैसले का पुरजोर विरोध किया। ममता ने कांग्रेस और वामपंथी दलों से साथ आकर नोटबंदी के फैसले का विरोध करने का आह्वान किया। तभी से यह साफ हो गया था कि वे त्रिपुरा में सी.पी.आई. (एम) के खिलाफ नहीं

लड़ेंगी। एक लंबे समय से ममता बनर्जी सी.पी.आई. (एम) की कट्टर प्रतिद्वंद्वी रही हैं, किंतु लोगों को अब यह समझ आने लगा है कि उनकी लड़ाई वाम दलों से नहीं बल्कि नरेंद्र मोदी से है।

वे समझ गई हैं कि त्रिपुरा में भाजपा को टक्कर देने के लिए उन्हें सी.पी. आई. (एम) से हाथ मिलाना ही पड़ेगा। वास्तव में इसके कारण तृणमूल कांग्रेस द्वारा त्रिपुरा से सी.पी.आई. (एम) को उखाड़ फेंकने के गुब्बारे की हवा निकल चुकी है।

टी.एम.सी. से मिल रहे समर्थन को और मजबूत करने के लिए सी.पी. आई. (एम) सांसद जितेंद्र प्रसाद ने एक स्थानीय टी.वी. चैनल को दिए इंटरव्यू में एक वैकल्पिक राजनीतिक मंच प्रदान करने के लिए गैर-भाजपा दलों से एक साथ आने की अपील की।

मोदी सूनामी

उत्तर प्रदेश, उत्तराखंड, पंजाब, गोवा और मणिपुर के विधानसभा चुनावों को चुनाव विश्लेषक 'मिनी लोकसभा' के तौर पर देख रहे थे। पाँच राज्यों के विधानसभा चुनावों से यह साफ हो गया था कि मोदी लहर का असर अभी बाकी है। राज्यसभा में अल्पमत में बैठी भाजपा को इन पाँच राज्यों के नतीजों से बड़ा लाभ हुआ। इसका लाभ भाजपा को राष्ट्रपति चुनाव में भी हुआ। विपक्ष 2019 में भाजपा को हराने की सारी उम्मीदें खो चुका है। इन चुनाव परिणामों के बाद जहाँ भाजपा कार्यकर्ताओं का जोश सातवें आसमान पर है, वहीं विपक्ष माथा पकड़े बैठा है।

देश के दूरस्थ हिस्से का एक छोटा राज्य होने के बावजूद त्रिपुरा को देश के राष्ट्रीय मंच पर चल रहे राजनीतिक घटनाक्रमों से अलग नहीं किया जा सकता। राज्य में भाजपा के जीत की ओर बढ़ते कदमों को देखकर टी.एम.सी. और माकपा ने भाजपा कार्यकर्ताओं को हानि पहुँचाना शुरू कर दिया है। भाजपा उपाध्यक्ष सुबल भौमिक पर माकपा कार्यकर्ताओं द्वारा उस समय हमला किया गया, जब वे अपने कुछ साथियों के साथ कहीं जा रहे थे। भाजपा ने इस हमले के पीछे उत्तर प्रदेश में भाजपा को मिली भारी जीत से गुस्साई सत्ताधारी सी.पी.

आई. (एम) और टी.एम.सी. का हाथ बताया। भाजपा ने इस मामले में पुलिस प्रशासन की चुप्पी पर भी सवाल उठाया। विरोध कर रहे भाजपा कार्यकर्ताओं ने पश्चिमी अगरतला के पुलिस अधीक्षक अभिजीत सप्तर्षि पर लाठीचार्ज करवाने का आरोप भी लगाया।

विरोध की आदी तृणमूल कांग्रेस

यह अप्रत्याशित था कि सी.पी.आई. (एम) ने टी.एम.सी. का भी विरोध किया था। भाजपा को मिले अपार जनसमर्थन के कारण तृणमूल कांग्रेस के सुदीप रॉय बर्मन ने अपनी बुद्धि खो दी। सी.पी.आई. (एम) ऐसे किसी अवसर की तलाश में थी, जब टी.एम.सी. और भाजपा दोनों एक-दूसरे से भिड़ेंगे और पूरी मीडिया का ध्यान उन से हटकर इन दोनों दलों पर स्थानांतरित हो जाएगा। टी.एम.सी. और सी.पी.आई. (एम) दोनों ही राज्य में भाजपा के प्रभाव से सन्न रह गए हैं। दोनों दल इस बात को लेकर चिंतित हैं कि यदि मोदी लहर ने त्रिपुरा में अपना असर दिखा दिया तो वे इससे कैसे निबटेंगे, लेकिन तृणमूल कांग्रेस के ज्यादातर विधायक चाहते हैं कि त्रिपुरा में सी.पी.आई. (एम) की जाँच कराई जाए। विशेष बात यह है कि कांग्रेस से टी.एम.सी. में शामिल हुए छह विधायकों को अभी भी बाहरी माना जाता है। टी.एम.सी. कार्यकर्ता अभी भी उन छह विधायकों को अपना नहीं पाए हैं। हालाँकि यह होना स्पष्ट था। भाजपा से टक्कर की तैयारी में लगे सुब्रतो रॉय बर्मन, कई विधायकों द्वारा विरोध किए जाने के बाद अकेले पड़ गए। इसी मुद्दे को लेकर तृणमूल कांग्रेस अलग हो गई।

भाजपा का रुख करते तृणमूल कार्यकर्ता

टी.एम.सी. के दो शीर्ष नेता सुरजीत दत्ता और टी.एम.सी. क्षेत्रीय समन्वय समिति के अध्यक्ष रतन चक्रवर्ती तृणमूल कांग्रेस के 1000 से ज्यादा कार्यकर्ताओं के साथ भाजपा में शामिल हो गए। चक्रवर्ती कांग्रेस सरकार में मंत्री भी रह चुके हैं। रेल राज्यमंत्री राजेंद्र गोहेन और त्रिपुरा भाजपा अध्यक्ष बिप्लब देव की मौजूदगी में इन कार्यकर्ताओं का भाजपा में स्वागत किया गया। पार्टी नेताओं ने उस दिन चक्रवर्ती के हाथ में भगवा झंडा थमा दिया। यह घटना राष्ट्रीय मीडिया

में चर्चा का विषय बन गई। इसके बाद टी.एम.सी. के कई नेता और कार्यकर्ता भाजपा में शामिल हुए। तृणमूल कांग्रेस त्रिपुरा में अब केवल एक कंकाल भर रह गई। हालाँकि यह तृणमूल के लिए बड़ा झटका था, किंतु इससे सी.पी.आई. (एम) सकते में आ गई। राज्य में सी.पी.आई. (एम), भाजपा और टी.एम.सी. का त्रिकोणीय मुकाबला बनाने का माकपा का सपना धरा का धरा रह गया। टी.एम.सी. के कई नेता भाजपा के संपर्क में हैं, जिनमें के कई कांग्रेस कार्यकर्ता हैं। इनमें से कई नेता दल बदलना नहीं चाह रहे हैं, क्योंकि उन्हें लगता है कि इससे उनकी सौदेबाजी की ताकत कम हो जाएगी। बाकी बचे जानते हैं, उन्हें भाजपा में प्रवेश नहीं मिलेगा, क्योंकि वे निष्क्रिय हैं।

चिट फंड घोटाले

रोज वैली समूह की कंपनियों, सारदा समूह और कई अन्य चिट फंड कंपनियों द्वारा ग्राहकों के हजारों करोड़ रुपए का घोटाला किया गया। खुद माणिक सरकार ने ही कोलकाता की एक चिट फंड कंपनी रोज वैली के रोज वैली पार्क का उद्घाटन किया था। लोगों को जब पता चला कि उन्हें ठग लिया गया है, तब उन्होंने विरोध प्रदर्शन कर कंपनियों की जाँच की माँग की।

जाँच रिपोर्ट में घोटाले में कई तृणमूल नेताओं की संलिप्तता का खुलासा हुआ। रोज वैली चिट फंड घोटाले में टी.एम.सी. सांसद तापस पाल को जेल हुई। सी.बी.आई. पूछताछ के बाद टी.एम.सी. सांसद सुदीप बांदोपाध्याय की भी गिरफ्तारी हुई।

सारदा घोटाले में सी.बी.आई. जाँच की आँच पश्चिम बंगाल की मुख्यमंत्री ममता बनर्जी तक पहुँच गई है। चिट फंड कंपनी की प्रमोटर सुदिप्ता सेन द्वारा ममता बनर्जी द्वारा बनाई पेंटिंग को 1.8 करोड़ रुपए में खरीदने के सिलसिले में पूछताछ के बाद वे आयकर विभाग के रडार पर आ गई हैं।

रोज वैली घोटाले में न केवल पश्चिम बंगाल बल्कि त्रिपुरा के निवेशकों के पैसों को भी डकार लिया गया। फर्क सिर्फ इतना था कि पश्चिम बंगाल में टी.एम.सी. नेता और त्रिपुरा में माकपा नेता इस घोटाले में शामिल रहे।

मुख्यमंत्री माणिक सरकार ने रोज वैली पार्क का उद्घाटन किया और चिट

फंड कंपनियों द्वारा आयोजित कई कार्यक्रमों में भी भाग लिया। राजस्व मंत्री बादल चौधरी ने स्वीकार किया कि वे 1998 से चिट फंड कंपनियों के बारे में जानते थे। सरकार के आशीर्वाद के चलते रोज वैली को कौड़ियों के भाव पर जमीन आवंटित की गई। जमीन घोटाले का खुलासा होने पर राज्य सरकार ने मामले पर परदा डालने की कोशिश की।

त्रिपुरा बनेगा उत्तर प्रदेश

सारदा और रोज वैली में माणिक सरकार और ममता बनर्जी की कथित संलिप्तता उन्हें परेशानी में डाल सकती है। ममता और माणिक सरकार दोनों की सी.बी.आई. जाँच के घेरे में हैं। महत्त्वपूर्ण बात यह है कि सी.पी.आई. (एम) भाजपा से घबराई हुई है। विधानसभा में एक भी विधायक न होने के बावजूद, भाजपा त्रिपुरा में जीत की ओर अग्रसर है। जबकि तृणमूल कांग्रेस के त्रिपुरा विधानसभा में छह विधायक हैं। सी.पी.आई. (एम) और टी.एम.सी. अच्छी तरह जानते हैं कि भाजपा की सटीक रणनीति उत्तर प्रदेश की तरह विरोधियों का यहाँ भी आसानी से सफाया कर सकती है।

वे यह भी जानते हैं कि मोदी और शाह के सफल संयोजन वाली अजेय जोड़ी से पार पाने के लिए उन्हें एड़ी-चोटी का जोर लगाना होगा। दोनों के ही पास मोदी के कद का ऐसा कोई नेता नहीं है, जो राज्य में भाजपा को टक्कर दे सके। सारदा और नारदा घोटाले के कारण टी.एम.सी. कार्यकर्ताओं का ममता पर से विश्वास कम हुआ है। राज्य सरकार के विरुद्ध चल रही हवा को देखते हुए खुद ममता बनर्जी त्रिपुरा में सी.पी.आई. (एम) के साथ चलने का जोखिम उठाने से बचने के बारे में सोच रही हैं, किंतु हो सकता है 'मोदी का खौफ' दोनों को साथ ले आए।

खौफजदा ममता दीदी

सी.पी.आई. (एम) ममता के मोदी-खौफ से अवगत है, उन्हें लगने लगा है कि दोनों दलों के साथ आने की सूरत में ही भाजपा को 'त्रिपुरा फतह' से रोका जा सकता है। वामपंथियों का एक अनुमान यह भी है कि भाजपा-टी.एम.सी.

की लड़ाई उन्हें दोबारा सत्ता में लाने में मददगार साबित हो सकती है। वामदल टी.एम.सी. को अपनी 'बी' टीम बनाना चाहते थे, ताकि भाजपा के वोटों का विभाजन हो सके। खासकर उन इलाकों में जहाँ वोटों की छोटी सी बढ़ोतरी ही जीत और हार की निर्णायक साबित होती है। मगर भाजपा में शामिल हुए तृणमूल कार्यकर्ताओं ने सी.पी.आई. (एम) के सपने को चूर-चूर कर दिया।

□

अध्याय-23

त्रिपुरा में मोदी लहर

2018 के विधानसभा चुनावों में मोदी का जादू महत्त्वपूर्ण कारक साबित होगा। यह मोदी के जादू का ही करिश्मा है कि राज्य में भाजपा की वोट में हिस्सेदारी डेढ़ प्रतिशत से बढ़कर 35 प्रतिशत पर पहुँच गई। आनेवाले समय में यह स्पष्ट हो जाएगा कि लंबे समय से टिका सी.पी.आई. (एम) का किला मोदी लहर में कैसे उड़ता है। फिलहाल भाजपा इस आँधी को वोटों में तब्दील करने की रणनीति पर काम कर रही है। इसलिए भाजपा बूथ स्तर तक जाकर खुद को मजबूत करने की कवायद में जुटी है।

शहरों और गाँवों में मोदी लहर का असर आसानी से देखा जा सकता है। शहीद चाँदमोहन रथ हो या भगवा वस्त्र पहने युवाओं की बाइक रैली, त्रिपुरा में प्रधानमंत्री मोदी की लहर रचने-बसने लगी है। पार्टी कार्यालय लोगों से जुड़ने में व्यस्त है और छोटे-छोटे समूह बनाकर भाजपा के समर्थन में रैली करती उत्साही भीड़ निश्चित रूप से पार्टी की जीत की आशा पैदा कर रही है।

त्रिपुरा के लोगों में लंबे समय तक राज करनेवाली सी.पी.आई. (एम) सरकार के प्रति गुस्सा तो था, किंतु उनके पास कोई विकल्प भी नहीं था। लोगों से ई.वी.एम. या बैलेट पेपर द्वारा अपना गुस्सा निकालने का अधिकार भी छीन लिया गया था। यही मुख्य कारण था कि दशकों बाद भी त्रिपुरा की सरकार में कोई बदलाव नहीं हो पाया। लोगों को एक ऐसे मजबूत विकल्प की आवश्यकता थी, जो सी.पी.आई. (एम) को पटखनी दे सके। भाजपा के

रूप में लोगों को यह विकल्प मिला है। न केवल शहर बल्कि दुर्गम जनजातीय बहुल इलाके के लोग भी राज्य में संभावित परिवर्तन की आशा कर रहे हैं। वे सी.पी.आई. (एम) की तानाशाही को दरकिनार कर सरकार को चुनौती देने के लिए तैयार हैं।

मोदी फैक्टर का असर

यहाँ कुछ आँकड़े हैं, जो मोदी फैक्टर का असर साबित करते हैं। 2013 के विधानसभा चुनाव तक त्रिपुरा में भाजपा का वोट प्रतिशत केवल 1.54 प्रतिशत था। साल 2014 के आम चुनाव में भले ही कम्युनिस्ट पार्टी का राज्य में बोलबाला रहा, लेकिन यहाँ की पाँच सीटों पर भाजपा दूसरे स्थान पर रही। भाजपा का वोट प्रतिशत भी बढ़कर 8 प्रतिशत हो गया, जो कि कांग्रेस से अधिक था। भाजपा के लिए यह कोई छोटी उपलब्धि नहीं थी। भाजपा के बढ़ते कदमों का पहला संकेत 2015 में हुए त्रिपुरा जनजातीय क्षेत्र स्वायत्त जिला परिषद् के चुनावों में देखने को मिला। भाजपा की लहर में पहली बार वाम दलों का वोट प्रतिशत 50 प्रतिशत से कम रहा। वाम दलों के वोट प्रतिशत में 10 प्रतिशत की कमी आई थी। पिछले 20 सालों में यह पहला मौका था, जब वामपंथी वोट प्रतिशत गिरा था। मोदी के करिश्मे ने यह पहला 'आदाब अर्ज' किया था। भगवा दल ने निश्चित रूप से शहरी त्रिपुरा में बड़ा गतिरोध पैदा कर दिया था। ग्रामीण क्षेत्रों में भी भाजपा को 142 पंचायत सदस्य मिले और पाँच पंचायतों पर पार्टी ने कब्जा कर लिया।

हालाँकि वाम मोर्चा ने इन चुनावों में विशाल जीत दर्ज की। इन चुनावों में सी.पी.आई. (एम) की जीत तो तय ही थी, लेकिन भाजपा के प्रदर्शन ने सबको चौंका दिया, क्योंकि पिछले चुनावों में भाजपा की जमानत जब्त हो जाया करती थी। नतीजे बताते हैं कि कांग्रेस के वोट बैंक ने बड़ी संख्या में भाजपा का रुख कर लिया है। सी.पी.आई. (एम) ने 27 जून 2015 में प्रतापगढ़ और सुरमा विधानसभा सीट पर हुए उपचुनाव में जीत दोहराई। जबकि वोट में भाजपा की हिस्सेदारी बढ़कर 20 प्रतिशत पर पहुँच गई।

प्रतापगढ़ में सी.पी.आई. (एम) के रामू दास ने भाजपा की मौशमी

दास को 17 हजार 326 वोटों के अंतर से हराया। जबकि 2013 में कुछ मात्र सौ वोटों से हारने वाले कांग्रेस के रंजीत दास को 5127 वोट ही मिल पाए। सुरमा विधानसभा सीट पर सी.पी.आई. (एम) की अंजना दास ने भाजपा के उम्मीदवार को 15,309 वोटों से पटखनी दी। वहीं कांग्रेस उम्मीदवार को मात्र 2,528 वोटों से ही संतोष करना पड़ा था। भाजपा की मजबूती का परिणाम यह रहा कि अन्य दलों के कई उम्मीदवार अपनी जमानत भी नहीं बचा पाए। राज्य में भाजपा दूसरे नंबर की पार्टी बनकर उभरी है।

साल 2013 में प्रतापगढ़ विधानसभा सीट पर भाजपा को केवल एक प्रतिशत वोट मिले थे, जो अब बढ़कर 20 प्रतिशत हो गए हैं। जबकि सुरमा विधानसभा सीट पर वोटों में भाजपा की हिस्सेदारी 18 प्रतिशत हो गई। इससे पहले वाम मोर्चा पहले स्थान, कांग्रेस दूसरे तृणमूल कांग्रेस तीसरे और भाजपा चौथे स्थान पर थी। लेकिन अब भाजपा दूसरे स्थान पर है।

कुल मिलाकर 20 नगर निकायों की 310 सीटों पर चुनाव हुए, जिनमें वाम मोर्चा ने 291, कांग्रेस ने 13, निर्दलीय उम्मीदवारों द्वारा 2 और भाजपा द्वारा चार सीटों पर जीत हासिल की गई। यह पहली बार था, जब भाजपा ने निकाय चुनावों में जीत दर्ज की थी।

सात साल की बच्ची के बलात्कार के मामले में दोषी माकपा विधायक मनोरंजन आचार्य द्वारा इस्तीफा देने के बाद फरवरी 2016 में अमरपुर विधानसभा क्षेत्र में हुए उप-चुनाव में सी.पी.आई. (एम) ने अपना प्रभुत्व कायम रखा। हालाँकि जीत सी.पी.आई. (एम) उम्मीदवार की हुई, लेकिन भाजपा ने अप्रत्याशित 30 प्रतिशत वोट पर कब्जा किया। माकपा के परिमल देबनाथ ने भाजपा के रणजीत दास को 10,597 वोटों के अंतर से हराया। सी.पी.आई. (एम) को 20,355 तो भाजपा को 9,758 वोट मिले। वहीं कांग्रेस के चंचल डे को मात्र 1,231 वोट ही मिल पाए।

भाजपा का बढ़ता जनाधार

बरजला विधानसभा क्षेत्र में कांग्रेस विधायक जितेंद्र सरकार द्वारा इस्तीफा देने के बाद हुए उपचुनाव में भाजपा ने भारी बढ़त हासिल की। 2013 में

यहाँ भाजपा की हिस्सेदारी 511 से बढ़कर 12,395 पर पहुँच गई। कांग्रेस उम्मीदवार को मात्र 804 वोट मिले। वह अपनी जमानत भी नहीं बचा पाया। 15,769 वोट हासिल कर हालाँकि यहाँ भी जीत माकपा उम्मीदवार ने ही दर्ज की। यह जाहिर है कि भाजपा के बढ़ते वोट बैंक ने माकपा कार्यालय में खतरे की घंटी बजा दी है।

भाजपा और वामदलों के बीच उल्लेखनीय रूप से वोट प्रतिशत का अंतर कम हुआ है। मोदी लहर और कार्यकर्ताओं के कठोर परिश्रम ने लोगों की उम्मीदों को वोट में तब्दील करने का काम किया है। सी.पी.आई. (एम) अब यह समझ चुकी है कि भाजपा को मिली जीत किसी जादू की छड़ी से नहीं, बल्कि मोदी लहर के साथ-साथ जमीनी स्तर पर पसीना बहा रहे उसके कार्यकर्ताओं की कड़ी मेहनत का नतीजा है। बरजाला चुनाव परिणाम ने यह साबित कर दिया कि त्रिपुरा में होनेवाली लड़ाई अब भाजपा बनाम माकपा होगी। तृणमूल कांग्रेस के कई कार्यकर्ता भाजपा में आने की तैयारी में लगे हैं।

खोवाई निर्वाचन क्षेत्र में, सी.पी.आई. (एम) के उम्मीदवार बिश्वजीत दत्ता ने अपने निकटतम उम्मीदवार टी.एम.सी. के मनोज दास को 16,047 मतों से हराया था। सी.पी.आई. (एम) ने 24810 वोट और टी.एम.सी. ने 8763 मत हासिल किए, जबकि कांग्रेस के उम्मीदवार की जमानत जब्त हो गई थी। सी.पी.आई. (एम) के एक अनुभवी नेता और विधायक समीर देब सरकार की मृत्यु के कारण रिक्त हुई सीट पर यहाँ उपचुनाव हुए थे।

तृणमूल कांग्रेस के मनोज दास का दूसरे विपक्षी दलों के मुकाबले दोनों निर्वाचन क्षेत्रों में मजबूत आधार था। भाजपा के उम्मीदवार को भले ही 2528 वोट मिले हों, लेकिन यह ध्यान रखना चाहिए कि 2013 में पार्टी को केवल 211 वोट ही मिले थे। 2017 में मनोज दास भाजपा के साथ जुड़ गए। बरजाला उप-चुनाव भाजपा की प्रतिष्ठा का सवाल था। घर-घर जाकर प्रचार, नुक्कड़ सभाएँ, जुलूस भाजपा ने यह सीट जीतने के लिए कोई कोर-कसर नहीं छोड़ी। सी.पी.आई. (एम) के लिए लड़ाई आसान नहीं होगी, ये उन्हें समझ आ गया था। हालाँकि सी.पी.आई. (एम) उम्मीदवार झूमू सरकार ने 15,769 वोट हासिल किए, लेकिन भाजपा उम्मीदवार भी 12,395 वोट पाने

में कामयाब रहा। ये सी.पी.आई. (एम) के लिए पैरों तले जमीन खिसकने जैसा था। भाजपा उम्मीदवार सृष्टिमोहन दास मात्र 3,374 वोटों से चूक गए।

इस नतीजे से यह बात तो तय हो गई कि 2018 के विधानसभा चुनाव में सी.पी.आई. (एम) और भाजपा के बीच दिलचस्प मुकाबला होनेवाला है। मीडिया भी मतदाताओं का रुख और दोनों दलों के बीच के मुकाबले का विश्लेषण करने के लिए उत्सुक है।

सत्तारूढ़ दल ने मतदाता सूची में गड़बड़ी, मतदाताओं को डराना और सरकारी तंत्र का गलत इस्तेमाल करने जैसे विभिन्न कुचक्र चलाकर चुनाव जीता। बरजाला उपचुनाव में 35 प्रतिशत वोट पर कब्जा जमाने के लिए प्रधानमंत्री नरेंद्र मोदी ने राज्य इकाई के पार्टी कार्यकर्ताओं को बधाई दी थी।

कार्यकर्ताओं का भाजपा में पलायन

बरजाला उपचुनाव में मतदाताओं का रुझान भाजपा के प्रति होने के बाद अन्य दलों के कार्यकर्ताओं और नेताओं का झुकाव भाजपा की ओर बढ़ा। नियमित तौर पर भाजपा में प्रवेश के कार्यक्रम आयोजित होने लगे। अगरतला बाजार, कैलाश शहर और धर्मनगर में कांग्रेस, टी.एम.सी. और सी.पी.आई. (एम) के कई कार्यकर्ताओं ने भाजपा में प्रवेश लिया। भाजपा में प्रवेश के उत्सुक लोगों की संख्या बढ़ने के साथ ही ऐसे प्रवेश कार्यक्रमों की संख्या भी लगातार बढ़ने लगी। एक ओर भाजपा प्रदेश अध्यक्ष बिप्लब देब तो दूसरी ओर भाजपा त्रिपुरा प्रभारी सुनील देवधर ने नए कार्यकर्ताओं के स्वागत की जिम्मेदारी सँभाली।

यद्यपि पार्टी अच्छा प्रदर्शन कर रही है, प्रधानमंत्री मोदी राज्य में पार्टी की प्रसार की गतिविधियों पर पैनी नजर रखे हुए हैं। यह प्रधानमंत्री के व्यक्तिगत रुचि का ही उदाहरण था कि बारिश से तबाह हो चुके त्रिपुरा को जोड़ने वाले राष्ट्रीय राजमार्ग 208 (ए) के मामले में उन्होंने स्वयं हस्तक्षेप किया। एक प्रशासनिक अधिकारी से निजी तौर पर बात कर और राजमार्ग की मरम्मत के लिए आवश्यक राशि को मंजूरी दी।

उत्तरी त्रिपुरा में तैनात एक आई.ए.एस. अधिकारी को 21 जुलाई की

रात 10 बजे एक फोन कॉल आता है। इतनी रात में आए फोन कॉल से अधिकारी को भी थोड़ी हैरानी हुई। दूसरी ओर से आनेवाली आवाज ने पहले तो देर रात कॉल करने के लिए अधिकारी से क्षमा माँगी उसके बाद पूछा कि क्या उनके पास कुछ समय है, क्योंकि प्रधानमंत्री नरेंद्र मोदी उनसे बात करना चाहते हैं। कॉल ट्रांसफर की गई और बातचीत की शुरुआत करते हुए स्वयं पी.एम. मोदी ने भी असुविधा पैदा करने के लिए आई.ए.एस. अधिकारी से निजी तौर पर माफी माँगी। फोन पर प्रधानमंत्री ने अधिकारी से कहा, "त्रिपुरा के हाईवे संख्या 208 को दुरुस्त करने में आपकी मदद की जरूरत है। असम और त्रिपुरा सरकार से इस मामले में बात हो गई है, आवश्यक सामान आप तक कल पहुँच जाएगा।" ऐसा कहकर मोदी ने फोन रख दिया। अगले दिन 8 जे.सी.बी. मशीन और आवश्यक सामग्री से भरे 360 ट्रक राष्ट्रीय राजमार्ग 208 की मरम्मत के लिए पहुँच गए। स्थानीय, राष्ट्रीय और सोशल मीडिया में यह किस्सा चर्चा का विषय रहा।

लंबी उदासीनता के कारण भारत के पूर्वोत्तर क्षेत्रों को उपेक्षा का सामना करना पड़ा है। इसका नतीजा यह रहा कि ये राज्य देश के अन्य भागों से दूर से होते चले गए। पूर्वोत्तर भारत के विकास के लिए साल 1991 में 'लुक ईस्ट पॉलिसी' तैयार की गई, किंतु इससे विकास में पिछड़ चुके पूर्वोत्तर को कोई लाभ नहीं हुआ। इस लक्ष्य को पाने के लिए मोदी सरकार ने 'ऐक्ट ईस्ट पॉलिसी' की शुरुआत की। यह भारत सरकार की पूर्वोत्तर के विकास के प्रति गंभीरता को प्रमाणित करती है। त्रिपुरा के राजमार्ग-208 वाला किस्सा इस गंभीरता का प्रमाण है।

केंद्र सरकार और त्रिपुरा का विकास

केंद्र सरकार और प्रधानमंत्री मोदी त्रिपुरा के विकास के लिए कड़ी मेहनत कर रहे हैं। केंद्रीय मंत्रियों को पूर्वोत्तर राज्यों का दौरा कर विकास कार्यों की समीक्षा के लिए कहा जा रहा है। हाल ही में राजीव प्रताप रुडी, धर्मेंद्र प्रधान, श्रीपद नाइक, सुरेश प्रभु और बाबुल सुप्रियो ने त्रिपुरा का दौरा किया। हाल ही में केंद्रीय स्वास्थ्य मंत्री जे.पी. नड्डा ने त्रिपुरा का दौरा किया था। पिछले

60 सालों में यह पहली बार था, जब कोई केंद्रीय स्वास्थ्य मंत्री त्रिपुरा का दौरा करने पहुँचा हो।

केंद्रीय सड़क और राजमार्ग एवं जहाजरानी मंत्री नितिन गडकरी व्यक्तिगत तौर पर त्रिपुरा में जर्जर राजमार्गों के सुधार कार्यों पर नजर बनाए हुए हैं। राष्ट्रीय राजमार्ग-44 समेत कई अन्य महत्त्वपूर्ण सड़कों की मरम्मत के लिए वे हजारों करोड़ रुपए जारी कर चुके हैं। त्रिपुरा में हो रहे विकास कार्य केंद्र सरकार की विकास की नीतियों के क्रियान्वयन का स्पष्ट परिणाम हैं। विकास कार्यों से लोग खुश हैं, लेकिन सी.पी.आई. (एम) गुस्से में है, क्योंकि उनके लिए यह हजम करना मुश्किल है। केंद्रीय मंत्रियों के कार्यक्रमों में भारी जनसैलाब आने से चिढ़ी सी.पी.आई. (एम) सरकार राज्य में प्रोटोकॉल के नियमों का पालन करना भी भूल गई है। केंद्र के कार्यक्रमों में राज्य सरकार के मंत्री अपनी उपस्थिति तक दर्ज नहीं कराते।

नवंबर 2016 में हुए 'कनेक्ट नॉर्थ-ईस्ट समिट' के दौरान सी.पी.आई. (एम) में भाजपा का खौफ साफ देखा जा सकता था।

त्रिपुरा सरकार के डोनेर मंत्रालय और नॉर्थईस्ट काउंसिल के साथ मिलकर फेडरेशन ऑफ इंडियन चैंबर ऑफ कॉमर्स ऐंड इंडस्ट्रीज (फिक्की) द्वारा यह समिट आयोजित किया गया। सितंबर 2016 में पाकिस्तान में हुए सर्जिकल स्ट्राइक के बाद यह पहला ऐसा शिखर सम्मेलन था, जिसमें नेपाल, बांग्लादेश और श्रीलंका आदि देशों से आए प्रतिनिधियों ने हिस्सा लिया था।

प्रोटोकॉल की अनदेखी कर मुख्यमंत्री माणिक सरकार ने अपने उद्घाटन भाषण में केंद्र सरकार की आलोचना की और त्रिपुरा समेत पूरे पूर्वोत्तर भारत की दारुण स्थिति के लिए केंद्र सरकार को जिम्मेदार ठहराया। उन्होंने दावा किया कि केंद्र द्वारा आवंटन के दोषपूर्ण मूल्यांकन के कारण त्रिपुरा को प्रतिवर्ष 1800 करोड़ रुपए का नुकसान हो रहा है। साथ ही उन्होंने कहा कि मोदी सरकार की अनुचित नीतियों के कारण पड़ोसी देशों के साथ भारत के संबंधों में खराबी आई है। मोदी की आलोचना करते हुए उन्होंने कहा कि पड़ोसी देशों तथा पूर्वोत्तर राज्यों के साथ मोदी बड़े भाई की तरह व्यवहार कर रहे हैं।

प्रोटोकॉल के मानदंडों के अनुसार एक मुख्यमंत्री अंतरराष्ट्रीय मामलों

पर सार्वजनिक रूप से नहीं बोल सकता। लेकिन भाजपा से घृणा में अंधे हो चुके मुख्यमंत्री ने प्रोटोकॉल के नियमों का भी लिहाज नहीं रखा।

केंद्र की सत्ता में आने के बाद दिसंबर 2014 में प्रधानमंत्री नरेंद्र मोदी ने पूर्वोत्तर राज्यों का दौरा किया। उन्होंने त्रिपुरा के गोमती जिले में ओ.एन. जी.सी. और त्रिपुरा पॉवर कंपनी के संयुक्त तत्त्वावधान में बने 726 मेगावाट की क्षमता वाली गैस आधारित ताप विद्युत् परियोजना का उद्घाटन किया था। एक चौंकाने वाला फैसला लेते हुए माणिक सरकार ने 'सुशासन' विषय पर राज्य मंत्रिमंडल को संबोधित करने के लिए प्रधानमंत्री मोदी को आमंत्रित किया। शायद उन्होंने सोचा होगा कि ऐसा कर वे प्रधानमंत्री की नजरों में चढ़ जाएँगे और मोदी सी.पी.आई. (एम) सरकार के पापों को अनदेखा कर देंगे। कांग्रेस के साथ उनके अनुभवों ने उन्हें सिखाया था कि केंद्र की 'गुड बुक्स' में किस तरह रहा जाता है।

लेकिन मोदी ने उनकी उम्मीदों पर पानी फेर दिया। कांग्रेसी परंपरा से इतर प्रधानमंत्री ने माकपा के स्थान पर राज्य के कल्याण को प्राथमिकता दी। मोदी की तुलना कांग्रेस से करना माणिक बाबू की चूक साबित हुई। जल्द ही उन्हें अपनी भूल का एहसास हो गया। वे समझ गए कि उनके पास ऐसा कोई मंत्र नहीं है, जिसका इस्तेमाल कर मोदी को वश में किया जा सके।

माणिक सरकार की भ्रष्ट और उदासीन सरकार के खिलाफ पुरजोर विरोध दर्ज कराते हुए भाजपा ने उनका अजेय होने का भ्रम भी मिट्टी में मिला दिया। जिसके फलस्वरूप माणिक सरकार ने मोदी की आलोचना शुरू कर दी, लेकिन यह आलोचना भी त्रिपुरा की जनता को प्रभावित न कर सकी। यहाँ मोदी का कद दिन-ब-दिन बढ़ने लगा।

हाल ही में माणिक सरकार ने शिकायत की कि केंद्र सरकार राज्य के विकास कार्यों और योजनाओं का समर्थन नहीं कर रही है। हैरानी की बात यह है कि इस दौरान उन्होंने सात दशकों तक देश पर शासन करनेवाली कांग्रेस का नाम तक नहीं लिया। उनका हर कार्यक्रम मोदी की आलोचना से ही शुरू होता है। हर संवाददाता सम्मेलन में सी.पी.आई. (एम) केंद्र सरकार पर सहयोग न देने का आरोप लगाती है।

पिछले कई दशकों से त्रिपुरा के विकास का मुद्दा राजनीतिक मंच के केंद्र पर आया है। विलुप्त होने के कगार पर खड़ी कांग्रेस आखिरी साँसें ले रही है। वामदलों में जहाँ खौफ का माहौल है, वहीं तृणमूल कांग्रेस पसोपेश में है। निसंदेह इसका श्रेय मोदी-फैक्टर को जाता है।

□

अध्याय-24

चार नेताओं के साक्षात्कार

डॉ. अशोक सिन्हा से बातचीत

चुनाव प्रणाली पर नियंत्रण

साल 2014 के लोकसभा चुनाव तक डॉ. अशोक सिन्हा त्रिपुरा प्रदेश कांग्रेस समिति (टी.पी.सी.सी.) के महासचिव और प्रवक्ता थे। वे कांग्रेस समन्वय समिति के सदस्य भी रहे। टी.पी.सी.सी. को करारा झटका देते हुए लंबे समय तक कांग्रेस में शामिल रहे सिन्हा ने भाजपा का हाथ थाम लिया।

सिन्हा एक पेशेवर चिकित्सक, लेखक और राजनीतिक विश्लेषक हैं। कांग्रेस के केंद्रीय नेतृत्व और सत्तारूढ़ सी.पी.आई. (एम) सरकार के बीच गुप्त समझौतों से नाराजगी के कारण उन्होंने कांग्रेस छोड़ने का निर्णय लिया।

यहाँ उनके साथ बातचीत के कुछ अंश दिए गए हैं, जो मुख्य रूप से त्रिपुरा में कांग्रेस, सत्तारूढ़ माकपा सरकार से पीड़ित जनता और वर्तमान राजनीतिक परिप्रेक्ष्य पर केंद्रित हैं।

प्रश्न : त्रिपुरा में कभी बेहद मजबूत रही कांग्रेस आज अपने उम्मीदवारों की जमानत बचाने की जद्दोजहद में लगी है। आप इस पतन को कैसे देखते हैं?

उत्तर : प्रारंभ में त्रिपुरा को कई स्वतंत्रता सेनानियों का गतिशील नेतृत्व

प्राप्त हुआ। जब यह केंद्र शासित प्रदेश था, तब सचिंद्रलाल सिंह यहाँ के मुख्यमंत्री थे। मूल रूप से वे बिहार से थे, किंतु लगभग 100 साल पहले उनके पूर्वज त्रिपुरा आकर बस गए थे। वे एक जमीन से जुड़े व्यक्ति थे, जिनका कार्यकर्ताओं के साथ अच्छा तालमेल था। वे सभी लोगों की बात सुना करते थे, विशेषकर वरिष्ठ और बुजुर्ग लोगों की।

1972 में त्रिपुरा राज्य के गठन के बाद, कांग्रेस के सुखोमय सेनगुप्ता पहले मुख्यमंत्री बने। लेकिन 1988 में जब चुनाव हुए, तब सत्ता हासिल करने के लिए कांग्रेस ने 'नेशनल लिबरेशन फ्रंट ऑफ त्रिपुरा' का समर्थन किया, जो एक आतंकवादी संगठन था। सुधीर रंजन मजूमदार मुख्यमंत्री बने और उनके बाद 1992 में समीर रंजन बर्मन मुख्यमंत्री की सीट पर बैठे। दोनों ही समान रूप से गैर-प्रभावशाली थे। राज्य में पुलिस हड़ताल पर चली गई और एक लंबे समय तक त्रिपुरा में कानून व्यवस्था की स्थिति बिगड़ी रही। लेकिन कांग्रेस पार्टी के पतन के पीछे मुख्य कारण यह है कि पार्टी के केंद्रीय नेतृत्व ने वाम दलों के साथ त्रिपुरा की अनदेखी कर सी.पी.आई. (एम) के अत्याचारी शासन के साथ सौदेबाजी कर ली।

प्रश्न : कृपया विस्तार से बताएँ।

उत्तर : इस बारे में छिपाने के लिए कुछ भी नहीं है। पी.वी. नरसिंह राव ने अपनी आत्मकथा में स्वीकार किया है कि जब केंद्र सरकार अल्पमत में आ गई थी, तब कांग्रेसी नेताओं ने केंद्र में स्थिरता के लिए सौदेबाजी कर त्रिपुरा सी.पी.आई. (एम) को सौंप दिया। चुनाव से मात्र दो दिन पहले राव ने त्रिपुरा में राष्ट्रपति शासन लागू कर सी.पी.आई. (एम) के हाथों त्रिपुरा को गँवा दिया। जब तक केंद्र में कांग्रेस की सरकार रही, तब तक यह सौदा भी जारी रहा।

प्रश्न : जब लोग आपके समर्थन में थे, तो ऐसा क्यों हुआ ?

उत्तर : यह कोई छुपी हुई बात नहीं है। लोकसभा चुनाव से 15 दिन पहले सीताराम येचुरी ने प्रचार अभियान के लिए त्रिपुरा का दौरा किया था। उन्होंने हमें बताया कि श्रीमती सोनिया गांधी और प्रधानमंत्री डॉ. मनमोहन सिंह त्रिपुरा नहीं आएँगे। हम समझ नहीं सके कि

वे क्या कह रहे हैं, क्योंकि अपनी रैली को सफल बनाने के लिए हमारे कार्यकर्ता कड़ी मेहनत कर रहे थे। स्थिति को भाँपते हुए हमने उस रैली को रद्द कर दिया। हालाँकि जनता के बीच इससे गलत संदेश गया। 'दिल्ली में दोस्ती और त्रिपुरा में कुश्ती' कांग्रेस की यह दोगली नीति जनता के बीच पहुँच गई थी।

यह एक स्पष्ट संदेश था, जिसके फलस्वरूप लोगों के बीच कांग्रेस के प्रति अविश्वास पैदा हुआ और यहीं से पार्टी का पतन शुरू हो गया।

प्रश्न : आपको क्या लगता है, 2018 के चुनावों में कांग्रेस का भविष्य क्या होगा?

उत्तर : 2014 की पराजय के बाद मेरे साथ कई और कार्यकर्ताओं ने भी पार्टी छोड़ दी। हममें से अधिकांश भाजपा से जुड़ गए, यह जुड़ना अभी भी जारी है। वर्तमान में त्रिपुरा में मैं कांग्रेस का कोई भविष्य नहीं देखता। पश्चिम बंगाल में ममता बनर्जी और वामदलों से हाथ मिलाकर कांग्रेस उपाध्यक्ष राहुल गांधी ने आनेवाले कम-से-कम दस सालों के लिए सत्ता से दूर रहने का इंतजाम कर लिया है।

प्रश्न : वाम दलों का राज्य में कितना प्रभाव है?

उत्तर : हालाँकि वे राज्य पर शासन कर रहे हैं, किंतु लोग अब उनके दो दशक लंबे सुस्त और प्रभावी शासन से ऊब चुके हैं। यदि अगले चुनाव ईमानदारी से हुए तो सत्ता में वापसी कर पाना उनके लिए मुश्किल होगा।

प्रश्न : 'ईमानदारी' से आपका क्या मतलब है?

उत्तर : वर्तमान में, त्रिपुरा की निर्वाचन प्रणाली वाम दलों के नियंत्रण में है। लोगों को धमकी देने और फर्जी मतदाता सूचियों के बल पर वे सत्ता में बने हुए हैं। यदि राज्य में निष्पक्षता से चुनाव हुए तो उनके लिए 20 प्रतिशत वोट पाना भी मुश्किल हो जाएगा। लेकिन इसका यह अर्थ नहीं है कि वे सत्ता से बाहर हो जाएँगे। पिछले चुनाव में भी माहौल वामदलों के विरोध में था। इसके बावजूद उन्होंने 50 सीटों पर कब्जा जमा लिया।

साल 2008 में त्रिपुरा में मतदान 91 प्रतिशत हुआ था, जबकि 2013 में यह

बढ़कर 97 प्रतिशत हो गया। क्या आँकड़े प्रामाणिक लगते हैं? मतदान प्रक्रिया में उनकी घुसपैठ पर काबू पाने की आवश्यकता है।

प्रश्न : लेकिन पूर्व में यानी 1988 में कांग्रेस सत्ता में कैसे आई?

उत्तर : उनकी नीतियों पर पलटवार करके ही वाम दलों का आतंक खत्म किया और सत्ता पर कब्जा किया। एक आतंकवादी समूह 'ऑल त्रिपुरा टाइगर्स फोर्स' वामदलों के समर्थन में था।

ए.टी.टी.एफ. अपना सिर न उठाए, इसके लिए कांग्रेस आलाकमान के सुझाव पर पार्टी ने चुपके से एक अन्य आतंकी संगठन 'नेशनल लिबरेशन फ्रंट ऑफ त्रिपुरा' से भी समझौता कर लिया। कांग्रेस के पास अब बी.एस.एफ. के साथ-साथ एन.एल.एफ.टी. की ताकत भी थी। सिलचर से विधायक और राज्य के तत्कालीन गृह मंत्री संतोष देव बर्मन ने उस चुनाव में एक महत्त्वपूर्ण भूमिका निभाई थी।

प्रश्न : क्या आपको लगता है कि वाम दल आतंकवादियों की मदद ले रहे थे?

उत्तर : हाँ, मैं यह पूरी जिम्मेदारी के साथ कहता हूँ कि उनके संबंध ए.टी. टी.एफ. के साथ थे। ए.टी.टी.एफ. के कई नेता वामदलों के टिकट पर चुनाव लड़कर विधायक बन गए। माकपा के सत्ता में आने पर ए.टी.टी.एफ. नेता ललित देव बर्मन ने बयान दिया, "अब हमारे पास करने के लिए कोई काम नहीं बचा है।" आप कल्पना कर सकते हैं कि जब वाम दल सत्ता में नहीं थे, तब से क्या 'काम' किया करते होंगे। 1986 में जब राजीव गांधी ने 'मिजो समझौते' पर हस्ताक्षर किए, तब कई नेताओं ने उनसे मुलाकात कर उन्हें त्रिपुरा की स्थिति से अवगत कराया। चर्चा के बाद कांग्रेस ने आतंकी संगठन एन.एल.एफ.टी. की मदद लेने का फैसला लिया। एन.एल.एफ.टी. को बापिस्ट चर्च का समर्थन प्राप्त था।

प्रश्न : राज्य में भाजपा ने बड़ी चुनौती खड़ी की है। आपकी इस पर क्या राय है?

उत्तर : यह सच है कि राज्य में भाजपा मजबूत हुई है, लेकिन वामदलों की सत्ता को उखाड़ फेंकने के लिए इतना काफी नहीं है। फर्जी मतदाता सूची यहाँ एक बड़ा मुद्दा है। महत्त्वपूर्ण यह है कि भाजपा

इससे कैसे निपटती है ? जब मैं त्रिपुरा कांग्रेस में महासचिव पद पर था, तब 2013 के विधानसभा चुनाव से पहले पार्टी कार्यकर्ताओं की मदद से हमने मतदाता सूचियों का अध्ययन किया। जिसमें हमने 60,000 जाली मतदाताओं के नाम पाए।

इस संबंध में हमने निर्वाचन आयोग में शिकायत भी दर्ज कराई। यह साबित हो चुका था कि सभी नाम फर्जी थे, इसके बावजूद सूचियों में नाम ज्यों-के-त्यों बने रहे। हमें बताया गया कि ये नाम चुनाव के बाद ही हटेंगे। निर्वाचन प्रणाली पर वाम दलों की पकड़ इस हद तक है। माणिक सरकार के बारे में वहाँ दो मिथक हैं। पहले कि वे स्वच्छ राजनेता हैं, दूसरा कि उन्हें पराजित नहीं किया जा सकता। क्या भाजपा इन मिथकों को खत्म करने में सक्षम है ? इन सवालों के जवाब तय करेंगे कि त्रिपुरा में वाम दल सत्ता में बने रहते हैं या नहीं।

प्रश्न : क्या इतना पर्याप्त है ?

उत्तर : यकीनन नहीं है। सी.पी.आई. (एम) के अत्याचारी शासन से मुक्ति पाने के लिए केंद्र की भाजपा सरकार को कुछ ठोस कदम उठाने पडेंगे। मतदाताओं का विश्वास जीतना होगा। वामपंथी नेताओं ने रोज वैली चिट फंड मामले में बड़े पैमाने पर भ्रष्टाचार किया। यदि सी.बी.आई. ऐसे ही मामले में पश्चिम बंगाल में दोषियों को गिरफ्तार कर सकती है तो त्रिपुरा में क्यों नहीं ? लोग भी सी.बी.आई. के रुख से उलझन में आ गए हैं। भाजपा को इसका कोई समाधान तलाशना होगा।

स्वास्थ्य मंत्री बिजिता नाथ के साथ-साथ राज्य के कई नेता घोटाले में शामिल हैं। हूजी ऑपरेटर मामून मियाँ को संरक्षण देने के मामले में सी.बी.आई. को राज्य के खेल एवं अल्पसंख्यक मामलों के मंत्री शाहिद चौधरी की जाँच करनी चाहिए। विभिन्न आपराधिक मामलों में शामिल राज्य के 3-4 नेताओं को यदि सजा होती है तो लोगों तक यह संदेश पहुँच जाएगा कि 'केवल भाजपा ही है, जो बिल्ली के गले में घंटी बाँध सकती है।' किस नेता ने कितना पैसा कमाया, उसका स्रोत भाजपा को पूछना चाहिए।

□

बिप्लब देब के साथ बातचीत

हमारी जीत निश्चित है—बिप्लब देब, प्रदेश अध्यक्ष, त्रिपुरा भाजपा

बिप्लब देब को दो साल पहले त्रिपुरा भाजपा प्रदेश अध्यक्ष की जिम्मेदारी सौंपी गई है। 2018 में होनेवाले विधानसभा चुनाव में भाजपा की जीत सुनिश्चित करने के लिए वे हर संभव प्रयास कर रहे हैं। राज्य में भाजपा की बढ़ती लोकप्रियता से झल्लाए माकपा कार्यकर्ताओं ने उन पर अगरतला स्थित उनके घर में हमला कर दिया था। वे पूरी तरह आश्वस्त हैं कि 2018 के विधानसभा चुनाव में बाजी भाजपा ही मारेगी। पार्टी की रणनीति को लेकर उन्होंने विस्तार से चर्चा की।

प्रश्न : त्रिपुरा की राजनीति में क्या चल रहा है ? भाजपा यहाँ किस स्थिति में है ?

उत्तर : राज्य में परिवर्तन की हवा बह रही है। राजनीतिक दृष्टि से त्रिपुरा की जनता बेहद जागरूक है। क्योंकि वे सभी राजनीति को समझने में सक्षम हैं और उनका अपना मत भी है। ढाई दशक से अधिक समय तक वाम दलों ने लोगों को धमकाने का प्रयास किया। राजनीतिक विकल्प न होने के कारण लोगों को माकपा की दमनकारी सरकार को बरदाश्त करना पड़ा, किंतु अब उनके पास एक विकल्प है। लोग अकसर कहते हैं कि भाजपा ने जीत का माहौल बनाया है, लेकिन मुझे लगता है कि यह माहौल स्वयं

जनता द्वारा ही बनाया गया है। त्रिपुरा की जनता अब कुशासन से मुक्ति चाहती है।

प्रश्न : आप पार्टी की जीत के लिए कड़ी मेहनत कर रहे हैं, लेकिन आप पर नया और बाहरी होने का आरोप भी लगाया जा रहा है।

उत्तर : हमारे खिलाफ भ्रष्टाचार के आरोप नहीं हैं। जब तर्क करने के लिए कुछ नहीं होता, तब प्रतिद्वंद्वी हमारे बारे में ऐसी ही अनाप-शनाप बातें करते हैं। दरअसल सरकार की निष्क्रियता वास्तविक परेशानी है, न कि मेरा नौसिखिया होना। सभी जानते हैं कि मुलायम सिंह, मायावती, ममता बनर्जी और यहाँ त्रिपुरा में माणिक सरकार ने अपने गृहराज्यों में क्या किया। जबकि दूसरी ओर कभी स्थानीय निकाय चुनाव तक न लड़ने वाले नरेंद्र मोदी ने गुजरात में सबसे अच्छा शासन दिया। लोकसभा में भी वे सीधा प्रधानमंत्री के तौर पर ही पहुँचे। उन्होंने राज्य को विकास के रास्ते पर अग्रसर करने के लिए कई कदम उठाए। उसके बाद तो जो हुआ, उससे हर कोई वाकिफ है। मुझे नौसिखिया कहने का मुद्दा वामदलों के प्रचार तंत्र का एक हिस्सा है। लोग उनकी ओर ध्यान भी नहीं दे रहे हैं।

प्रश्न : भाजपा को चुनौती देने के लिए वामदल मध्यावधि चुनाव की योजना बना रहे हैं। क्या आप इसके लिए तैयार हैं?

उत्तर : भाजपा की बढ़ती लोकप्रियता से वामदलों में घोर निराशा छाई हुई है। 'जो डर गया, वो मर गया', यह डॉयलाग यहाँ सटीक बैठता है। राज्य की जनता के पास अभी तक कोई मजबूत राजनीतिक विकल्प नहीं था। इसलिए बेरोजगारी, अराजकता और भ्रष्टाचार का राज्य में बोलबाला होने के बावजूद वाम दल दशकों तक अपना शासन कायम रखने में कामयाब रहे। मनरेगा, प्रधानमंत्री ग्राम सड़क योजना और प्रधानमंत्री आवास योजना के जरिए केंद्र से आनेवाली राशि को डकारने वाले ढाई लाख वामपंथी नेताओं तथा कार्यकर्ताओं को छोड़कर राज्य की समूची जनता वैकल्पिक

सरकार के लिए तैयार है। इसलिए चुनाव की तारीखें हमारे लिए मायने नहीं रखतीं। हमारी जीत निश्चित है।

प्रश्न : **आपकी बात के उलट कि पिछले ढाई सालों में भाजपा त्रिपुरा के शहरी क्षेत्र के लोगों के बीच पहुँच बनाने में सफल हुई है, क्या यह सच नहीं है कि जनजातीय क्षेत्रों में पार्टी अभी भी कमजोर है?**

उत्तर : बिल्कुल नहीं! यह केवल वामदलों के रणनीतिक प्रचार का एक और नमूना है। जनजातीय क्षेत्रों की 20 सीटों पर भाजपा की लोकप्रियता बढ़ी है। जनजातीय क्षेत्रों में 60 प्रतिशत बूथ रचना पूरी हो चुकी है। पार्टी राज्य के कोने-कोने में पहुँच बना रही है। पार्टी की गतिविधियों को जारी रखने के लिए हजारों कार्यकर्ताओं को बूथ स्तर पर नियुक्त किया गया है और चुनाव खत्म होने तक वे वहीं रहेंगे। भाजपा जनजातीय क्षेत्रों में भी लोकप्रियता हासिल कर रही है। जनता पर अच्छी पकड़ रखनेवाले अन्य दलों के नेता भाजपा में शामिल हो रहे हैं। यदि आनेवाले 10-12 दिनों में चुनाव होते हैं तो यकीनन हम कम-से-कम 12 सीटों पर कब्जा जमा लेंगे। समय के साथ-साथ हमारी ताकत बढ़ी है। हमने छोटे राजनीतिक दलों से अपील की है, वे बड़े राजनीतिक मंच पर आकर महत्त्वपूर्ण भूमिका निभाएँ। मुझे आशा है कि वे इस पर विचार करेंगे।

प्रश्न : **उत्तर प्रदेश में 'अपना दल' जैसी अपेक्षाकृत छोटी पार्टियों के साथ आप गठबंधन में थे। क्या त्रिपुरा में भी यह दोहराया जाएगा?**

उत्तर : चुनाव पूर्व गठबंधन का निर्णय हमारी पार्टी के राष्ट्रीय नेताओं द्वारा लिया जाएगा। राज्य में पार्टी का मुखिया होने के नाते पूरे राज्य में पार्टी का विस्तार करना मेरी जिम्मेदारी है। वर्तमान में मेरी प्राथमिकता पूरे राज्य में पार्टी के जनाधार को बूथ स्तर तक मजबूत करना है।

समाज के हर स्तर तक पहुँचकर उन्हें पार्टी के उद्देश्य से अवगत कराने

के लिए मैं कड़ी मेहनत कर रहा हूँ। जनजातीय समुदाय के प्रभावशाली नेताओं के साथ हम लगातार संपर्क में हैं। पार्टी के नेताओं से चर्चा के बाद ही कोई बड़ा निर्णय लिया जाएगा। मैं समाज के हर स्तर तक पहुँचने के लिए कड़ी मेहनत कर रहा हूँ और उन्हें पार्टी के रुख से भी रूबरू करना चाहता हूँ। हम जनजातीय समुदाय के प्रभावशाली नेताओं के साथ लगातार संपर्क में हैं। कोई बड़ा निर्णय तो पार्टी नेताओं के साथ चर्चा के बाद ही लिया जाएगा।

प्रश्न : कुछ महीने पहले आप पर हमला भी किया गया था। इस घटना के बारे में बताएँ।

उत्तर : यह वामपंथियों का एक तरीका है, तेजी से उभरते अपने प्रतिद्वंद्वियों को दबाने का। पश्चिम बंगाल और केरल में अपने विरोधियों पर इस तरह के हमलों का उनका अपना इतिहास है। वे माओ, स्टालिन और लेनिन के पदचिह्नों पर चल रहे हैं।

उन्होंने कृष्णनगर स्थित मेरे घर के सामने खड़े मेरे वाहन पर हमला किया। अगर उन्हें लगता है कि ऐसे हमलों से हमारे कार्यकर्ता भयभीत होंगे, तो वे कितने मूर्ख हैं। ऐसा कोई हमला हमें राष्ट्र की एकता और अखंडता के लिए अपने प्राणों की आहुति देने वाले हमारे आदर्श डॉ. श्यामा प्रसाद मुखर्जी के मार्ग पर चलने से नहीं रोक सकता।

प्रश्न : यह मानते हुए कि आप 2018 का विधानसभा चुनाव जीत रहे हैं, राज्य के कल्याण और विकास के लिए आपकी क्या योजनाएँ हैं?

उत्तर : यहाँ करने के लिए बहुत से काम हैं। प्राकृतिक संसाधनों से समृद्ध त्रिपुरा एक आत्मनिर्भर राज्य है। त्रिपुरा का बुरा समय तब शुरू हुआ, जब राज्य की सत्ता पर निष्क्रिय और भ्रष्टाचारी सरकार काबिज हो गई। प्राकृतिक गैस के धनी त्रिपुरा में 825 मेगावॉट बिजली का उत्पादन होता है, जबकि पूरे राज्य की जरूरतें पूरी करने के लिए केवल 200 मेगावॉट बिजली ही पर्याप्त है। यहाँ की उपजाऊ भूमि में विभिन्न प्रकार की फसलें पैदा होती हैं। प्रकृति ने राज्य को दिल खोलकर दिया है। कमी केवल सत्ताधारियों में

इच्छाशक्ति की है। यदि हमारी सरकार आती है तो हम कौशल विकास कार्यक्रमों के माध्यम से राज्य के युवाओं को बड़े पैमाने पर रोजगार के अवसर उपलब्ध कराने के प्रयास करेंगे। हम लघु उद्योगों और सहकारी समितियों का एक जाल बुनेंगे। त्रिपुरा में एक आत्मनिर्भर राज्य बनकर उभरने की क्षमता है। हमें प्रभावी नीतियाँ बनाकर उन्हें सख्ती से लागू करना होगा।

प्रश्न : केंद्र से आपकी क्या अपेक्षाएँ हैं?

उत्तर : राज्य की दयनीय स्थिति की जिम्मेदार तो माकपा की अराजक और सुस्त सरकार ही है। सरकार की हर योजना में भ्रष्टाचार देखा जा सकता है। औद्योगिकीकरण की कमी के चलते राजस्व उत्पादन के अवसर भी सीमित हैं। आर्थिक मोर्चे पर राज्य पूरी तरह केंद्र पर निर्भर है। केंद्र सरकार से हमारा अनुरोध है कि गहरी होती विकास की खाई को भरने लिए राज्य में विशेष आर्थिक पैकेज की घोषणा की जाए।

इसमें कोई शंका नहीं है कि एक बार हम वामपंथियों द्वारा बनाई गरीबी की खाई को भर देंगे तो राज्य खुद-ब-खुद विकास की पटरी पर दौड़ने लगेगा। कानूनी प्रक्रिया का पालन कर हम वर्षों से चली आ रही लूट की भरपाई करेंगे।

प्रश्न : क्या विधानसभा चुनावों से पहले पार्टी मुख्यमंत्री पद के उम्मीदवार की घोषणा करेगी?

उत्तर : ईमानदारी से कहूँ तो मैं इस बारे में बात करने के लिए अधिकृत नहीं हूँ। चुनाव से पहले मुख्यमंत्री पद के उम्मीदवार की घोषणा हो अथवा कौन सी.एम. का चेहरा होगा, इस फैसले की घोषणा हमारा केंद्रीय नेतृत्व करेगा। मैं केवल आपको यह सुनिश्चित करा सकता हूँ कि आनेवाले चुनावों के बाद न केवल भाजपा का मुख्यमंत्री बनेगा, बल्कि पार्टी को बहुमत भी मिलेगा। हम अपने केंद्रीय नेतृत्व के मार्गदर्शन में काम कर रहे हैं। मिशन मोड पर काम करते हुए मैं पूरे दिन अपने कार्यकर्ताओं के साथ पार्टी का काम करने में व्यस्त रहता हूँ, मुझे विश्वास है कि जीत भाजपा की ही होगी।

□

रतनलाल नाथ से बातचीत

त्रिपुरा में मध्यावधि चुनाव की संभावना— रतनलाल नाथ

कांग्रेस विधायक रतनलाल नाथ पिछले 24 वर्षों से त्रिपुरा में सी.पी.आई. (एम) सरकार के खिलाफ 'बेअसर' आवाज उठा रहे हैं। वे एक बहुत प्रभावशाली नेता के रूप में जाने जाते हैं। उन्होंने स्वीकार किया है कि भाजपा की बढ़ती ताकत के कारण 2018 के आगामी विधानसभा चुनाव में कांग्रेस की जीत की संभावनाएँ कम ही हैं। वर्तमान राजनीतिक परिदृश्य पर गहरी चर्चा करते हुए उन्होंने साल के अंत तक माकपा द्वारा विधानसभा भंग कर मध्यावधि चुनाव की घोषणा होने का अनुमान जताया।

प्रश्न : कांग्रेस की वर्तमान स्थिति के बारे में आपकी क्या राय है?

उत्तर : ऐसा लगता है कि राज्य में कांग्रेस का कोई भविष्य नहीं है। पार्टी के केंद्रीय नेताओं की राज्य की राजनीति में रुचि ही नहीं है। इसलिए मुझे नहीं लगता कि वे चुनाव में केवल उम्मीदवार खड़ा करने से ज्यादा कुछ करेंगे। पिछले विधानसभा चुनाव में भाजपा चौथे स्थान पर थी। अब यही स्थिति कांग्रेस की होनेवाली है।

प्रश्न : पिछले विधानसभा चुनावों में राजनीतिक दलों की स्थिति क्या थी, कृपया विस्तार से बताएँ।

उत्तर : 2013 में हुए विधानसभा चुनावों में भारतीय जनता पार्टी को मात्र 1.54 प्रतिशत वोट मिले। पूरे राज्य में पार्टी को केवल 33,808

वोट मिले। कांग्रेस और साथी दलों को 44.12 प्रतिशत यानी 9,35,535 वोट मिले।

जबकि सी.पी.आई. (एम) ने 52.33 प्रतिशत सीटों पर कब्जा जमाते हुए 22,02065 वोट हासिल कर राज्य की 51 विधानसभा सीटें जीतीं। मुझे डर है कि इस बार कांग्रेस 2 प्रतिशत वोट भी हासिल कर पाएगी या नहीं। मेरा अंदाजा है कि 5 या 6 सीटों को छोड़कर पार्टी 200-400 वोटों का आँकड़ा भी पार नहीं कर पाएगी।

प्रश्न : आपकी राय में कौन बड़ा दावेदार होगा ?

उत्तर : पिछले कुछ महीनों में भाजपा ने सत्तारूढ़ सी.पी.आई. (एम) के सामने एक बड़ी चुनौती पेश की है। इसलिए स्पष्ट रूप से मुकाबला इन्हीं दो दलों के बीच होगा। कांग्रेस के बारे में तो मैं पहले ही बता चुका हूँ। तृणमूल कांग्रेस भी बराबर रूप से कमजोर है। उनके कई नेता पहले ही भाजपा के साथ जा चुके हैं। मुझे लगता है कि 2018 में ममता त्रिपुरा में चुनाव भी नहीं लड़ेंगी। अब जनता के पास एक ही विकल्प बचता है और वह है भाजपा।

प्रश्न : क्या आपको लगता है कि भाजपा अन्य सभी दलों को पराजित करने की स्थिति में है ?

उत्तर : नहीं, मैं अभी नहीं कह सकता। यह भी सत्य है कि अन्य दलों के कई नेता भाजपा में शामिल हो रहे हैं। केंद्र सरकार राज्य में विकास की स्थिति पर नजर बनाए हुए है। मोदी फैक्टर का भाजपा को लाभ मिल रहा है। लेकिन बहुमत पाने के लिए इतना काफी नहीं है, क्योंकि जनजातीय क्षेत्रों में भाजपा का आधार उतना मजबूत नहीं है। यहाँ 20 सीटें जनजातीय लोगों के लिए आरक्षित हैं। इंडिजिनस नैशनलिस्ट पार्टी ऑफ इंडिया (आई. एन.पी.आई.) और इंडिजिनस पीपुल्स फ्रंट ऑफ त्रिपुरा (आई. पी.एफ.टी.) जैसी पार्टियाँ इन क्षेत्रों में ज्यादा प्रभावशाली हैं। राज्य में चुनाव जीतने के लिए भाजपा को इन संगठनों से मित्रता करनी पड़ेगी।

प्रश्न : यानी आपका मानना है कि जनजातीय क्षेत्रों में भाजपा कमजोर है!

उत्तर : हाँ, मैं आँकड़े पेश कर सकता हूँ। राज्य में कुल 3134 मतदान केंद्र हैं। जब तक आपके पास प्रत्येक केंद्र पर 10 यानी पूरे राज्य में लगभग 30 हजार समर्पित कार्यकर्ता नहीं हैं, आपके लिए चुनाव जीतना आसान नहीं होगा। वे कार्यकर्ता भी आपके लिए प्रतिबद्ध हों, न कि दूसरे दलों से आए कार्यकर्ता। 2000 मतदान केंद्रों तक पहुँचने में भाजपा सफल हुई है। बाकी बचे केंद्रों तक जल्दी से जल्दी पहुँचने की जरूरत है।

प्रश्न : आपकी राय में सी.पी.आई. (एम) की रणनीति क्या होगी ?

उत्तर : वाम नेता बेचैन हो रहे हैं। वे जानते हैं कि मतदाता उनके साथ नहीं हैं। इसलिए वे विपक्षी दलों के दमन की रणनीति पर चलने की योजना बना सकते हैं। फरवरी 2018 में विधानसभा चुनाव होने की उम्मीद है। किंतु मेरा मानना है कि विपक्ष को हैरानी में डालने के लिए वे नवंबर 2017 तक चुनाव करा सकते हैं। क्योंकि विपक्ष को जितना अधिक समय मिलेगा। वे और अधिक मजबूत होंगे। इसलिए सी.पी.आई. (एम) निर्धारित तिथि से पहले विधानसभा भंग करने की घोषणा करने की चाल चल सकती है।

प्रश्न : आप हमेशा राज्य में खराब शिक्षा व्यवस्था का आरोप लगाते हैं ?

उत्तर : हाँ, और मैं यह पुरजोर तरीके से कहता हूँ। माणिक सरकार के शासनकाल में राज्य की शिक्षा व्यवस्था बिगड़नी शुरू हो गई। जब से वे मुख्यमंत्री बने हैं, राज्य में एक प्राथमिक स्कूल तक नहीं बना। राज्य में शिक्षा का स्तर गिरा है। निजी शिक्षण संस्थानों और प्राइवेट ट्यूशन पर निर्भर रहनेवाले छात्रों का आँकड़ा बहुत बड़ा है। राज्य में शिक्षा प्रणाली के पतन के लिए और क्या प्रमाण चाहिए ?

प्रश्न : मुख्यमंत्री माणिक सरकार तो त्रिपुरा में 100 प्रतिशत साक्षरता दर का दावा करते हैं…

उत्तर : यह सरासर झूठ है। देखिए, साक्षरता दर और शिक्षा की गुणवत्ता दो अलग-अलग चीजे हैं। अयोग्य शिक्षक, घटिया स्कूल और कॉलेज तथा तकनीकी प्रशिक्षण संस्थानों की कमी यहाँ की शिक्षा प्रणाली की वास्तविकता है। राज्य में साक्षरता की दर निराशाजनक है। 100 प्रतिशत साक्षरता का अर्थ है कि लोग अपना नाम लिख और पढ़ सकें, किंतु राज्य के हजारों लोग 'अँगूठा छाप' हैं।

सुप्रीम कोर्ट ने 10323 शिक्षकों की नियुक्ति यह कहते हुए रद्द कर दी थी कि भरती प्रक्रिया में नियमों का पालन नहीं किया गया था। क्या यह सरकार के लिए बड़ा झटका नहीं है ?

प्रश्न : मनरेगा घोटाले की जाँच के लिए केंद्र की एक टीम भी राज्य में पहुँची है ?

उत्तर : यह आवश्यक भी है। मनरेगा के कार्यान्वयन में बड़े पैमाने पर भ्रष्टाचार का पता चला है। केंद्र की योजना को लागू करते समय, राज्य सरकार ने सभी मापदंडों को एक तरफ रख दिया। माणिक बाबू खुद को आरोपों से बचा नहीं सकते।

प्रश्न : बिमल सिन्हा हत्याकांड में भी आपने मुख्यमंत्री पर सनसनीखेज आरोप लगाए थे।

उत्तर : हाँ, माणिक बाबू द्वारा मुख्यमंत्री पद की शपथ लेने के एक महीने के भीतर ही स्वास्थ्य मंत्री बिमल सिन्हा की हत्या कर दी गई। इस हत्या में माणिक सरकार का हाथ है, ऐसा मेरा मानना है। इस मामले में मैंने सी.बी.आई. जाँच की माँग की, लेकिन सरकार ने इनकार कर दिया। जिससे संदेश गया कि सरकार सच्चाई को दबाना चाहती है। मामले की जाँच के लिए यूसुफ कमेटी का गठन भी किया गया, लेकिन त्रिपुरा सरकार ने 2016 तक कमेटी की रिपोर्ट को छुपाए रखा।

प्रश्न : आपका आरोप है कि राज्य सरकार ने दहशतगर्दों से हाथ मिला रखे हैं ?

उत्तर : पूर्व मुख्य सचिव वी. तुलसीदास ने राज्य सरकार को एक खुफिया परिपत्र भेजा था, जिसमें विभिन्न सरकारी विभागों में कार्यरत उन कर्मचारियों के नाम थे, जिनके आतंकी संगठनों के सीधे संपर्क थे। यह एक अत्यंत गंभीर विषय था। काररवाई करना तो दूर, माणिक सरकार द्वारा इस मामले में सामान्य जाँच प्रक्रिया तक का पालन नहीं किया गया। कल्पना कीजिए कि यह कितना गंभीर मामला था। एक आम आदमी भी इसका अर्थ निकाल सकता है। ऐसे असंख्य उदाहरण हैं।

□

सुनील देवधर के साथ बातचीत

त्रिपुरा में 50 सीटें जीत सकती है भाजपा—सुनील देवधर

भाजपा की राष्ट्रीय समन्वय समिति के सदस्य सुनील देवधर को लगभग ढाई साल पहले पार्टी के राष्ट्रीय अध्यक्ष अमित शाह ने त्रिपुरा के प्रभारी के रूप में नियुक्त किया था। पूर्वोत्तर भारत में अनुकरणीय कार्य करने के लिए विख्यात सुनील देवधर को प्रदेश अध्यक्ष बिल्पब देब के साथ मैदान में क्या उतारा, राज्य के राजनीतिक गलियारों में हड़कंप मच गया। 2018 का विधानसभा चुनाव भारतीय राजनीति के इतिहास का ऐसा पहला चुनाव होगा, जब भाजपा और वामपंथी दलों के बीच सीधा मुकाबला होगा। देवधर इस मुकाबले में जीत के प्रति पूरी तरह आश्वस्त हैं। उनसे हुई चर्चा के अंश प्रस्तुत हैं—

प्रश्न : मुख्यमंत्री माणिक सरकार की पहचान एक स्वच्छ छवि वाले व्यक्ति के तौर पर है, उनके इस करिश्मे को आप कैसे तोड़ेंगे?

उत्तर : राज्य में उनका 'जादू चलता है', इस तथ्य में रत्ती भर भी सच्चाई नहीं है। पूर्व में उन्हें उनकी स्वच्छ छवि के लिए जाना जाता था, किंतु हाल के समय में भ्रष्टाचार के मामलों में उनकी भागीदारी से वे बेनकाब हुए हैं। जब मैं त्रिपुरा आया तो कई नेताओं ने मुझे कहा कि मैं माणिक सरकार पर अपना मुँह बंद रखूँ। लेकिन स्थानीय लोगों से बातचीत करने पर मैंने पाया कि भ्रष्टाचार, आतंकवाद

को बढ़ावा देने तथा बुनियादी सुविधाएँ और रोजगार के अवसर पैदा करने में अक्षम माणिक सरकार से राज्य की जनता बेहद निराश है। पार्टी कार्यकर्ताओं द्वारा जिन लोगों का दमन किया गया वे प्रचंड आक्रोश में हैं।

मेरा मानना है कि मुझे लोगों के रोष के बारे में अवश्य बात करनी चाहिए, अन्यथा मैं लोगों का दोषी माना जाऊँगा। इसलिए मैंने उनकी बात को रैलियों और सभाओं के जरिए सार्वजनिक रूप से प्रचारित करने का निर्णय लिया है।

प्रश्न : आप पर माणिक सरकार पर व्यक्तिगत हमले करने का आरोप भी है ?

उत्तर : मैं केवल सच कहता हूँ। देश के सबसे गरीब मुख्यमंत्री के तौर पर खुद को प्रस्तुत करनेवाले माणिक सरकार महँगे जूते, पोशाकें, कीमती घड़ी और चश्मे पहनने का शौक रखते हैं। विलासिता पर 'सरकार' के प्रतिदिन का खर्चा राज्य के अन्य किसी मुख्यमंत्री की तुलना में दोगुना है। किंतु कम्युनिस्ट तमगे का इस्तेमाल कर मीडिया के एक धड़े ने उनकी छवि एक निर्धन के तौर पर प्रस्तुत की है। असम के जोरहाट और बेंगलुरु में हुए पार्टी कार्यक्रमों में पहुँचने के लिए ट्रेन का इस्तेमाल कर उन्होंने सामान्य तौर पर सार्वजनिक परिवहन का इस्तेमाल करने का झूठ फैलाया। जबकि वास्तविकता यह है कि त्रिपुरा में वे छोटी सी दूरी तय करने के लिए भी पवन हंस हेलिकॉप्टर का प्रयोग करते हैं। उनके कपड़े पंजाब से आते हैं, जबकि जूते दिल्ली से। उन्हें मसाज कराना पसंद है। जनता का पैसा खर्च कर उन्होंने अपने आलीशन मकान में 48 लाख रुपए की लागत वाला जिम बनवाया है। माणिक बाबू कितना साधारण जीवन जीते हैं, इसी का पर्दाफाश करना मेरा लक्ष्य है।

प्रश्न : राज्य में आपका एक भी विधायक नहीं है और आप राज्य में सरकार बनाने का दावा कर रहे हैं। क्या ये कोरी कल्पना नहीं है ?

उत्तर : ऐसी बात नहीं है। भाजपा एयरकंडीशन कैबिन में बैठकर नीति बनाने वाले नेताओं की पार्टी नहीं है। हम सड़क पर उतरकर काम करते हैं, इसलिए हमें स्थिति का अंदाजा है। राज्य में पिछले 24 सालों से माकपा की सरकार है। जिसमें से 19 सालों से माणिक सरकार मुख्यमंत्री पद की कुरसी पर आसीन हैं। इस काल में राज्य में विकास कार्य ठप्प पड़ गए हैं। राज्य में सरकार विरोधी वातावरण बन गया है। लोग इस सरकार से खुश नहीं हैं। दूसरी ओर प्रधानमंत्री मोदी द्वारा लागू की गई योजनाओं का लाभ भाजपा को मिल रहा है। राज्य सरकार ने केंद्र की योजनाओं को अपना नाम देने की कोशिश तो की, लेकिन जनता समझ गई।

प्रश्न : यानी आपका मानना है कि भाजपा का रास्ता साफ है?

उत्तर : वास्तव में नहीं! पिछले कई वर्षों से सत्ता पर काबिज वाम सरकार ने मतदाता सूचियों में बड़े ही व्यवस्थित रूप से फर्जी नाम जोड़ दिए हैं। इसकी शिकायत मैंने निर्वाचन आयोग और प्रधानमंत्री कार्यालय मामलों के राज्य मंत्री जितेंद्र सिंह से की है। राज्य की पुलिस पूरी तरह से पक्षपाती है और वाम सरकार के पूर्ण नियंत्रण में है। हमने इसकी जानकारी भी केंद्र को दी है। सत्तारूढ़ दल का दमन एक बड़ी चुनौती है। हमारी टीम के हौसले बुलंद हैं और अपनी जीत के प्रति हम आश्वस्त हैं।

प्रश्न : अपनी हर सभा में आप सी.पी.आई. (एम) को गरीब और गरीबी का मजाक उड़ाने का दोषी ठहराते हैं।

उत्तर : हाँ, और यह 100 प्रतिशत सच है। कुछ महीने पहले त्रिपुरा में भूकंप आया था, जिसका केंद्र बांग्लादेश था। इसमें कई घर ढह गए। माणिक सरकार ने हेलिकॉप्टर से भूकंप प्रभावित गाँवों का दौरा किया और धराशायी हुए प्रत्येक मकान के लिए मुआवजे के तौर पर 150 रुपए की राशि दी। इतने का उन्होंने कुल मुआवजा नहीं दिया था, जितना खर्चा उनकी हवाई सवारी पर आया था। कल्याणपुर में बाढ़ आई, जिसके कारण नदी के किनारे बने कई

घर पानी के साथ बह गए। चार साल में पीड़ितों को केवल 10 हजार रुपए प्रति परिवार के हिसाब से मुआवजा दिया गया। इसे गरीबों का मजाक नहीं कहा जाए तो और क्या कहा जाए? मनरेगा घोटाला और केंद्र सरकार की योजनाओं के क्रियान्वयन में धोखाधड़ी, यह सब गरीबों का मजाक नहीं तो और क्या है?

प्रश्न : **आप हमेशा त्रिपुरा के भवन घोटाले के बारे में बात करते हैं। यह क्या मामला है?**

उत्तर : सरकार और ठेकेदारों के बीच सीधे संबंध होने के कारण त्रिपुरा में कई अनावश्यक निर्माण कार्यों का अंजाम दिया गया। ये और कुछ नहीं बल्कि गरीब लोगों के पैसों के बल पर किया गया एक मजाक है। केवल 60 विधायकों के लिए विधानसभा की आलीशान इमारत का निर्माण कराया गया है। त्रिपुरा जैसा शानदार राजभवन देश के किसी और राज्य में देखने को नहीं मिलेगा।

नया राजभवन बनाने की कोई आवश्यकता नहीं थी, क्योंकि स्थानीय राजवंश के महल को राजभवन के रूप में इस्तेमाल किया जा सकता था। लेकिन इतना विशाल और आलीशान राजभवन महल बनवाया क्यों गया? न केवल राजभवन बल्कि सचिवालय, विधायकों के लिए आवास, पुल आद जैसी कई अनावश्यक इमारतें बनाई गईं। पुल बनाने वाली कंपनी महाराष्ट्र और दो अन्य राज्यों द्वारा काली सूची में डाल दी गई थीं। निर्माण के दौरान पुल का स्तंभ गिरना काम की गुणवत्ता को उजागर करता है। बाजार जरूरत से ज्यादा वीरान थे। ठेकेदारों को मदद पहुँचाने और कमीशन खाने के लिए गरीबों के पैसे से ये आलीशान निर्माण कार्य कराए गए।

प्रश्न : **वामदलों का आरोप है कि भाजपा चाँदमोहन की हत्या पर राजनीति करती है।**

उत्तर : हमारा स्पष्ट आरोप है कि चाँदमोहन त्रिपुरा की हत्या में सी.पी. आई. (एम) विधायक ललित मोहन त्रिपुरा का हाथ है। इस हत्या के विरोध के लिए हमने आंदोलन का रास्ता चुना है तो इसमें बुराई क्या है? हमने वामदलों की तरह हिंसा का रास्ता न अपनाकर

लोकतांत्रिक रास्ता अपनाया है। सी.पी.आई. (एम) के शासन में राजनीतिक हत्याओं की एक लंबी सूची है। शहीद चाँदमोहन आक्रोशित और असहाय परिवारों का चेहरा बन गया है। हमने ठान लिया है कि हमारे किसी और नेता के साथ हम ऐसा नहीं होने देंगे। यदि फिर भी वामपंथी ऐसा करने की जुर्रत करते हैं तो उन्हें इसके गंभीर परिणाम भुगतने होंगे।

प्रश्न : सी.पी.आई. (एम) सरकार को सत्ता से बेदखल करने के लिए केंद्र सरकार ने पूरी ताकत लगा दी है। सारे केंद्रीय मंत्री नियमित तौर पर यहाँ हाजिरी लगा रहे हैं।

उत्तर : भाजपा के केंद्रीय मंत्री राज्य का दौरा केवल यहाँ चल रही योजनाओं की समीक्षा और विकास कार्यों को गति देने के मद्देनजर करते हैं। ये गतिविधियाँ केवल प्रभावी शासन की सूचक हैं। इन्हें अन्यथा नहीं लिया जाना चाहिए। क्योंकि लोकतंत्र में माकपा का विश्वास नहीं है, इसलिए वे इसे अप्रासंगिक मान सकते हैं। यदि राज्य सरकार के मंत्री अच्छा प्रदर्शन करने में सक्षम नहीं हैं तो इसका यह अर्थ कतई नहीं कि केंद्रीय मंत्री भी अपनी जिम्मेदारियों से पल्ला झाड़ लें।

प्रश्न : राज्य में मजबूत बिंदुओं के बारे में आपका क्या कहना है ?

उत्तर : ऐसे बहुत से बिंदु हैं। सी.पी.आई. (एम) यह सोचकर खुश थी कि राज्य में त्रिकोणीय मुकाबला होगा। हालाँकि अब यह संभव नहीं है, क्योंकि टी.एम.सी. की पूरी राज्य इकाई ही भाजपा में शामिल हो गई है। योगी आदित्यनाथ को उत्तर प्रदेश का मुख्यमंत्री बनाए जाने का लाभ पार्टी को मिलेगा, क्योंकि राज्य का 35 प्रतिशत ओ.बी.सी. समुदाय नाथपंथ से संबंध रखता है। राज्य में नाथ पंथ के 18 मंदिर हैं। नाथपंथ के लोग प्रसन्न हैं, क्योंकि उनके पंथ के सर्वोच्च पीठाधीश्वर को उत्तर प्रदेश जैसे बड़े राज्य का मुख्यमंत्री बनाया गया है।

त्रिपुरा में 2 लाख मणिपुरी लोग हैं। हाल ही में, भाजपा ने मणिपुर में

सरकार बनाई है, इसलिए मणिपुर के लोगों की भाजपा से त्रिपुरा में भी आस बँध गई है। दिलचस्प बात यह है कि राज्य में आर्थिक नाकाबंदी समाप्त करने के अपने वादे पर भाजपा सच साबित हुई। मणिपुर के आम लोगों के लिए यह बड़ी राहत साबित हुई है, क्योंकि आर्थिक नाकाबंदी की वजह से ईंधन संकट उत्पन्न हो गया था, जिसके चलते स्थानीय लोग आवश्यक वस्तुओं की बढ़ी कीमतों की मार झेलने को मजबूर थे।

एक महत्त्वपूर्ण कदम उठाते हुए भाजपा ने अभी तक चौथे वेतन आयोग की सिफारिशों का लाभ पा रहे सरकारी कर्मचारियों के लिए सातवें वेतन आयोग की शर्तों को लागू कर दिया। राज्य की भाजपा सरकार ने 'सर्व शिक्षा अभियान' के तहत अध्यापकों की भरती की घोषणा भी कर दी। त्रिपुरा अभी तक इन दोनों चीजों से वंचित है। राज्य के लोग यह जानते हैं, उनमें इसलिए राज्य के प्रति असंतोष और भाजपा के प्रति सहानुभूति है। निश्चित रूप से भाजपा को इसका लाभ भी मिलेगा।

प्रश्न : यद्यपि राज्य में भाजपा के पक्ष में बह रही है, लेकिन क्या आपके पास मौके का फायदा उठाने के लिए पर्याप्त कार्यकर्ता हैं?

उत्तर : एक संगठन के रूप में, कुछ समय पहले तक हमारे पास कार्यकर्ताओं की कमी थी, किंतु अब हमने उस कमी को पूरा कर लिया है। बूथ स्तर पर संगठन खड़ा करने का 70 प्रतिशत काम पूरा हो चुका है। बाकी बचा 30 प्रतिशत काम कुछ ही समय में पूरा कर लिया जाएगा।

प्रश्न : अन्य पार्टियों के कई नेता भाजपा में आ रहे हैं। पुराने और नए नेताओं के बीच संतुलन बनाने की आपकी क्या योजना है?

उत्तर : मेरा मानना है कि जो लोग हमारे साथ जुड़े हैं, वे भी हमारे अपने ही हैं। तो फिर संतुलन का प्रश्न ही कहाँ से आ गया?

प्रश्न : आप कितनी सीटों पर जीतेंगे, क्या अंदाजा है आपका?

उत्तर : मेरा अंदाजा है कि हम 50 सीटें जीतेंगे। यदि राज्य में प्रधानमंत्री नरेंद्र मोदी, अमित शाह और योगी आदित्यनाथ की दो-दो रैलियाँ

आयोजित हो जाती हैं तो वामदलों का किला ताश के पत्तों की तरह बिखर जाएगा।

प्रश्न : भाजपा ने त्रिपुरा के विकास के लिए क्या रोडमैप बनाया है?

उत्तर : हमारी प्राथमिकता कानून व्यवस्था बनाए रखने के लिए होगी, क्योंकि इसके बिना राज्य का विकास असंभव है। इसके अलावा हमारा ध्यान बुनियादी ढाँचे के विकास, स्वास्थ्य सेवाओं में सुधार, रोजगार के अवसर पैदा करने, शिक्षा के वैकल्पिक अवसर देने, खाद्य प्रसंस्करण तथा पर्यटन को बढ़ाने पर होगा।

प्रश्न : जिन नेताओं पर आज आपने आरोप लगाए, क्या सत्ता में आने पर आप उन पर काररवाई करेंगे?

उत्तर : बेशक, जो दोषी होंगे, वे जेल जाएँगे।

प्रश्न : मुख्यमंत्री का चेहरा कौन होगा?

उत्तर : यह पार्टी की संसदीय समिति और निर्वाचित विधायकों द्वारा तय किया जाएगा।

□

त्रिपुरा : सुशासन की तलाश में...

त्रिपुरा में कानून-व्यवस्था की वर्तमान स्थिति कम-से-कम सामान्य तो नहीं कही जा सकती है। इस राज्य में सी.पी.आई. (एम) के नेतृत्व वाली वामपंथी सरकार का शासन है, जो लगातार पच्चीस वर्षों से यहाँ की सत्ता पर काबिज है। त्रिपुरा के निवर्तमान मुख्यमंत्री माणिक सरकार, जो पिछले 20 वर्षों से शीर्ष पद पर बैठे हैं, उन्हें मीडिया के प्रबंधन में महारत हासिल है, और वे खुद को भारत के एक साधारण, ईमानदार और गरीब मुख्यमंत्री के रूप में पेश करते हैं। हालाँकि यह सत्य से परे है और इस प्रकार की छवि को मीडिया में बड़ी सफाई से किए गए प्रबंधन से सोच-समझकर बनाया गया है। समस्या यह है कि दुनिया की किसी भी कम्युनिस्ट सरकार की तरह ही त्रिपुरा में भी लेफ्ट फ्रंट ने तमाम लोकतांत्रिक संस्थाओं को कमजोर किया है और विपक्ष को हर संभव तरीके से कुचलने का प्रयास भी किया है, जिससे लोकतंत्र एक मजाक बनकर रह गया है। भारत की तथाकथित मुख्य धारा से कोसों दूर जा चुका त्रिपुरा सुदूर पूर्वोत्तर में होने के कारण राष्ट्रीय मीडिया की नजर में ज्यादा नहीं आता और इस कारण त्रिपुरा की वर्तमान सरकार की कारगुजारियों का सच भी प्रकाश में नहीं आता। वामपंथी विचार वाले मीडिया का रुख भी माणिक सरकार के प्रति कुछ ज्यादा ही दोस्ताना है और उसने राज्य में भयभीत करनेवाले शासन तथा व्याप्त अराजकता के माहौल को लेकर आँखें मूँद रखी हैं। विकास, रोजगार, औद्योगीकरण तथा पर्यटन को तसवीर से पूरी तरह बाहर रखा गया है, ताकि लोगों का जीवन स्तर न सुधरे और यहाँ की सच्चाई से बाहर के लोग अवगत न

हो सकें। दुर्भाग्य से, यहाँ बेरोजगारी, भ्रष्टाचार तथा अराजकता का आलम है।

जहाँ तक महिलाओं के खिलाफ अपराध की बात है, तो त्रिपुरा बहुत आगे निकल चुका है। राज्य में हर दिन महिलाओं पर औसत रूप से पाँच आपराधिक हमले होते हैं, जिनमें से प्रतिदिन बलात्कार के दो मामले शामिल रहते हैं। साल 2014 में एन.एच.आर.सी. ने महिलाओं के खिलाफ बढ़ते अपराध के कारण त्रिपुरा सरकार को नोटिस जारी किया था। राज्य में होनेवाले कुल अपराधों में, महिलाओं के खिलाफ आसमान छूते 86 प्रतिशत राध के मामले हैं, जो सी.एम. माणिक सरकार की विफलता को दिखाते हैं, जिनके पास गृह मंत्रालय भी है। त्रिपुरा में कानून व्यवस्था की स्थिति पर टिप्पणी करते हुए और स्थानीय मीडिया से बातचीत के दौरान त्रिपुरा हाई कोर्ट के पूर्व चीफ जस्टिस माननीय जस्टिस दीपक गुप्ता ने कहा था कि "राज्य में दंडित किए जाने की दर बहुत कम है। इसका मुख्य कारण है कि एफ.आई.आर. ही बहुत कम दर्ज होती है। यहाँ की पुलिस को एफ.आई.आर. दर्ज करनी चाहिए और तुरंत जाँच करनी चाहिए।"

त्रिपुरा के सत्तारूढ़ दल के नेताओं के लिए हिंसा उनकी जीवनशैली का हिस्सा है। राजनीतिक शक्ति-प्रदर्शन के एक तरीके के रूप में लेफ्ट फ्रंट विपक्षी दल के कार्यकर्ताओं को धमकाने और उन पर हिंसक हमले कराने में जुटा है, ताकि उन्हें राजनीति की दृष्टि से एकजुट होने से रोक सके। इस प्रकार की काररवाई सभी प्रकार की राजनीतिक गतिविधियों में की जा रही है। यहाँ तक कि विपक्षी समर्थकों के परिवारों को भी बख्शा नहीं जा रहा है। जब ए.बी.वी.पी. कॉलेज के चुनाव लड़ने की कोशिश करता है, जब बी.एम.एस. समर्थक सड़कों पर अपनी गाड़ियाँ लेकर उतरने का प्रयास करते हैं, जब बीजेपी कार्यकर्ता मतदाता सूची के सत्यापन के लिए घर-घर जाते हैं, जब बीजेपी के नेता पार्टी की आधिकारिक बैठकों में हिस्सा लेते हैं, तब उन्हें सबसे भयंकर किस्म की हिंसा का सामना करना पड़ता है। दुर्भाग्य से, सत्तारूढ़ दल से जुड़े ज्यादातर मामलों में पुलिस या तो चुप रहती है या फिर उनका पक्ष लेने लगती है। यहाँ तक कि हत्या जैसे जघन्य अपराध करने से भी सी.पी.आई. (एम) नहीं हिचकता, यही नहीं, उनके लिए तो यह महज 'दूसरे' साधनों से की जानेवाली राजनीति है। पिछले एक वर्ष में लगभग 200 बीजेपी कार्यकर्ताओं पर हमला किया गया है,

जिनमें से 5 की हत्या कर दी गई और कई बीजेपी दफ्तरों को जलाया या ढहा दिया गया है।

त्रिपुरा में भय का माहौल, जो एक अदृश्य पहलू है, वह वहाँ का सबसे महत्त्वपूर्ण राजनीतिक पहलू है। यही कारण है कि वहाँ के कर्मचारी राष्ट्रीय औसत की तुलना में एक-तिहाई वेतन पाने के बावजूद विरोध नहीं करते। यही कारण है कि जब मरीजों को नकली दवाइयों की सप्लाई की जाती है, तब डॉक्टर विरोध नहीं करते। यही कारण है कि गाँवों के लोग मनरेगा फंड से करोड़ों रुपयों के गबन की शिकायत नहीं करते। यही कारण है कि कोई भी सरकार के जन-विरोधी फैसलों की खुलकर आलोचना नहीं करता। यही कारण है कि लोग किसी मुद्दे पर अपने गुस्से को जाहिर करने के लिए फर्जी सोशल मीडिया अकाउंट का इस्तेमाल करते हैं। इस राज्य में कोई भी विरोध करने का जोखिम नहीं उठा सकता, क्योंकि सुदूर और ग्रामीण क्षेत्रों में ट्रांसफर, दफ्तरों में रोजाना की बेइज्जती, प्रमोशन से इनकार, खुद को और परिवार के सदस्यों को जान की धमकी, यौन हमले, सरकारी लाभ में अड़ंगे, पर्याप्त मनरेगा नौकरी न देना या आय के स्रोत को बिगाड़ने जैसे हथकंडे अपनाए जाते हैं।

पहले किसी भी दल में इतनी ताकत नहीं थी कि वह लेफ्ट फ्रंट के प्रभुत्व को चुनौती दे सके। लेकिन राज्य में बीजेपी के उदय से सत्तारूढ़ दल को चुनौती मिलने लगी है और इस कारण सी.पी.आई. (एम) ने विपक्ष को शारीरिक हमलों का डर दिखाने और आम लोगों को उससे भी अधिक जुनून तथा आक्रामकता से धमकाने के अपने बदनाम 'कन्नूर मॉडल' को अपनाना शुरू कर दिया है।

राज्य बीजेपी की इकाई वर्तमान शासन के अधीन भ्रष्टाचार तथा कानून-व्यवस्था की दयनीय स्थिति को लगातार सामने लाती रही है और उसने माणिक सरकार प्रशासन की कमजोरियों को उजागर करने के लिए मोर्चा खोल दिया है। दुर्भाग्य से इस स्टालिनवादी शासन का विरोध करने की बहुत भारी कीमत चुकानी पड़ी है। अनेक बीजेपी कार्यकर्ताओं और समर्थकों पर हमले किए गए हैं। यहाँ तक कि उनकी हत्या भी कर दी गई। विधानसभा के अगले चुनाव मार्च 2018 में होनेवाले हैं, और एक मजबूत विपक्ष को देखते हुए यह स्थिति और भी बिगड़ने लगी है तथा हिंसा की गतिविधियाँ बेहिसाब ढंग से बढ़ी हैं। त्रिपुरा

में व्याप्त 'जंगल राज' उस 'जंगल राज' से अलग नहीं, जो 1990 के दशक में बिहार में कायम था। यहाँ तक कि संवैधानिक संस्थाओं को भी राज्य की वर्तमान स्थितियों को लेकर गंभीर चिंता हो रही है। एकदम हाल ही में इकोनॉमिक टाइम्स की एक रिपोर्ट के मुताबिक—"मुख्य चुनाव आयुक्त ए.के. ज्योति के नेतृत्व में भारत के चुनाव आयोग ने इस राज्य में व्याप्त कानून-व्यवस्था के प्रति गहरी चिंता जताई थी। इसने वहाँ के मुख्य सचिव और डी.जी.पी. को इस मोर्चे पर तुरंत काररवाई के निर्देश दिए थे।"

आइए, हाल के कुछ मामलों पर एक नजर डालते हैं, जिन्होंने मीडिया और बड़े पैमाने पर जन-भावनाओं का ध्यान अपनी ओर खींचा—

अनवरा चौधरी केस : अल्पसंख्यक समुदाय की एक युवा आई.टी.आई. छात्रा अनवरा चौधरी की मृत्यु सरकारी अस्पताल में 9 अप्रैल, 2017 को संदिग्ध परिस्थितियों में हो गई। डॉक्टरों ने इसकी पुष्टि स्वाभाविक मृत्यु के रूप में की और इस कारण उसे दफनाने से पहले पोस्टमार्टम नहीं किया गया, लेकिन उनके दोस्तों और कॉलेज के साथियों ने इसका विरोध किया तथा लगातार सड़कों पर उतरते रहे। पुलिस और प्रशासन को घुटने टेकने पड़े। मजिस्ट्रेट के आदेश के बाद उसका शव बाहर निकाला गया और उसे पोस्टमार्टम के लिए भेजा गया। पोस्टमार्टम रिपोर्ट से पता चला कि उसे जहर दिया गया था। केस दर्ज किया गया, लेकिन यह संतोषजनक तरीके से आगे नहीं बढ़ा है।

पायल मुरासिंग केस : 7 जून, 2017 को एक जनजातीय युवती पायल मुरासिंग को अगवा कर, उसके साथ गैंगरेप किया गया और कुकीचेरा में उसकी हत्या कर दी गई। वह अपने पिता के लिए खेत में खाना लेकर गई थी। बाद में उसका शव पास के जंगल से बरामद किया गया।

राकेश शुक्ल दास केस : 23 जून, 2017 को 17 साल के एक दृष्टिबाधित लड़के राकेश शुक्ल दास को नरसिंहगढ़ स्थित दृष्टिबाधितों के एक आवासीय स्कूल के होस्टल कैंपस में फाँसी से लटका पाया गया। स्कूल के अधिकारियों तथा पुलिस ने दावा किया कि यह आत्महत्या है। हालाँकि, लड़के के पैर जमीन को छू रहे थे और हालात से स्पष्ट था कि किसी भी दृष्टिबाधित के लिए अपने आपको इस प्रकार फाँसी पर लटकाना संभव नहीं था। ऐसा कहा

जाता है कि इस घटना से कुछ ही देर पहले उस छात्र ने स्कूल प्रशासन के खिलाफ बदसलूकी को लेकर विरोध किया था।

निशिकांत चकमा केस : निशिकांत चकमा, जो पेशे से एक टीचर और आदिवासी बीजेपी कार्यकर्ता थे, उनपर 19 जुलाई, 2017 को सी.पी.आई. (एम) कार्यकर्ताओं ने उस वक्त हमला कर दिया, जब वह चैलेंगटा में एक रैली का नेतृत्व कर रहे थे। इस हमले में वह गंभीर रूप से घायल हो गए। उन्हें अस्पताल ले जाया गया, लेकिन गंभीर चोट के कारण उन्होंने दम तोड़ दिया।

शांतनु भौमिक केस : 20 सितंबर, 2017 को एक युवा पत्रकार शांतनु भौमिक खुमलवांग में एक क्षेत्रीय दल की ओर से किए जा रहे विरोध प्रदर्शन की रिपोर्टिंग कर रहे थे। सरकार ने उस इलाके में धारा 144 लगा रखी थी। वहाँ 200 से भी अधिक पुलिसकर्मी तैनात थे और आश्चर्यजनक रूप से कई सी.पी. आई. (एम) समर्थक भी मौजूद थे। इस युवा रिपोर्टर का कथित रूप से पीछा किया गया और पुलिस की मौजूदगी में मुख्य सड़क से दूर ले जाया गया। कुछ समय बाद पुलिस ने उनका शव बरामद किया। अनेक पत्रकार संघों ने सी.बी. आई. जाँच की माँग की, लेकिन माणिक सरकार के कान पर जूँ तक नहीं रेंगी।

जीबन देबनाथ केस : सितंबर, 2017 में दिल्ली के एक पत्रकार चुनाव संबंधी खबर के सिलसिले में त्रिपुरा आए थे। 20 सितंबर, 2017 को शांतनु भौमिक हत्याकांड के बाद भड़की हिंसा के दौरान भीड़ ने उनकी गाड़ी पर खुमलवांग के पास हमला किया और उसे आग के हवाले कर दिया। पत्रकार और उनका स्थानीय गाइड बचकर निकल गए, लेकिन भाड़े की उनकी गाड़ी के ड्राइवर जीबन देबनाथ का कहीं पता नहीं चला। उसका शव एक दूरदराज इलाके से इस घटना के 45 दिन बाद बरामद किया गया। हालाँकि कई लोगों का मानना था कि उसका शव इतना पुराना नहीं लग रहा था।

प्रियंका रेयांग केस : पश्चिम बंगाल की तरह ही त्रिपुरा में भी दुर्गा पूजा को धूमधाम से मनाया जाता है। 27 सितंबर, 2017 की शाम 19 साल की आदिवासी युवती प्रियंका रेयांग भी दुर्गा पूजा मनाने निकली थी। दुर्भाग्य से अगली सुबह उसका शव बरामद किया गया। पुलिस के साथ ही पोस्टमार्टम रिपोर्ट ने भी कहा कि यह एक दुर्घटना थी। हालाँकि, कोई भी यह नहीं बता सका

कि किसी दुर्घटना की शिकार के शव से कपड़े क्यों गायब थे।

सुप्रिया मोग केस : एक आवासीय कोचिंग संस्थान के प्रशासन के अनुसार उनकी छात्रा सुप्रिया मोग, जो एक आदिवासी लड़की थी, उसने 13 अक्तूबर, 2017 को फाँसी लगाकर खुदकुशी कर ली। हालाँकि, यह बात आज तक एक रहस्य है कि उसने बेहद ऊँची छत वाले कमरे में ऐसा कैसे किया। यही नहीं, उसे सरकारी अस्पताल तक लेकर कौन गया यह भी अब तक ज्ञात नहीं है। परिस्थितिजन्य साक्ष्यों के कारण पुलिस और कोचिंग संस्थान की ओर से दी गई खुदकुशी की थ्योरी स्पष्ट रूप से विश्वास करने योग्य नहीं है।

दीपक कुमार मंडल केस : बी.एस.एफ. के डिप्टी कमांडेंट दीपक कुमार मंडल, जो भारत–बांग्लादेश बॉर्डर पर तैनात थे, उन पर 16 अक्तूबर, 2017 की रात पशु–तस्करों ने हमला कर दिया। उन्होंने जब पशु तस्करी को रोकने का प्रयास किया, तब तस्करों ने उन्हें अपनी गाड़ी से कुचल दिया। इस साहसी अधिकारी ने पाँच दिन बाद कोलकाता के एक अस्पताल में दम तोड़ दिया।

सुदीप दत्ता भौमिक केस : शांतनु भौमिक की हत्या के ठीक 2 महीने बाद, स्थानीय बांग्ला दैनिक, स्यंदन पत्रिका के 50 वर्षीय क्राइम रिपोर्टर सुदीप दत्ता भौमिक को दिनदहाड़े गोली मार दी गई। हत्या से कुछ दिन पहले ही उन्होंने कुछ लेख लिखे थे, जिनमें उग्रवाद विरोधी अभियानों के लिए केंद्रीय अर्धसैनिक बलों की तर्ज पर गठित, त्रिपुरा स्टेट राइफल्स (टी.एस.आर.) में भ्रष्टाचार का पर्दाफाश किया गया था। 21 नवंबर, 2017 को, भौमिक टी.एस.आर. बटालियन के कमांडिंग अफसर (एस.पी. रैंक के अधिकारी), तपन देबबर्मा से भारी सुरक्षा वाले कैंप में मिलने गए थे। कथित तौर पर देबबर्मा के निजी गार्ड ने उन्हें गोली मार दी और बाद में उनके शव को कुछ दूर तक खुले इलाके में घसीटा गया। पूरा राज्य शर्मसार हो गया, जब यूनेस्को तक ने इस पत्रकार की हत्या की निंदा की और इसे 'सेंसरशिप का अंतिम रूप' करार दिया। इस हत्या के विरोध में त्रिपुरा के अधिकांश अखबारों ने अपने संपादकीय कॉलम को खाली छोड़ दिया, जो कभी इंदिरा गांधी के समय में इमरजेंसी का विरोध करने के लिए किया गया था।

गौड़ हरि मलसोम केस : 30 नवंबर, 2017 को बीजेपी के एक 42 वर्षीय आदिवासी कार्यकर्ता गौड़ हरि मलसोम का गोली से छलनी शव रायपाड़ा इलाके

से बरामद किया गया। उनके शव पर जख्मों के निशान थे। खबरों के मुताबिक वह एक दिन पहले अपनी दुकान पर गए थे, लेकिन उस रात घर नहीं लौटे और अगली सुबह गाँव वालों को उनका शव सड़क पर पड़ा मिला।

सुनील देब केस : 16 दिसंबर, 2017 को बीजेपी के एक और कार्यकर्ता सुनील देब का शव कंचनपुर के एक नाले से बरामद किया गया। देब, जिन्होंने कुछ समय तक टी.एस.आर. में नौकरी की थी, उन्हें बर्बरता से, तालिबानी तरीके से मार डाला गया था। खबरों के मुताबिक हमलावरों ने उनके दोनों पैरों की नसें काट दी थीं, ताकि खून बहने से उनकी मौत हो जाए। आरोप है कि यह हत्या राजनीति से प्रेरित थी और इसमें सत्ताधारी सी.पी.आई. (एम) का हाथ था।

ये सारी घटनाएँ सिर्फ बानगी भर हैं, क्योंकि ऐसे कई मामले हैं, जिनकी रिपोर्ट तक सत्ताधारी दल के डर से दर्ज नहीं की जाती, जिसके कई कार्यकर्ताओं पर इन अपराधों के आरोप हैं। यहाँ तक कि राज्य में 'गुमशुदा व्यक्तियों' के मामलों की भी एक बड़ी संख्या है। आज त्रिपुरा में लोकतंत्र तथा भारत का संविधान गंभीर खतरे में है और इस कारण केंद्र सरकार की मदद और समर्थन की माँग की जा रही है, लेकिन संवैधानिक रूप से केंद्र किसी राज्य की कानून-व्यवस्था में सीधे दखल नहीं दे सकता है, क्योंकि यह राज्य का विषय होता है। प्रधानमंत्री श्री नरेंद्र मोदी का यह सपना है कि वे विकास के लिहाज से भारत के पूर्वोत्तर के हिस्से को पश्चिमी हिस्से की बराबरी पर लाएँ। यह सपना तभी पूरा हो सकता है, जब राज्य में लोकहित और विकासहित वाली सरकार हो, जो केंद्र सरकार की सहायता और सहयोग से इस राज्य के लोगों का, विशेष रूप से युवाओं, आदिवासियों और महिलाओं का भाग्य बदल दे, जिन्हें विशेष देखभाल और सुविधा की आवश्यकता है।

□□□